南国之冬

张大春 著

九州出版社
JIUZHOUPRESS

作者致意

《南国之冬》这本书之所以历经十数年而终于得以完成，必须感谢两代以上的电影和戏剧工作者。包括胡金铨导演、张彻导演、王家卫导演，以及我大学和研究所时代的老师王静芝先生，还有日籍电影制片藤井贤一，和我的同学、韩国籍的柳亨奎教授。他们对于中国近、现代史料的热情、兴趣以及对戏剧和电影这种艺术表现形式的琢磨，多方面启发了我写作这一本小说的勇气。

此外，必须特别感谢苗洪先生，如果不是他的选篇与组织，我不会有能力完成这部作品。

我们做戏的

《南国之冬》简体版序

1　打表妹

一九九九年我出版了《城邦暴力团》的第一册。书中有个角色“老大哥”，说的是我父亲的一个老侄儿张翰卿。在真实的世界里，张翰卿比我父亲大了快十岁，可是论辈分，我得叫他哥哥。他跟着大导演李行在片场当厨子，之后帮伙干道具，久之而升上了领班。在我上小学前后，还经常因为他的关系，有机会到片场参观拍戏。其中最令我印象深刻的一部戏就是《婉君表妹》。

那是一场两个小演员的戏。男生叫巴戈、女生叫谢玲玲，都是我这般年纪。所拍摄的镜头不过就是演三少爷的巴戈从院子里走过，看见屋里来了小表妹谢玲玲，调皮的巴戈隔着雕花窗棂朝里面扮了一个鬼脸。就这么个不过一两秒钟的情节，折腾了一下午。其间不时停工，收拾景片、调整灯光，还有不知道干些什么事情。

巴戈、谢玲玲就和我玩到一起去了。巴戈教我们玩一种打巴掌的游戏——两个人相对伸出手掌、上下相合，指尖抵住对方的掌根，在下方的一人采取攻势，尽快抽出手、翻转下击，以打着对方的手背为赢。手掌在上的一方不但要尽量压制对方，还要尽快闪躲，以让对方扑空为赢。一个非常简单的游戏，可是到后来，巴戈把谢玲玲和我都打哭了。

《婉君表妹》上演期间，老大哥拿了招待券来，我犹豫了很久，很不情愿地跟着父母去看了，看到巴戈隔窗一笑，手背上的疼痛和灼热之感油然而生。我知道我总有一天会向巴戈报仇，而且把表妹婉君的份儿也讨回来。从此以往，我不但相信电影里表现的事物都是真实的，也相信电影的拍摄和电影故事根本是一回事，三少爷不只会扮鬼脸，还真欺负人；婉君不只漂亮，还真是个受气包。只不过戏院里看不到完整的真相而已。电影不但在向人们传说一些个古老的故事，片场里发生着的一切也都是这个故事的某个环节或补充——这样想很蠢，我知道——但是，当我诚心如此相信之后，日子一长，这个念头就融进了作品里去。

2 当戏子

许多年过去了，我把这个小小的经验和体会告诉了胡金铨导演，他咧嘴大笑说：“你是对的，不单电影是这样儿，戏剧也是这样儿。”我的老师王静芝先生也曾经在《诗经》的课堂上解释十五国风作为民歌、以体现各地风俗民情的时候说：“古代的民歌，现代的小说、戏剧，都不能只从虚构的角度去解释它的技巧，那里面都有非常真实生活的面貌。”这些话，我最初也只当作是鼓舞创作者重视以及发掘现实材料的泛泛之论，直到静芝老师送我一本《稼青丛稿》（伍受真著）之后，便又重新点燃我对“戏剧负载着某种召唤现实的具体使命”的狂热。

伍受真的叔叔伍博纯是民国以来以一己之力推动全民通俗教育的第一人。

武昌起义前不久，这位年方而立的叔叔忽然对伍受真说：“我很想叫你和冶白（伍博纯的长女）将来都去做舞台剧的演员。”伍受真接着回忆道：“他怕我不懂，又解释着说，就是去做戏，接着问我愿意不愿意？我当时听他这样说，心中很诧异，怎么叔父会要我们去做‘戏子’？……他又说，戏剧可以移风易俗，是推行社会教育的一大工具。”

静芝老师与伍受真是同一代人，他原本知道我有心创作，虽然进了研究所读书，未必有耐住性子作学问的能力和兴趣，但是，他似乎又觉得我不应该放弃这两种心智活动里的任何一样。所以，在送我《稼青丛稿》的当下，他就替伍博纯（一个希望子侄去当“戏子”的教育家）的动机作了解释，他的话和胡金铨导演的话差不多：“你如果体会不到戏剧里的真实，就没有法子编出动人的戏剧，也就谈不上移风易俗、甚至教化了。可是，怎么去掌握戏剧里的真实呢？到头来还是得作学问。”

3 作学问

这几句话，我消化了半辈子，至今仍觉懵懵懂懂。直到有一天，王家卫导演忽然来台造访，邀我参与《一代宗师》的编剧工作，我才有了更踏实的体会。

早在找上我之前多年，王家卫为了掌握故事主人翁叶问个人生平经历，还参考了大量近、现代史中相当繁杂而漫漶的材料，有的真伪难辨，有的断烂不清，有的受限于种种解释上的困难而不可定夺其是非。更麻烦的是导演希望能够反映出大历史背景的许多道具或陈设细节，时至今日，还未必能如实复制。

事实上，在预备期，王家卫不但从叶问的后人处采访了许多身家资料，就连北地鲁豫冀晋诸省许多以拳勇著称的门派，他也亲自踏查了一番，留下无数珍贵的口头历史材料。据说甚至还有的老师傅极愿意收他为徒，弘扬本门武艺。——不是说了吗？“怎么去掌握戏剧里的真实呢？到头来还是得作学问。”

然而王家卫还不满意——就这一点而言，他着实让我想起了已然物故多年的胡金铨导演。胡导演平生琐屑之小小得意有三，其一是青竹竿，其二是黑衫红裤的东厂服制，其三是藤编书箱。它们分别出现在《大醉侠》《龙门客栈》和《山中传奇》里面。青竹竿扩大了传统刀剑片武器的造型边界，而且彻底颠覆了传统武侠影像的血光杀戮。黑衫红裤引领了不只一个世代以明朝宫廷为背景的影视作品对于国家暴徒的形貌想象。藤编书箱则丰富了古代旅行者或赶考士子风尘仆仆的行囊——据胡导演亲口说得轻松：“不过就是看了一张玄奘西行记的造像图得来的灵感罢了。”然而，那些在影像上影响广远的小小考据，看来毕竟是问学道途中之事。

回到王家卫，一样可以看到（以及戏院里看不到的）许多繁琐的考究。不容否认地，那是促使我动笔写《南国之冬》的一个动机。在王家卫出现之前，我已经在《印刻文学生活志》上连载一个每月刊出的专栏，栏名《这就是民国》。有一天，王家卫忽然来电话，劈头只一句话："你可不可以赶紧来香港一趟？"

那时他的"泽东公司"就在天后捷运站维多利亚公园边上，远海遥岑，视野辽阔。一见面，他却从容不迫地引我站在大片窗前看街景，然后说了一个故事。

一个曾经在清末宫廷中当差的裁缝流落在大栅栏，经营一个小裁坊。某日忽然来一贵妇，看来容颜娟秀、气质静好，应该不是等闲街市间女子。这女子要老裁缝给做一件袍子，而且娓娓说来，似乎竟是数十年前宫中曾经流行过的式样。老裁缝接下了这个活儿，也收下了订金，还言明取货的日期，时在三月之后。可是三个月过去了，六个月过去了，一整年过去了，好几个整年也都过去了，那女子始终没有来取件。

说到这里，王家卫说："这个故事收录在我之前给你的一本书里。"

"周进那本《末代皇后的裁缝》？"我笑说，"你考我？书里没有这个故事。"

王家卫也笑了："如果没有，那就是我乱编的好了。你只要看这个段子能不能编进我们的故事里去。"

结果这末代裁缝或末代嫔妃的故事，彻底被抛掷在《一代宗师》之外十万八千里，剩下的，好像是叶问的大衣上掉落了一个值得留念的扣子。我们都相信：那件挂在老裁缝墙上曝了不知几年灰的宫装也许哀感顽艳，也颇能呈现清末民初的颓废风华，但是它——可能就是欠缺静芝老师所说的“戏剧里的真实”。

但是，那一趟往返二十四小时、匆促之极的旅程毕竟不能说没有进度。王家卫一脚踢开了、也忘掉了老裁缝之后，紧接着跟我说：“我知道你也忙，我也不想多耽搁你的时间。这样罢，你可不可以就用你的专栏写一篇丁连山和薄无鬼的故事？”他说的当然是《印刻文学生活志》上的《这就是民国》。

“那是一个讲近代史的专栏。”

“丁连山和薄无鬼的故事是近代史的一部分啊！不是吗？”他这时没有戴墨镜，厚如酒杯底的深度近视镜片后面散发出灼灼的目光。

我从那一刻确信：他和我所面对的不是一部关于叶问的电影，而是关于叶问身后历史的碎片，如何拼凑出我们一直想象的武林。

“你有故事吗？”他问。

4 见众生

想当年誉满全球的武打明星李小龙返回香港影剧圈发展之初，带着几分拜码头的礼数，取得当时香港武坛大佬叶问的首肯，认可李小龙少年时代曾经入咏春之门，算是一个合格的寄名弟子，如此李小龙的根脚才算站定，也才不期然开启了中国功夫的纪元。传说中的叶问本人，早年从拳师、保镖到特务，都有显赫的资历，真可谓混迹江湖、饱经世事了，人在风烛之年，怎么还会去同一个英年武师邀名爵、抢风头呢？这投师拜门的仪节，不过是一场给香港影剧界、武术界扮起来的大戏，有了认祖归宗的名目，保定了江湖情义的招牌，才好坐大拳脚行的各种买卖。

叶问、李小龙分别于一九七二年十二月和一九七三年的七月间先后谢世，带着对李小龙的怀念，却让叶问的字号也越擦越亮。除了《一代宗师》之外，其余风闻王家卫要拍摄这个题材的电影公司和导演早就摩拳擦掌、直不欲落人之后，而把叶问捧成了一个“生前无可道，死后得新生”的角色，不过这不稀奇，香港电影如此打造武坛众神如方世玉、黄飞鸿、苏乞儿等早已数见不鲜。

可是王家卫的企图却大为不同。他从来没有想要为香港或是中国的武林再打造一尊可以列入师尊祠堂的神祇，他反而是要借着叶问在世人心目中残存的记忆，来勾引更多看戏的人对近、现代史上的几个关乎国事大局的问题产生兴趣。譬如说：精武体育会和当地桂系军阀有没有除了传授武术之外的来往？再譬如说：在叶问壮年时代，正值“粤人治粤”呼声甚嚣尘上之际，他对于这种思潮或归属意识又有多少自觉？

他相信：把叶问还原成一个正常的小人物（渺小得差不多像梁朝伟在《悲情城市》里饰演的“林文清”一样），才能够透过他的眼睛或心灵，去审视一个时代的真实角落和确切面貌。所以他不停地想要追问：一个除了“打得”之外，在情感、知见、遭遇、运气以及各种生活条件上都平凡得“无足道哉”的流浪拳师，能如何见证他青年时所历经的“大时代”呢？

换言之——打个比方，那怀着遗憾的裁缝并不是想再瞻仰一下宫中贵人的容颜，或者是打听她的下落，他只是想看看那件衣服究竟做得合身与否。这是做戏的人对于“历史真实”的一个悬念。的确念念不忘，如作学问。

5 嫁错了

我在《南国之冬》的某一个必须制造悬疑、切换篇章的地方掉弄了一记枪花，是这么写的：

（王家卫）随即自港飞来，飞机甫落地即租车直驱新店敝处，见面无他语，第一句话居然是：“你那钵儿还在吗？”

“钵儿？”

“那个铜钵儿——”

王家卫所说的铜钵儿，既曾经出现在我的作品之中，也一直在我的床头。那是一个具体的实物，也是一个情感的允诺，一个舍己忘身、慨然帮助他人的允诺；只是我一直没有切身实践过。

整部作品多个故事里时不时都会出现这个神秘的钵儿，它是“人间藏王”传宗接代的信物，有时会显现不可思议的灵性，但是大部分的时候，我只是把它用作转场的道具。不过，在现实中，的确有那么一个类似黄铜材质的工艺品一直在我的床头，形体就像是一个缩小的钵儿，它应该作何用途？我实则不知，倒是它一直在我床头的原因说来也不稀奇——它实在有些分量，移动起来颇费力。而这钵儿就像一个纸镇，底下压着一叠《南国电影》杂志。最顶上的一本，封面是梳着高高的鸡窝头的凌波，出版日期是一九六三年十月。我也不想移动它的位置。它已经在那儿十五年了，我只要把它随便安置到任何所在，就再也找不到了。那么，一本五十六年前印行上市的旧杂志，有什么不能丢的呢？

不能丢。那是和我的婉君表妹包裹在一起的电影记忆。那里面有另一个从电影里面延伸到现实生活里的故事，比手背上挨的巴掌还要灼热而刺痛。偶尔我半夜睡不好觉的时候，抬手挪开小钵儿，抽出这一本，跳过《梁山伯与祝英台》所造成的轰动以及得到的赏誉，跳过林黛主演、刚刚杀青的《宝莲灯》，再跳过李丽华和她的《阎惜姣》消息之前要稍事停留（因为我对李丽华完全没有抵抗力）。尽管如此，十五年前迁入新家的那一天，我不期然找到这本《南国电影》之后，历经多少次翻览，触指即可以打开的那两页（第六十、六十一页）上就是几张电影《花木兰》的剧照。

我总是熬到这一个回忆仪式的末了，缓缓将视线移向照片的说明文字：

上图：凌波的花木兰，在军帐中怀念着李广将军。

下图：金汉的李广来了，花木兰却露出了害羞态度。

这两行说明文字是五十多年前相当平常的用语，而后人未必能明白。“凌波的花木兰”意思就是“凌波所饰演的花木兰”；“金汉的李广”即“金汉所饰演的李广”，这是从传统戏曲行里借来的说法。应该就是我初读这些老杂志、七八岁年纪的时候，我就牢牢不忘：花木兰代父从军、杀敌报国，成就不世出的功勋之后，嫁给了李广。

原因无它：现实中的这一对演员，根据包括每一期《南国电影》在内的报章杂志，随时都在追踪报道着，自从《花木兰》一片开拍之后，金汉和凌波在戏外的感情日益甜蜜美好，之后没过了几部戏的工夫，两位金童玉女就结合为夫妇了。我不是说过了我坚信不疑的事吗——

电影不但在向人们传说一些个古老的故事，片场里发生着的一切也都是这个故事的某个环节或补充。

金汉凌波的美好爱情童话在现实中持续了快六十年，他们真是难能可贵的幸福人。然而，金童玉女婚后不到三年五载，我在上初中的时候，有一堂课上，老师申伯楷先生忽然向全班提问："花木兰退伍之后做了些什么呢？"我毫不思索地举手抢答，提出了我以为正确无误的答案："嫁给李广将军了。"立时，教室里到处窸窸窣窣了一阵，紧接着，申老师把张长脸一冷，同学们却好像得着了鼓励的暗号，猛然间爆起了一阵大笑。申老师不像是说笑话、但显然是说笑话地在笑声之后接着说："李广活到好几百岁上才结婚，还真有精神！"我笑不出来。一时之间，我甚至想哭，但是我负隅顽抗，又慌又急地顶了一句："金汉是和凌波结婚了没错呀！"

这句话冲出口的当下，我就知道一切全错了——比手背上连挨几十记重重的巴掌还要痛的，连我都要笑我自己了。

6　你说罢

后来我一直没有向巴戈讨回那几十巴掌的债务，我在我的广播节目里访问过他的弟弟巴东，畅谈张大千，也忍住不提往事。关于花木兰下嫁李广究竟是怎么一个来历，还是当时的编剧有意借着李广此一熟悉的名字，以便落实花木兰终究不确然落身北朝的历史，我也无从追究了。和我干电影行的朋友们闲谈间，我从不隐瞒在童年和少年时节的这两段露怯的经历，不过，我总会告诉他们：我从来没有失落过，我对戏剧能够表现真实（哪怕只是诱人信以为真）有极其强大的信仰，只要我们做戏的人能够持续追踪生命中细琐的真相。

后来再后来，王家卫针对一九〇五年刺杀出洋五大臣一案背景中丁连山和薄无鬼生平考证的题目问我："你有故事吗？"

"没有。"我说，"不过我可以从胡金铨导演和一个日本朋友藤井贤一说起，也可以从袁世凯干了八十三天皇帝说起，也可以从张之洞派遣学生留学日本习军事的脉络说起，也可以从当年老胡想拍的一部可能叫《南国之冬》、可能叫《扮皇帝》的电影说起……可是，这些都未必和叶问有关的。"

"没关系，你说罢。"

目次

楔子·毕顺风

历来讲古道故，都有个引子，正话不及宛转而说，先扯个闲篇。当年在瓦舍里，这叫“得胜头回”，取其开张大吉之意。此时不能坏此规矩；遂也说一个得胜头回，拈出《南国之冬》全篇线索，犹如鬼神故事里经常闻见之“血饵”是也——粗观之，一个不辨真伪、全无干系的偏远故事，更与史事现实，了不相涉。用说书人经常打的譬喻来说，不外是草蛇灰线，未睹形影；细思之，将这得胜头回置诸全书之间，竟也首尾无缺，因果俱全。且一小小榫合机关，居然照应全篇，为千百人物事端的发轫，这也是后世风闻热闹之人，于可喜可愕之际，所不能追勘覆按者。

正是——

河南嵩阳有个出了名儿的人，叫毕顺风。给叫毕顺风，有许多缘故，其一是因为他少年老成，比旁人活得都快。毕顺风少年老成，半是因为长相，年纪才刚上十五六，一头黑发就渐渐花白了。人过二十，得了一场大病，猛里瘦下来，痊可之后，满脸的皱纹捏出一张垮脸，人都当他七老八十了。这样的长相未必没好处，出门做生意，人都看他年长辈高，凡事敬让三分。至于东西周转、南北流通，几多年下来，生意越做越大，他还是一副腰脚顽健的模样，外人不知他其实还是个少壮，更听不出他乡音里籍，只是尊仰他年事老大而已。

这还不算，成天价出门在外，什么人会须应付？什么人必须疏远？什么人可通款曲？什么人可共福祸？这都得察言观色。一旦在这一层上作得功夫，听人说话就不吃力了，仰体意旨，曲意逢迎，往往窥得人心机于无形之间，让人无从提防；总感觉同他相处十分融洽，不论谈什么，他都能顺丝就理儿地捧着话题奉陪到底，何如一江春水向东流，直挂云帆济沧海？号之曰“顺风”，还觉委屈他了。

这回说毕顺风，是因为他老婆怀孕了。夫妻俩结褵三五载生儿育女，原本极是平常。可毕顺风不常在家，年近三十能添子嗣，自然万分欣喜，算计着产期近了，就急急忙忙往家赶。不意于离家五十里上错过了一个宿头，又走了一二十里才感觉困乏，想起来了，已经无处可以打尖。只得在一爿破庙里将歇了个把时辰，拿出包裹里的干粮来充充饥，皮囊里还有一斤多的白酒，使小锡碗盛了，咂巴几口，精神过来了，又急着回家照看妻子，不觉动了个赶夜路的念头——还有三十里步程，到家不过天刚大亮，抢抢路，怎么样也不至于错过妻子的产期。于是一咬牙、一跺脚，鼓着劲儿上路了。

才过那破庙不过二三里之遥，便见前头一个妇人低头疾走，那妇人裹着小脚踩着蹻，步伐却快得惊人。毕顺风想：自己一个人走，容易疲累贪懒，索性跟着那妇人的脚程，一鼓作气地走下去，说不定还早到家了。主意既定，紧跟着妇人又走出一里地去，才发觉一桩怪事：这妇人走了这么大半天，居然没有鼻息动静，脚下也不见祟动。若非内家功夫练得极高，就是妖鬼之流了。毕顺风不觉打了个寒战，正想开口问讯，那妇人却回过脸来，微微一笑，道："老人家如此赶夜路，不叫辛苦？"

毕顺风惯给人叫老，自然不以为意，顺着话说："夜里不睡昼里睡，这是咱们上了年纪的习以为常之事；小娘子莫怪。"

"不过，"妇人撇过脸来，朝他脚下睄了一眼，道："老人家脚程却是不慢。"

原本一腔家有喜事的欣然，冲口就想说："我老婆在家要生了。"可毕竟还是心机用多，真情慢吐，毕顺风一咽唾沫，把满心乐事吞回肚里，只道："生意浪里飘滚浮沉，全靠腿子勤励，惯走快了的——可等闲还及不上小娘子。"

“你跟我比？老人家，怕你比不得哪！”妇人又笑笑，倒像是也有什么掩藏不了的喜事要说，一时也忍住了。

毕顺风趁她回头之际，从背后仔细一打量，才发现那妇人的一双三寸金莲根本不沾地儿——换言之：她是飘着向前走的。不消说，是个鬼。夜行荒野之地，撞上个鬼，常人该当如何？说书的不知道。可咱们毕顺风生意浪里飘滚浮沉惯了，撞上什么东西没有一套应对进退之术呢？便先跟着打哈哈：“一副老骨头勉强凑附着，眼见就要拆架了，是比不得小娘子青春。”

“我也不瞒你老人家，”妇人依旧笑笑，低声道：“谅你老人家见多识广，必有些儿胆识，经得起——我不是常人，是个鬼。”

“呜呼呼呀！老朽夜路走得够多，也要到了这把年纪，才能见识一回。”毕顺风假作新奇难得之态，细细观看，啧啧连声，接着道：“小娘子年华正好，怎么就做了鬼，真是可惜！”

“真要论起岁数来，我也是应该做婆的人——只因十八年前产子血崩而死，蹉跎到今，还不得投胎。”

原来是个“产鬼”。毕顺风闻言心下不免大惊。早就听村里间的耆老说过：产妇临盆，要担十分风险；若有什么三长两短，到了阎王爷面前还得担十分罪过——因为这样死，是绝人后嗣的事，容或此妇生前在三从四德上没有一丝过犯，到头来祸起临盆，往往不能顺利超生，于是就有了“讨替”之说。

什么是“讨替”呢？就是再去找一个即将临盆的妇人，让那孕妇不能顺利产下婴儿，也和自己一样，死于产程之中。倘或耆老们的说法属实，这妇人急慌慌前去“讨替”的对象，不正是自己的老婆吗？毕顺风越是心惊，越是不敢露出半点儿颜色，反倒拱起手来，连连向那产鬼作揖：“真是得恭喜恭喜了！小娘子这一十八年等替，得多么艰难！老朽孤身一人，向未婚娶，不知此中缘故，可一向闻听人说，生儿育女要担万分辛苦、受万分风险，如此寻替应该不难罢？”

“难呀难！老人家，你有所不知——”产鬼的脚步慢了下来，虽然说起辛苦，眉头不免要皱，嘴角还是忍不住浮露着浅浅的笑意：“阴曹有一本账，总要将生平善恶加加减减，以平得失、均果报，一身的罪孽赎满了，才许‘讨替’。十年前我原本可以上南省里某县向一个妇人讨了，无奈去至彼地，才知道那妇人修佛持戒了几年，等闲讨她不得。”

“之后就再也没有可讨可替的妇人了么？”毕顺风捋着胡子说，“那么这今世的妇人倒也是德行圆满的多。”

“倒也未必。”产鬼难得一见这么个擅长听话的，真像是憋了十几年未尝对人开口道故的一般，遂靠着路旁大青石坐了，道：“妇人持家，单是杀鸡宰鸭就积累不少血债，说什么德行圆满，倒也未必。就怕是那些个原本该入山清修的老道，经常到处逡巡。他们的邪术太多，总是对付咱们这些苦命人。一朝口耳相传，家家户户都会通些个不教咱们亲近内宅的方子，那才恼人呢。”

“乡里间的道士素行狡狯，人都说道士比妖鬼还难缠。鬼还怕阴司盘算，道士是什么都不怕的。小娘子也吃过道士的亏不？”

“说起这就一言难尽了。”产鬼叹口气，道：“十年来我年年可以讨替，却总会遇上此辈，他们不过是为了换几顿血食，便将许多天人秘法悉数传授给满世界的愚夫愚妇了！”

“我是个生意人，生意人将本求利，只问出入划算与否。你既然是死于临盆血崩，必然也是为产鬼讨替作祟，这里头就有本利出入的计较了。试想：人讨了你一命来替，终不至于教你没处可讨以替之罢？倘若那些个摇串铃儿、走江湖的道士们任意施作秘法，他们欠的账，该谁讨去？”毕顺风顺风说话惯了，这一串言语根本是毫无根据的歪缠，可听在产鬼的耳朵里，直似是替自己鸣不平，猛地乐了，拍手笑道：

“就是这一说！就是这一说！我就说生意人公正明白，天上地下人间，哪儿都得要多些公正明白人才好！”

“可有一桩我外行，不明白，”毕顺风道，“讨替总得有个作为罢？你都是怎么讨、怎么替呢？”

“别说你不明白，我也是做了产鬼才明白的。”产鬼点点头，笑着一昂下巴颏儿，露出了脖梗正当央一个红豆大小的圆点，道：“老人家！我知你身上有酒，你且含上一口，见我这厢手一拉扯，便将酒噀过来。”

产鬼等他把酒含住，作势扯喉间红点往外一拉，看似什么也没拉出来，可是当毕顺风的一口酒沫子“噗喳”一声喷上去——看见了！从产鬼的喉头直到指尖，酒雾之中隐隐约约看得出来，有一条颜色赤红、似丝又似血的细线。待酒雾渐散，红线也隐没了。

“这，是个什么戏法儿？”

“这叫‘血饵’。”产鬼说，“将此物縋入产妇口中，它自会去寻找婴包，找着了婴包，我这厢便浑如钓鱼的一般，紧紧扯住，不教那婴包坠下；复暗中用力抽掣，保管那孕妇痛彻心扉，三抽五抽下来，娘儿两条命便都葬送了。”

“你一十八年辛苦等待，总算也熬出头了不是？”毕顺风将缀在酒囊旁边的小锡碗取下来，倒了一杯，向产鬼递过去：“得以超生终是大喜！老朽一定要敬小娘子一杯。”

产鬼也不辞让，捉起小锡碗来，放在鼻孔底下猛可一吸，旋即饮空了，产鬼的脸也红了，但是说起话来，声音忽然多了几分愉悦：“多谢老人家赏赐！回思这十八年来，日夜盼想，朝暮牵挂，还不就是为成就这一桩讨替？眼看这一二日便要成事，之后呢，虽说大约还是投胎做人，想来久不为人，还真有些不惯呢。”

“老朽行年七十，奔波一世，见多了一时得意、因而毁弃一世功果的事。古人说得好：‘行百里者半九十’，‘为山九仞，功亏一篑’；越是功德将近圆满，越是要加意防患，不要横生枝节才是。”

“这我却不担心。”产鬼擎过杯来，像是又要讨酒喝，毕顺风给满满斟上，听她继续说道：“今番要去的嵩阳毕家那男人出门在外，产妇孤身在家，极好下手的。”

“老朽除了生意经、还是生意经——看起来你们产鬼这一行也是做得，”毕顺风笑道，“就算撞上吃斋念佛的信女，讨不了替，也蚀不了什么本钱，并无风险。”

“话不能这么说，老人家！风险何处没有啊？”产鬼端起小锡碗，使劲下鼻一吸，又喝了个干净，看情状还是要讨，毕顺风岂不舍得，连忙再斟上，听她又说将下去："我看老人家是忠厚长者，倒可以给老人家解解惑——你可千万别出去抖露，那我们做产鬼的就更辛苦了。"

"我也是行将做鬼之人了，小娘子！你说说看：就凭我这德行，是同你们结交为伍来得上算呢，还是同那些后生们结交为伍来得上算呢？"毕顺风一面说，一面假意经不得夜风吹拂的模样，呛声大咳起来。

产鬼一听这话，更开怀笑了，道："老人家真是快人快语！快人快语！我也不瞒你说了，产鬼还是有绝大忌讳——咱们最怕的就是伞！寻常人家只须将雨伞置于门后，我们就进不了宅屋。这也是一等十八年、还逭不到一条替命的缘故。"

"照你这么说，这行当可还怎么做？"毕顺风猛摇起头来，"家家户户都有伞，为了出入取置方便，自然都是放在门后。教你这么一忌讳，我看别说人家那姓毕的男丁回不回来，他就是已经横死在外头，你也讨不成替的了！"

"不不不！讨得成，讨得成！我这十八年孤魂野鬼也不是白做的——有个老产鬼，教过我一门身法，说是家家户户当初起造房宅，落成之际，都有瓦匠领工勘验，所谓'探顶子'是也——'探顶子'的时候，多少总会留些个'堂穿'，取其不至于'满招损'之意。那老产鬼教我的身法，正是藉由这些‘堂穿’缒下‘血饵’，一样能取了产妇的性命。”

“既然如此，”毕顺风干脆将那只盛酒的皮囊递了过去，笑道：“既然如此万全，就只合在此为你小娘子先庆功了！毕竟投胎转世是大功果，你喝完这一囊，赶紧上路罢，老朽脚程慢，不敢耽误你呢！”

谁知那产鬼却像是闹起俚戏来了，抓起酒囊凑在鼻子前猛吸了几口，一面打着嗝儿，望着天边斜月，说：“咱俩这一聊、一耽搁，看光景，今夜顶多还能再赶个十几里地，就要天亮了。我白昼里不能赶路，如今走得再快，也还得到明日前半夜才到得了地头。索性喝罢了找个地荫子休息一天，明日再去不迟。老人家，何不也一道喝两口，歇息歇息再说呢？”

“小娘子到了嵩阳就算功德圆满，老朽我还有百把里前路要走呢！不然，你看我夜来不宿店，忙活些什么呢？”毕顺风说着起身，又恭恭敬敬朝产鬼作了一个大揖，道：“但盼小娘子奇缘佳会，随时而致。老朽还得赶死去！赶死去！”一面说着，一面撒开腿便朝前走。

毕顺风一到家，产婆已经在屋里忙活着了，老婆果然是难产。但见这毕顺风抢出抢入大半天，上左邻右舍家张罗了不知几十把大大小小的伞来，屋前屋后张置遍了。此夕太阳才甩西，产鬼便来了，打从黄昏时分起，便在毕家宅子墙外呼啸旋绕，时而悲啼，时而怒叱；最后似乎发现了主家翁竟然就是夜来野路之上所遇见的毕顺风，更是厉吼村骂，声嘶不竭。

毕顺风的答复很干脆，还是生意话："你这产鬼的行当不成理——顾全你一人投胎，却要我家赔上两条性命！哪有这种浑事？"

□

毕顺风一家子暂且逃过一劫，按理说，故事就结在此际。倒是那还来不及出生就捡回一命的孩子，却另有奇缘。虽曰难产，但是一旦呱呱坠地，求生之意忒不寻常，从小就魁梧健硕，百毒不侵。到了十七岁上，他应省选，成为第一批赴日本成城学校留学的士官生。

这是当时张之洞一力推行的重大育才政策。一批又一批由各地方面大员亲自遴选的健儿，跨海求经，以谋国族武力之更新强大，影响近代中国最早的军事以及政治至巨。首批留日士官生一共四十五人，顺利完成实习的有四十名，但是只有三十九人毕业，没毕业的那汉子就姓毕。身形特别高大壮实，在学期间从不生病，然而，偏就是患了一场小小不言的伤风，打了几个喷嚏，人就在寝室里故去了，只脖梗上有个显著的红点儿，看得最清楚的，就是睡在他邻床的姚维藩。此事日后在新军阵营中沸扬喧阗，茶余饭后，无口不传。

辛亥革命发生后，首先响应的就是山西的新军。管带姚维藩亲自抽点所部五百人组成敢死队，再派遣其中五十个“选锋”冲陷抚台衙门，其余的则攻打旗兵营区。不料一接阵，姚维藩派遣的杀手只随手开了两枪，两发子弹出铳，诡异地命中山西巡抚陆钟琦和他的儿子陆光熙的脖梗，父子一时毙命。姚维藩不能置信，于俯身验勘那两具尸体之时，猛地大喊了一声：“血饵！”旁人事后问他：“管带喊了啥呢？”他居然浑不自知。

第一话·丁连山生死流亡

（先要说明的是：在后文中出现的“宝森”“宝田”实为同一人，根据数据源不同，而有异呼。）

丁连山是个鬼魅一般的人物，但这不是生成胎就，而是有一段特殊的渊源。若非涉入一段中日之间、北洋与国府之间的秘辛，他自己的人生，不会老是在黑暗里摩挲，用他自己的话来说：“从此，我便堕入了鬼道！”

这事关乎一九一二年的奉天血案，但是背景还要上推到一九〇五年的“刺杀出洋五大臣”事件。

光绪三十一年乙巳（1905）九月二十四日，清朝辅国公载泽、兵部侍郎徐世昌、户部侍郎戴鸿慈、湖南巡抚端方、商部右丞绍英，五大臣正式出洋考察。消息传出得很早，看来也很准确——五个人从北京搭火车到天津，再转乘海轮，西游取经，看是否能由攻错西洋宪政的妆点，来为君主制度赢得些苟延残喘的时间。

光天化日、众目睽睽，整起爆炸事件被各方面考掘得十分详细。一般咸信：刺客就是当场被炸死的吴樾。由于他装扮成亲随模样却操着一口桐城腔的话语，被人识破了，在行将就逮之前仓促发难，只让五大臣受了些皮肉轻伤，吴樾自己则当场给炸成七零八落的碎片。

据说：吴樾行刺前数日，曾经在“芜湖科学图书社”的阁楼上和同志赵声与陈独秀开秘密会议。赵声，字伯先，也是一个坦荡、豪迈的志士，抢着要北上从事这必死的任务。吴樾说了一段话，影响革命史十分深远：“舍一生拚与艰难缔造，孰为易？”伯先曰：“自然是前者易、后者难。”吴樾遂道：“然则，我为易，留其难以待君。”这几句话，看来要比一声炸弹的巨响更为震撼人心，因为它把生死看得太从容、太淡然。

虽然事前吴樾留有遗书，表示并无同伙，以免牵累革命同志，清廷侦办此案的官员也倾向于以一人涉案、独力行凶定谳，以免震骇那惊魂甫定的慈禧太后。然而，此番炸弹暗杀不只是有组织、有计划的行动，还有另一个同行掩护的共犯，叫张榕。

张榕是山东济南人，本名张焕容，和当时许多热血青年一般，读了邹容宣传革命的小册子《革命军》，深受启发与感动，把自己的名字也改作“张容”，颇现追随之意。邹容早在一九〇三年因《苏报》案发，主动到案，以为可以借着法庭辩论再一次宣扬反清建国的理想，却没能如愿，两年后瘐死狱中，得年二十。

邹容号召的年轻人很多，改名为“容”的就不少，张容其一也。行刺五大臣失败之后，张容逃匿了一段时间，身份却完全暴露，栽在一个曾经担任过火车检票员的杨以德手中。杨某年少时就在天津车站检票，练就一门过目不忘的本事，凭这本事进了探访局当差，一眼认得张容在行刺那天的动静。

被捕之后，张容吃了一段短时期的牢饭，却又凭靠着江湖人物宫宝森的帮忙，得以越狱而亡命日本，成了新创的同盟会之一员。究其实而言，无论“吴樾”或“张榕”，名字里的木字偏旁都是身为重大罪犯而被强加的“蔑称”，这是当时将政治犯污名化的手段，其情有如稍早破获洪门械斗团体时，会将涉及重大犯罪的棍痞与盗匪名字上加“水”字偏旁一样。

帮助张榕越狱的宫宝森没有想到，他这一出手，牵动了数十年恩怨流离，其中还包括他八卦门的大师兄丁连山。

名字上给添加了“木”字偏旁的张榕非但没什么不痛快，反而引以为荣，从此以“张榕”之号行走江湖。他是在辛亥革命之后不久回到东北的，发起“奉天联合急进会”，成为一方人物。

辛亥年武昌起义成功之后，关外与南方革命团体得以桴鼓相应的组织和势力都不大，新军之中只有两号主要的人物，还都是湖北同乡，一个是和蔡锷齐名、并称“北吴南蔡”的吴禄贞，一个是曾经在日本陆军大学深造有成的蓝天蔚。这两人在民元前一年十一月上旬到中旬的一周之内，一个死于亲兵之手，另一个被拔掉了兵权。杀吴禄贞，据传是出于袁世凯的唆使；而驱逐蓝天蔚，则是张作霖下的手。当时张作霖受东三省总督赵尔巽倚仗，授予奉天城防司令和剿匪司令之职。

张作霖其实无匪可剿，军权到手之后，必须找一个对象来立威，他想到了张榕。此人顶着个“行刺五大臣”与“同盟会同志”的头衔，并没有号召革命和发起暴动的实力。张榕是汉军旗人，祖上一直为清太祖努尔哈赤守陵墓，颇有赀财，东渡日本回国之后，在他寄籍的辽东之地就渐渐流传起一则故事，说他曾经在东京击败过日本黑龙会的浪人，武功不凡——这一点，实则无可考辨。倒是在丁连山和宫宝森这一对师兄弟的生平记事中可以略见端倪，姑且留待后话。

此处得先从张作霖说起。为了进一步镇压革命势力，他设计了一个几乎可以说不费吹灰之力的局。当时东三省咨议局的副局长袁金铠听说张榕在运动东三省独立，便立刻把这个情报卖给了张作霖，张的反应出奇诡异，反问道："那他怎么不来运动我呢？"

袁金铠吓了一跳，踌躇起来，以为张作霖也要变节。岂料他这是故弄狡狯，随即道："要是让他来拉拢拉拢我，你看他会有何手段？"

袁金铠听出这话中有话，却不敢对一向擅于见风转舵的张作霖妄自表态，随即抖了个机灵，说："那就要看司令的手段如何了。"

张作霖不再说什么，只比了个一刀斩杀的手势。

一九一二年一月二十三日，张作霖假作有意"因势利导，策动东三省独立"，而赴了张榕的饭局之约，席间忽然声称另有要公，必须先走。张作霖离去未及转瞬，两个枪手随即冲进来，把张榕打成了一个蜂窝。当天遇袭而殒命的还有一个旗人，名叫宝昆；一个汉人，名叫田雅赟——都是"奉天联合急进会"的同志。从这一夜以后，张作霖展开了多次暗杀行动，对象就是一个又一个"剪了辫子的可疑人物"。

张榕这个名字很快就被掩没在一连串屠杀血案的底层。但是同样身为同盟会的老成员、当年营救过他一回的宫宝森却极不甘心。

“革命不是我们这样的人干得了的！”丁连山冷冷地对宫宝森说。

日后宫宝森在一封给他女儿宫若梅的家书里写道：“而忆昔所以念兹在兹者，岂其革命耶？毋乃报仇而已矣。十年磨剑，以为一快可图，殊不知犹混落贼之圈套耳！”

此处所称之“贼”，还是张作霖。

终吴樾一生，不知道自己的名字给添了个木字边；越狱的张榕则是个豪迈自喜之人，对于被腐败的封建王朝视为罪犯（枷锁铐镣之人）的印记，他反而相当得意。有一个说法——见高拜石《古春风楼琐记》，以为救张榕出囹圄的是狱吏王喜璋（字少堂），王有感于张的侠义之风，利用一次收牢交接的机会，给张换上狱警的号衣，两人联袂而逃。

这一段记载有两个小错误，其一是王喜璋没有“少堂”这个字号——倒是有个王小堂，是张榕越狱后组织“奉天联合急进会”时代的一个激进成员。王喜璋当时放张榕出狱，纯粹是被绑架，真正主谋和执行这一援救任务的是丁连山和宫宝森师兄弟。丁、宫二人不但救出了张榕、策反了王喜璋，还筹措了一笔旅费给张榕东渡日本。张榕在东京交了不少朋友，其中有些是浪人——但是在张榕回国后膨胀起来的传说里面，这些浪人都具有了武士的身份，说这些武士“每以剑术自诩，而嗤支那人为‘东亚病夫’。张榕不服……约期比剑，连续败其著名者五六人”。

这个附会痕迹本来十分明显的传闻却成为辛亥年张榕返回东北组织“急进会”的有力宣传。值得再带一笔细述的是：此一“急进会”和一个“革命策源之地”有关。简单地说，就是：应该在哪里发起革命最有效？

武昌起义尚未发生之时，革命党人十仆十起，总不能在神州大地遍野开花，于是便有了这样的讨论：既然满族倚长白山之王气入关，岂能仗南方尚未结成一龙脉的五岭之气以应之？不如“发难满洲，直捣黄龙”，索性在努尔哈赤发迹之老穴作乱，这是“汉族反正”的一套论述。

可是没想到，武昌一役，意外成功，东北新军也蠢蠢欲动，成立了“奉天国民保安会”，想要把方面大员给强拉下马，推举当时的东三省总督赵尔巽为会长，下设内政、外交、军事、财政、交通、教育……七个部，俨然一独立国矣。

张榕是在武昌首义之后回国的，眼见赵尔巽之勉强就任那个什么“保安会会长”根本是虚与委蛇的缓兵之计，于是自行号召，另外成立“奉天联合急进会”，顾名思义，其焦忧可知。张作霖赖赵尔巽护持提拔，受封为奉天城防司令和剿匪司令之后，屡思有为，却又不敢真正撄民党之逆鳞，所以就下了个暗手。透过当时的咨议局副局长袁金铠之约，在德义楼饭庄设局，一阵乱枪杀了张榕还不算，袁金铠才回报了张榕的死讯，张作霖的第一句反应居然是："他那些急进会的同党呢？"

"张榕的同党"是张作霖此后多年的一个噩梦。到一九一五年，他又设了第二个局，试图将这些人一网打尽。至于是哪些人，他自己一无所知。但是从对立面来看，根据丁连山日后的回忆，他和宫宝森俱是自投罗网的彀中之人。

张作霖是马贼出身，一九一二年九月，被袁世凯任命为第二十七师师长，比之在赵尔巽手下干司令，反而更觉踏实，因为老袁看起来倒不了。一九一五年，为了支持袁世凯洪宪帝制，张作霖一方面尽力打压清朝亲贵之余孽——宗社党；一方面更大力清除当年的革命势力，也就是急进会的残兵游勇。他想了一个引蛇出洞之计。

当时，奉天监狱里关着一个流落当地、精神失常的日本浪人。此人名叫薄无鬼，本来醉心革命，是"来华义举"的同志，可是民国一旦肇造，似乎没有人搭理他了，抑郁经年，忽而有一天行到通衢之上，拔刀狂舞，势若要斩杀无辜的路人。

薄无鬼很快地被张作霖捉进官里，治了个扰乱地方秩序之罪——好歹这也是剿匪司令的业绩。但是居住在奉天的日本人却不高兴了，以为他小题大做，不过，小题大做之人岂能因为这样的压力而缩手呢？一旦缩手，不反而真应了小题大做之讥吗？薄无鬼一押数年，不审不放，人就更疯了。

丁连山回忆录式的《归藏琐记》中有《薄无鬼》专章。此公行文虽然夹文夹白，甚至不免颠三倒四，但是描述得却很清楚，兹抄录于后——首先是薄无鬼的出现：

乙卯春，奉天大雪，忽而市井传言，狱中逃出一人，即薄无鬼也。一身簇新武士直裰，上衣交领右衽，三角广袖，胸前系宽带子，绿颜色晶亮好看。下袴似裙，有水云褶缝，十分熠耀。此外，尚有外布衣及大纹，大纹据说乃是家族纹章，似花瓣，于前胸作装饰，缘以菊坠。短刀斜插腰际，长刀在手，若新发于铏，似是初添购的。

不但长刀看来是新添购的，连薄无鬼的整个儿扮相和服饰，都像是被“整体造型”过之后才亮相的。但是没有人仔细寻思这一点，丁连山、宫宝森以及当时城里所有看见、转述薄无鬼行径的人，都只注意到他所说的话：

凡此剑所到之处，即是大日本国之领土，擅入者死。

一面说着，薄无鬼一面用剑尖儿在六七寸厚的雪地上画了一个径可丈许的大圈儿。之后，便不断重复着那几句话："凡此剑所到之处，即是大日本国之领土，擅入者死。"他说到了，也做到了；不多时，雪地上那个工工整整的圈儿里便横三竖五地躺着几具尸体。据说他们都是一接近剑圈儿就被斩杀了的，可薄无鬼从未离开圆心半步，而他的剑也只有三尺多长。不知道是人们的错觉还是薄无鬼真有什么邪门的本事。

过不多时，围观于较远之处的老百姓却渐渐察觉：地上那剑尖儿划过的圈子怎么在不知不觉之间仿佛慢慢儿扩大，原先只占半条路的宽度，数刻之后，似乎两条马路的十字路口都在圈儿的范围之中了。丁连山如此回忆：

我遂与宝田商议，此人不除，还不知有多少乡亲要无辜受害。然宝田支吾再三，似有苦衷，经我追问，乃告以："彼为当年同盟会之同志。"我即骂他浑蛋，习武的人，万事沾染不得，乃胡乱与人拉帮结社耶？要知道："万人敌"与"一人敌"固是二事，犹如大便入坑、小便入池，万不可搅在一处混账！你与人牵扯既多，顾忌便深，江湖奈何走得？此事由我一人干去便了。

宝田当即劝我："本门还有赖大师哥撑持掌理，尔这一去，非身死、即是杀人，如何是个了局？"我遂问他："杀人逃刑、被杀送命，与夫撑持掌理一门户，孰为易？孰为难？"宝田曰："当然是杀人、被杀来得容易；撑持掌理一门户来得难。"我便道："诺！我今为其易者，尔且任其难。"刻直趋通衢，攫薄无鬼襟而掌杀之！

虽然与革命一些儿干系也没有，令人感到"何其壮哉"的可不只是"攫薄无鬼襟而掌杀之"之举，还有那两句显然脱胎自吴樾与赵声诀别之词的交代。但是丁连山万万没有想到：放出薄无鬼来闹事，根本是个陷阱。张作霖的目的是要东三省的革命势力藉由反日而浮出水面，再留给日本人去追讨其余。

丁连山在《归藏琐记》里描写他攫杀薄无鬼于一瞬间，似是有点儿简略了，但实情也差不多是那样速战速决。不过这一段回忆的重点，似不在攫杀，而在于薄无鬼这个人——以及他所代表的日本人的心情：

> 彼邦（按：指日本）之人，协同发展革命，缔造中华，实有功于民国。但是居功之心不泯，便要时刻来讨索。

所以薄无鬼不是一个人，而是一种人、一群人。从丁连山所记的细节可以揣见：当张作霖从狱中放出薄无鬼之时，还特意为他量制或添购了新行头，让他在通衢大道之处亮相，这在在都显示，薄无鬼是个诱钓金鳌的香饵。盱衡推度，若是有那看不惯薄无鬼在中国土地上撒野的，必属民党之流，他们一旦出手，就只有两个结果——亦即丁连山与宫宝森所谓之“杀人逃刑”或是“被杀送命”；张作霖两面借刀，兵不血刃，就把薄无鬼之流“调度”成“剿匪部队”了，其用心深刻险狡可知。无怪乎高拜石对东北胡匪出身的军阀打过这样的比喻：“张景惠宛如《水浒传》里的晁盖，高拱而已；冯麟阁威权煊赫，似玉麒麟卢俊义；张作霖城府较深，和众家兄弟颇能号召，像呼保义宋公明。”（语见《古春风楼琐记》）

斩杀薄无鬼似乎很容易，但是丁连山为此不得不亡命天涯，数十年不得在家乡安身立命，而且时刻有来路不明的人借故寻衅、挑战、暗袭甚至追杀，连正儿八经的一块八卦门招牌都扛不住了。只是由于丁连山叙事稍涉淆乱，有些交代心迹的话语，并没有详述其出于何时何地，我们只能猜测：就《归藏琐记·金楼之会》来看，他与宫宝森是在薄无鬼死后将近二十年（也就是 1935 年左右）才于广东佛山金楼重逢之时，揭开了这个上当的底蕴。

当时宫宝森以八卦门掌门的身份，率领众弟子南下广东，藉由推动“中华武术会”名目，倡议“南北合”，间接谋求武林同道支持南京政府。没有想到上了金楼，宫宝森才发现大师兄隐迹于庖厨，伺候了他一碗汤。一尝那汤，宫宝森知道是故人到了，大事也不谈了，亲自寻入厨下，果然见着了鬼魅也似的丁连山。

丁连山记曰：“我别无长言，仅对宝田道：‘彼日出手杀薄无鬼，我便堕入了鬼道。此后你我便有如衣服，尔为一表，我为一里，尽管彼此相依，却也两不相侔。然南北议和之事，切记不宜横柴入灶、操之过急，你也要学会“反穿皮袄”！’”

“反穿皮袄”是一句童子能解的歇后语，意指“装羊（谐‘佯’）”。这话合着先前“有如衣服，一表一里”“尽管彼此相依，却也两不相侔”之语，便更有意思了，丁连山漂泊江湖数十年，所参悟的一个意思，说穿了，就是“不上台面”。这大概不只是“衣服里子”当惯了，与人无所争而已；更深刻的一个觉悟恐怕还是彻底抛却了江湖人每每萦怀挂心的“门户”“门派”“门墙”之我执。

以武术同道为号召，让早年在革命时期充分被利用、被发遣、被征召捐躯赴义的会党人物再一次鼓勇而出，为民国效力，倡议南北合作，这是光明正大、冠冕堂皇的事；即使争不得封妻荫子的富贵，也占得上爱国救民的声名。但是丁连山提醒宫宝森的却是：这一切都充满了虚妄的期待，因为“武”“武术”“武林”“武侠”……早就是纯属虚构的事；“装羊”，毋宁也就是取义于羊之乖顺隐伏了。

这话说了没几个月，刚从欧洲考察返国的胡汉民神秘地暴死在一枰棋局之上，地点就在广州。蒋介石随即要收编广东省主席陈济棠的军政大权，以反戈消灭桂系的李宗仁，两广事变接着就发生了。而那一夜金楼之会，宫宝森幸而听取了丁连山的一番话，并未强人所难地鸠合在地各武术名家誓师护国，否则，他也必然是要堕入鬼道的。

民国建立在一片混乱之中，而且它不像月份牌上标志的那么清楚，撕去一页、换过一本，就是新纪元。绝大部分在模糊的想象之中应属全新的事物，并不会随着民国纪元而自然生发出现；而绝大部分在理所当然被抛掷、淘汰、遗弃的旧社会事物，却毫无障碍地通过新纪元而留存了下来。

宫宝森虽然不是一个新派人物，不过他同情革命、加入同盟会、帮助受难的民党分子，也在一般人性的角度上倾向于服从多数而得到最大的和平。对他而言，金楼之会根本不是一个政治号召活动，而是一个藉由“南北合”的帽子所象征的具体实务——中华武学各个门派打开门户、交流子弟、切磋技巧、融会心得。这些个在三家村的武师看来十分迂阔而大胆的意见，根本上还有一种“欺师灭祖”的况味。不过对于宫宝森来说，这是一念之转、一蹴可及的功业。他毕生唯一表述过的“政治意见”是在写给女儿宫若梅的信上：“总理孙氏上李相书有‘人能尽其才，货能畅其流’语，其武学之谓欤？吾辈欲健其身、强其国、优其种、神其技，宁不尽才畅流，以增益其所不能乎？”

此处的总理，指的是同盟会总理孙文，李相则是李鸿章。从治国经济看去，宫宝森当然是“误解”了孙文的学说；但那正是民国人物对于一切所能承继与发扬之事的想象力使然。换言之：开放门户之于其他伟业究竟如何姑且不论，之于宫宝森则是一个殷忧启圣、多难兴邦的譬喻。

在厨灶间惊鸿一瞥地见到丁连山（这可能是他们师兄弟最后一次会面）当晚，金楼之会走上了他意想不到的岔路。那是因为广东当地各个门派根本上既不相信“中华武术会”

的和平号召，反而怀疑这是北方武师强龙压境、裹胁收编的一个策略——犹如当时（1935）南京政府之觊觎广东资源的一个试探。就在宫宝森离席的一小段时间里，他的弟子和三数个在地门派的武师起了口角，双方约以“封门会手”的方式一决高下。

就在兼领八卦、形意二门的北方武师（也是宫宝森的徒弟、马姓行三者）出手尽占上风之际，惊动了隔壁烟霞馆（鸦片烟铺）里的一个本地的纨绔。此人祖籍南海罗村镇联星谭头村，祖上开设药材行，几代发家，寖成富室。到了他这一代上，便只通练拳弄技的门道了。

忽然间起了这么个南北较武之局，便有好事之人穿梭往复，再三再四地通报，将金楼之中两造交手的招式——向他陈说，这个作壁上观的纨绔原本只是“默拳”——也就是依着来报的口信在心头默默演练双方交手的实况——可就在听到某招某式之处，他猛地起了身，亲自踱到金楼，前去向当局交手的讨教。他从默拳而得知：来人的确是高手。

高手介入高手的局，后来怎么过招，没留下记录。我们只知道这纨绔不但打了马三，还伤了宫宝森，但是却意外地被宫若梅收拾了一顿。又过了十多年，江山易帜，丁连山逃亡到香港，不期然遇见这已经开宗立派的后生，彼时此君已过中年，而丁连山却是个垂垂老鬼了，他写这一次面晤：“我告以：天不欲武学昌明，才不叫我晚生二十年，或不教汝早生二十年！”这话的意思是：两代宗师人物居然没能凑得上一搏，其感慨颇似陈三立之“吾生恨晚数千岁，不与苏黄数子游”（《肯堂为我录其甲午客天津中秋玩月之作诵之叹绝苏黄之下无此奇矣，用前韵奉报》）。

此君姓叶，本名叫叶继问，为人寡言辞、有侠气，纨绔之间惯爱互相调笑，都叫他“焖鸡”；这个不好听，于是便把“继”字省略，改名叶问。

□

再历三数十年余，两次世界大战再劫复重生，世界的局势与描述和记忆这世界的方式迥异于前，以《归藏琐记》这样的笔记理解世情者渐渐减少，而以电影、电视打造历史的人却成为求知记事的主流。于是，尽管涉身打造整个时代之共业如丁连山、宫宝森者流，却识者渐稀，反倒是因为娱乐拳术明星李小龙之享誉全球，叶问又受惠于李小龙曾拜师之德而暴得大名，的确是一两代以上之人发梦所不能及的诡谲之变。

王家卫于二十一世纪初回头拍摄《一代宗师》，人皆以“叶问正传”目之，认为这一部片子有别于香港影人所拍摄的武打电影，而彼等商业类型之作又实不能历述叶问之生平。此论大谬不然！论者殊不知王家卫之居心用意，实有借众人感觉有趣之热闹人物另探民国史之罅隙。换言之：来问叶问事者，岂不于丁连山、宫宝森处得以窥民国武坛与东北军政之一斑乎？

我与王家卫原本不曾谋面，若彼此声闻，也就是经由作品而已。二〇〇三年，他请自家泽东公司驻台经理陈宝旭代为联系，说是急于一见，“与叶问题材电影故事有关”。随即自港飞来，飞机甫落地即租车直驱新店敝处，见面无他语，第一句话居然是：“你那钵儿还在吗？”

“钵儿？”

“那个铜钵儿——”

王家卫所说的铜钵儿，既曾经出现在我的作品之中，也一直在我的床头。那是一个具体的实物，也是一个情感的允诺，一个舍己忘身、慨然帮助他人的允诺；只是我一直没有切身实践过。

第二话·人间藏王

我所认识的藏王在与我道别的那一刻，大约是希望我不要把接受帮助的事放在心上，他告诉我："帮人找回他丢掉的东西，是我们的工作；你不要放在心上。"

我们的下一个故事，是在一个很长很长、长得一本书都装不下的故事里，不时地会提到地藏王，而且要从寻找地藏王开始说起。

不过，在进入下一个故事之际，我还是得唠叨一下，把我亲身经历的几件事交代一下。这不但跟地藏王有关，也跟地藏王传说融入现代人的真实生活经验有关——地藏王如何粉碎鬼的地狱，解脱鬼的痛苦，如何实践"地狱不空，誓不成佛"的信念，也许该有更清楚的描述。不过，我一定要先提醒读者：无论事件如何离奇、怪异、超乎自然，它都是发生在我们所生存的这个次元里的。同一个人间，而不是异质的时空。就像是几篇内容、形式、旨趣、兴味各自不同的短篇小说，给发表在同一个集子里一样，它们彼此不相连属，个别衍生的情节也没有任何枝节的牵涉，然而一旦编成一个合集，仿佛分享了一个世界。

今天清晨我梦见在中朝边界的长白山上，有一人滚坡而下，滚了几十尺，才勉强刹住，我上前伸手要帮忙，没捞住他的臂膀，倒是一脚丫子踩住了他的风衣。他却继续往下滚，我拾起他的风衣，风衣像魔术师吹过气儿一般不见了，捧在我手里的，是一个铜钵儿，径不足一尺，浑圆椭扁，阔口鼓腹，泛发着陈旧的光芒——到哪儿它都跟着我。

当我醒来时，铜钵儿还在那里。

一九九〇年夏天，我的老朋友、也是知名的电视节目制作人詹德茂约我见面，说是要开一个新的节目，会邀请几位作家亲自赴大陆，各人负责一条独立构想的旅游路线，担任“屏幕领队”，也就是一般人所熟知的“主持人”。每一位作家必须亲自在那条旅游路线待足每一分钟拍摄时间，摄影机全程伺候，作家眼见什么景、心想什么事，都可以对着镜头说，就像是在主持了。之后，跟拍的导演再依据节目需要做剪接，看能剪成几集、就做几集，算是弹性很大的一个拍摄计划。

当时约聘同行的导演是周定阔，执行制作是王理和邵懿德，皆堪称一时之选；但是能面对镜头，还侃侃而谈、滔滔不绝的作者却极少。就我所知，真正玩儿了一趟、还把制作单位要的东西拍回来的，只有我和诗人林耀德。

林耀德挑的路线是东北中朝边界，有鸭绿江、长白山，还有说不通话的一大堆朝鲜人；我特别记得在他拍回来的影带里有滑险坡下山、还磨破了裤裆的一个画面，可见其辛苦。

我挑的路线则轻松得多：乾隆游江南。也就是先在南京安排好拍摄机具，搭渡轮过长江，从镇江出发，大致上跟着当年乾隆的行脚，一路经过扬州、常州、无锡，绕太湖转半圈，再上苏州、杭州（甚至还特别为了上鲁迅故居而跑了一趟绍兴）。春夏之间，虽说有点儿热，可大体而言，是追随着乾隆的脚步，我所受到的礼遇也颇让我自觉像个皇上。

这就要说到杭州的藏王了。那一天我同邵懿德两人先在杭州城逛了一上午书店，主要当然还是一句老话："临时抱佛脚"，搜集搜集未来三四天即将在这古城里拍摄的口白资料。一摞书堆起来有两尺多高，照例是邵懿德帮我拎着，我说上西湖边儿上的柳树底下去看书，岂不风雅?

这主意出坏了——因为当时西湖边儿上的柳树新栽的多、成荫的少；这一株底下晒头，那一株底下晒脸，一连换了两三回座儿，我才猛里发现：挂在脖子上的一个护照袋不见了。里头有护照、机票、证件，当然还有些现钱、信用卡。想一想，是换座位的时候，回身帮着邵懿德整理一大堆书籍，嫌那袋儿垂挂在胸前碍事，摘下来扔在椅子上了。再沿路踅回去，当然还是找不着。皇上当场发了脾气：老子回宫了，不拍了！而且我的意思是立刻回台湾，根本不玩儿了。

其余人等一面安抚我、一面报了案。到如今我还记得周定阔脸上的表情是惶急之中略带着一丝肃杀之气，给我的感觉好像是在说："不拍的话，你会像护照一样消失的。"

没料到的是第二天一大早，公安局的电话直接打到旅馆来：那护照袋找着了。管西湖的公安局应该不止一个，我们去的那一个居然在湖边林下，可谓"绿荫深处"了。远伫凝眸，与前一天曝晒在天晴树小之处迥然是两个世界。我几乎不能想象：这是同一个西湖。我还记得，一时居然完全忘记遗失了护照袋的事，我在柳荫下逡巡良久，一些不明来历的诗句便在波光云影之间浮沉、闪烁。"玉骢难系柳丝长"，这是从《西厢记》曲词里颠倒拼装而来的；"诗才未必输陶谢，謦欬居然变柳禽"，这是从谢灵运的诗移花接木而来的；"恣意东风信柳催，影丝烟信踏波来"，这是全无出处的两句开篇……总之，刹那之间，我在现实里失落了现实，在时空中抛掷了时空。不知今夕何夕，亦不知此地何地。

直到邵懿德喊我："我们还是领护照去吧！"

进去之后，公安核对了我的身份，我则检查失物，一样不少，可说是完璧归赵。非但如此，感觉上一沓子尚未换成人民币花销的美金好像还多了些。关于这一点，坦白说，我报案的时候只提到有大约三千美金，并不记得里头的实数。这时一张一张清点，居然有四千三百多。公安局方面似乎不以为意，我自然乐得装糊涂。

那负责办销案手续的公安对我说：“是两个农民捡到的。”拾金不昧的农民说什么也不肯向失主公开姓名地址，但是那公安却说：“你们身为台胞的，还是应该‘意思意思’人家一下，写封信、道个谢都好。”于是给我看了看对方填写的报案单，一个叫第五明，一个叫萧金山，就住杭州城外。

我把那两位拾金不昧的农民的姓名、住址抄写下来，再三致谢，并谨慎地问：“这‘第五明’是个人吗？”

那公安一瞪眼，道：“不是个人，难道还是鬼吗？”临别时他还特意地强调：“祖国的农民是最可爱的，你回台湾去要给表扬表扬。”我说当然当然。

接着，我跟周定阔商量，看可不可以从拍摄时程当中匀出半天空来，让我去拜访那两位老兄一回。周定阔一面改写着工作程序表，一面冷冷地对我说：“皇上要起驾，为臣敢不从命吗？”这话很凶的。

利用那一个算是偷来的下午，我按着公安交付的地址，在一个显然称得上杭州城郊的小村落里几乎没拐弯儿就找着了第五明。看上去，他约莫有五六十岁了，是个大约一有点钱就去镶个金牙的农民，远远地一见我，就龇着金牙迎上来，主动说：“萧金山不在，有话屋里说去。”

一时之间，我也没什么可说，捧上了两大篮水果，进屋搁在桌上，直嚷着谢谢、不成敬意、笑纳笑纳之类的应酬言语。我随即发现到这间正屋的墙上唯一的装饰品（仔细思量一回，你可能还会怀疑：它算个“装饰品”么？），那是挂在北墙正当央的一把三弦，通体木质无漆，应是手工打造，由于有了点儿年代，或许是汗泽沁润，看得出敷染着些黯淡的油光。那油光是反射过来的，顺着亮光看去，光源则居然像是桌上被两篮水果遮住了的一个陈旧的铜钵儿。

看一眼那把三弦、再看看那铜钵儿，回头再看一眼那把三弦，倒是想到了一个破解初识尴尬的话题，我随即一指北墙：“您也演奏乐器啊？”

第五明斜瞄一眼三弦，笑笑，用一口杭州腔极重的普通话对我说道：“什么演奏啊？弹弹，就是弹弹，亲朋戚友、旧雨新知，见面不就是弹弹吗？”他手里比划的是个弹三弦的手势，嘴里说的，却像是“谈谈”，说话、聊天这么个意思。接着，他却流露出一副迫不及待、忙要开门见山的模样：“废话不多讲——你钱都收到了呵？”

我说：“收到了，谢谢、谢谢！”

“多出来的也收到了呵？”

我登时脊梁骨一麻、心一冷，支吾了两声，硬起头皮，道：“收——啊也收、也收到了。”

“那好。”第五明微微笑了笑，道：“两年之后，烦你转交给一个同你说起‘杭城风云’四字之人，我就先谢谢啦！”

“‘杭——城——风——云’？”我一个字、一个字地重复了一遍。

“不错。这钱，是那个人的一个朋友的，不多不少十三张。”第五明接着道，“你就跟那人说：叫他那朋友还是别打‘藏王’的主意了。”

“‘藏王’又是个什么东西？”

“人嘛，你说算个什么东西？呵呵呵！”第五明依旧龇着一嘴金牙说道。

“藏王”，勉强算是一个“职务”罢？我也只能这么说。

坐在我眼前的第五明就是“藏王”。而那位我一直未曾谋面的萧金山也是“藏王”，萧金山是第五明的前任；你也可以这样说：第五明是萧金山的徒弟。不过，当时我并不明了。

我先前说过：那是一九九〇年。在那个年代，杭城四河，一条不剩，可“藏王”居然还在呢。

“藏王”是有来历的。传说杭城里有河的时代就有这故事了。杭州耆宿都知道：“有河就有帮，有帮就有王。”意思就是说凡事要有“单一窗口”，绝不容令出多门。这里所谓的“有帮就有王”，就是指“人间藏王”。

这是怎么回事？就要往杭城四河说去——

杭城原有四条城河。自西而东，分别是浣纱河、施腰河、盐桥河与菜市河。施腰河又名小河，在城区中间，东起盐桥河新宫桥之北侧，北至洗马桥接浣纱河出武林门，全长十里，是杭州古河道。听说这河道在抗战期间就淤塞了，淤塞的原因是居民长年以来不断倾倒粪便垃圾之故。民国三十五年索性修筑成马路，叫光复路，这路才修成就往下陷，所以当地人常拿“光复”“陷落”两个词开玩笑，大意不外：“怎么才光复又陷落了？”一九四九年政权更迭，关于这条“粪底儿路”的流言俗谚，可谓一语成谶。

杭城市里走船，例有专职船夫。四河船夫分两帮，浣纱、施腰二河一帮，叫“清湖帮”，因为浣纱河旧时又名清湖河之故；盐桥、菜市二河是另一帮，叫“运河帮”，因为菜市河旧时又名运河之故。这两帮各有帮主，平时互不往来，只在一年三节以及祭河伯的日子，两帮会合力主持典礼、迎宾酬神，揖让升饮，俱能中节有度，称得上是相当平和的地方势力团体。

这两个帮，有一名义上的共主，叫“藏王”。“藏王”是一脉单传，谁也不知道他会将这共主宝座传给谁，且多少年下来，十之七八，是不传给这两帮弟子而尽付于外人的。最有意思的也在这里：共主的宝座——在帮中人丁看起来——是谁也不想坐的。

这又怎么说呢？打个世俗的比喻吧，杭河二帮行的是“虚位元首制”，两帮原本非亲亦非故、无怨亦无仇，各做各的生意，卖的都是劳力，也没有什么特别的利市，是以即便当上共主，既发不了财，也改不了运，孬好还就是个撑船的。可一旦当上了“藏王”，撑船的时间就少了。因为每一位“藏王”都有个使命，非得在任上完成不可：那就是物色下一任的“藏王”，物色到了适当的人选还不算完差，还得传授一门“藏王功”。少则十年、多则二三十年，把前任所传下来的这一门技艺完完全全再传授给新任，才算是交卸了职责。所以“藏王”的闲事不少，却肯定赚不了什么钱，身上只有一样值点儿银子的东西：一个铜钵儿，可以到处要饭吃。据说在前清的时代，上杭州常见的“门板饭”饭铺嗑一顿，凭着手上的钵儿，只一个制钱就许吃一顿，还外带一勺子又香又浓的“浇裹”。

你可能会问：就算是个邻里干事、街坊委员之类基层公共服务人员，起码“藏王”名目听来地位崇隆，应该颇受人尊敬。其实大谬不然。——在有河有船的时代，“藏王”不外就是个撑船的，淤了河、没了船，就连撑船也谈不上了。

你还可能会问：不是有一门“藏王功”吗？世论言及功法，不是强身、就是会武，养生自卫带吓人，也算是了不起的能为了。然而，事实摆在所有人的眼前，从古至今，没有外人知道过：那“藏王功”是什么玩意儿？究竟练得成、练不成？什么人才、花什么力气才练得成？练成了又有什么得利得便之处？没有人知道。至少，除了“藏王”之外，没有人知道。

杭城河帮起源甚古，甚至早于庵清、早于粮米帮，还有说宋代就有“清湖”“运河”两帮了。“清湖帮”和“运河帮”原本各自劳力营生，之间既无瓜葛、也无芥蒂。人说船过水无痕，水世界茫茫荡荡，也并没有地标；你帮之船、我帮之船，就算划过了界，冒出去三五里地，也不该有什么计较的。

偏偏在新宫桥和洗马桥之间的施腰河一带，船夫与船夫常有些摩擦。人就是这样，有计较处且计较，没计较时找计较。有那么一回，为了这沿河十里的迎送往来，两帮闹起意气来。运河帮里一个船夫拿篙子打破了清湖帮里一个船夫的脑袋，搅得浣纱、施腰二河里三天找不着驾船的——这两河的人丁连夜把手下所有的船只拉上旱路，一总堵上了盐桥、菜市二河的各个渡口；这就是要打混仗了。

有人报了官，县父母其实早就得着清湖帮方面的禀报，扬言官府里不得干预，否则本帮之人拼死也要杀尽另帮之人，那么一来，杭州城里的水路交通就非瘫痪不可。

可是官里不管，两帮打得就更野了！从船上打到水里，再由水里打到桥上，足足打了两天两夜，打着打着肚子饿了，招呼一声便各自收手，找一爿门板饭铺嗑上一大碗“门板饭”，吃饱了再回原地打去。

有那么个清湖帮里的愣小子，长得高头大马，平日手上使的篙子也特别的长，就在混战之中，这愣小子一篙杵对方不着，重心尽失，连人带篙有如今日那撑竿跳的选手一般，笔直倒栽入水。说也奇怪，一栽下河，就没了顶，别说人没上来，连篙子也不见了。

这是极不寻常的事：一根竹篙子，怎么会浮不起来呢？这是开打之后的第二天黄昏，众人又厮缠了大半夜，终于有个运河帮里的癞痢头船夫觉得过意不去了，打着打着，把手上的家伙一扔，道："不成！那大块头死活得有个交代！"说着便跑回现地，一头跳进水里，随即也灭了顶。大个子、癞痢头分属两帮，各有各的朋友，当然都不免心焦，可自凡是谁在那块水域里下去寻，就算是寻着了什么也不会有别人知道——因为无论是谁，一旦下去了就上不来了。直到天大亮，两帮里连先前那两口子算上，一共灭了七顶。

就在这时，武林门外踅过来一个身着一袭崭白丝袍，剑眉星目、器宇舒朗的后生，见众船夫围观议论，便笑着说："这是惊动了河龙了！"

众船夫闻言，不由得面面相觑，一时纷纭议论起来，有那年长些的，很听不得年轻人大放厥词，遂斥道："老夫在这河里撑了五十年的船，从没听说过有什么河龙的。"

"在山是山龙，在河是河龙，山山有龙，河河亦有龙；龙在山则兴云布雨，在河则鼓风作浪，有什么稀奇？"那白袍少年说，"这浣纱、施腰、盐桥、菜市四河原就是一龙之四爪，此龙潜修千年，正要化行于天，却叫你们这两帮混混搅扰，千年修行，眼见就要毁于一旦了，人家能不忿忿么？”

才说着呢，这河道之水就像是条被人给抖擞了一下的布匹，打从远处滚着不高不低整整三尺的排浪涌了过来。此时无风，如何能够起浪？这且不疑它，浪头由下游翻滚回上游，更是千古奇观了，看得众人胆一颤、心一惊，悉数朝河面跪了下去。

那白袍少年又道：“诸君且将你们的船都系了，待我同那河龙说上几句。”

目睹此景、又闻听此言，船夫们哪里还敢叫嚣顽闹，纷纷下河去系船，也有船和船夫不在现地的，自有人前去招呼知会，这就不烦赘述了。且说这白袍少年打从袖筒里取出一个金光闪闪的钵儿来，念了声：“阿弥陀佛！”随即将钵儿高举过顶，眼睛则垂视着河面，喃喃说道：“我听说龙出则水涌山崩、风驰电掣，经常损毁禾麦田庐，今番若非我道经此地，汝这孽畜恐怕还是要伤及无辜的。我既然已经来了，汝何不先发还那几条性命来，我也好记汝一笔功德。”

话才说完，那河面近桥之处猛可喷起一根径宽尺许的水柱，一柱喷出，又接一柱，一连七柱，几与桥边护栏同高，水柱渐渐向桥身移近，“哗啦”一阵作响，水柱登时倾圮，而桥栏上则俯卧着七口灭顶的人丁——正因肚腹给那栏杆抵着难受，嘴里便大口大口呕吐着泥浆水了。

此时桥当央那白袍少年又向河说道：“汝好生不杀，我佛自会勾记你一笔。若是先前被人搅扰，有个什么闪失跌损，我倒是可以在汝冲霄凌云之际，帮上一点小忙。如何？莫羞怯，汝且来！”

这时，原本万里无云的一片朗朗青天忽然打从正中央的所在，裂开一条大缝儿，乌云从中滚出，如吹如注，黑色的雾气稍一涣散，那蚕豆般大的雨点儿便串成千万条鞭子似的捶挞下来。雨水落入河面，却像在刹那之间变成了黏稠不堪的胶质，不时在河面上牵扯起一片帘幕一般的黑色水墙——不不不，不是水墙，被雨水从河中牵拽出来的，居然是一片三丈来宽的尾巴；光是宽，就有三丈，可知这尾巴少说也有一里多长了。

此龙由尾至头而出，最后龙头出水之时仿佛打从河底冒出一座山的模样。山上当然少不了头角鳞甲，光焰赫赫，才拔起来约莫二三里许之高，又低头俯冲而下，直向桥上的白袍少年冲去。那白袍少年一不躲避、二不抗拒，端端是一副任扑任咬的神情。河龙倒也乖觉，每俯冲一程，身形就小了一半，转瞬间打从半空里来到白袍少年的头顶，居然只余尺许长，“啪嗒”一声，掉进钵儿里，不过三寸有余。

“风停雨歇之时，劫难开过，黎庶无咎，此后再无羁身之事！”白袍少年将手伸进钵儿，抓条泥鳅一般地抓起那河龙，另只手将空钵朝众人一倾，钵儿稳稳当当地放在桥栏顶端，他和那河龙却一齐消失不见了。风雨乍停的晴空之中传来一声佛号，接着，是一段如经似偈的话语：

尔时。诸世界分身地藏菩萨。共复一形。涕泪哀恋。白其佛言。我从久远劫来。蒙佛接引。使获不可思议神力。具大智慧。我所分身。遍满百千万亿恒河沙世界。每一世界化百千万亿身。每一身度百千万亿人。令归敬三宝。永离生死。至涅槃乐。但于佛法中所为善事。一毛一渧。一沙一尘。或毫发许。我渐度脱。使获大利。唯愿世尊。不以后世恶业众生为虑。……佛赞地藏菩萨言。善哉。善哉。吾助汝喜。汝能成就久远劫来。发弘誓愿。广度将毕。即证菩提。

打从那地藏王的神话流传开来，杭城清湖、运河两帮就有了人间藏王。

菩萨留下来的，不过是个斤把重的铜钵儿，钵儿就摇摇坠坠放置在桥栏上，可恁是谁也动弹不得。然而某日来了个乞丐，随手一抓便取走了。有个船夫在一旁瞧见，觉得很不寻常，跟着那乞丐穿街过巷，偶一失神，只见那乞丐居然走进一堵墙里去，不见了踪迹。

往后这乞丐经久不曾现身。直到某一日，这个盯梢的船夫在洗马桥头系缆索的时候，猛里一歪身，倒在码头上死了。怪的是，空船的缆索径自松解，船头调转回西，沿着浣纱河顺流而下，直漂到武林门，才忽然在河当央停住，连打了二三十个旋子，这时左近几里之内闲慌无事的船夫也都打陆路水路上赶了来，众目睽睽之下，舱棚里晃晃悠悠走出来一条汉子，一边儿揉着惺忪的睡眼，一边儿说："藏王有旨：该干活儿的就干活儿去，这船归我、篙子归我、橹子归我、钵儿归我——还有这藏王的劳差苦力也一总归了我啦！"话说完，眼一睁，仿佛不知道自己先前说了些什么，踉踉跄跄站稳了，脱口大叫："谁把我摇过河来啦！快摇我上去啊！"

此际在河在岸的船夫早将这汉子团团围住，忽而有人大喊了一声："他就是拿走那钵儿的花子！"

这个花子，就是杭城首任的"藏王"——清湖帮、运河帮两帮船夫的共主。至于第五明是第几任？没人数得清，只知道他和历任的藏王差不多，原先都是不肯干这差使的。

藏王地位、职称与所做的事业，还可以旁求他证。也就是说：倘若某一藏王认为某事合乎他的良知良能，不可自外其事，他是有权利超越两帮事务而插手的。清梁章钜《浪迹从谈》里，有“扫秦”一条，可明缘故：

戏场有《扫秦》之疯僧，即济颠，俗以为地藏王现身。《江湖杂记》载其事云：秦桧既杀武穆，向灵隐祈祷。有一行者乱言讥桧，桧问其居止，僧赋诗，有“相公问我归何处，家在东南第一峰”之句。桧令隶何立物色之。至一宫殿，见僧坐决事，立窃问之，答曰：“地藏王决秦桧杀岳飞事。”数卒引桧至，身荷铁枷，囚首垢面，呼告曰：“传语夫人，东窗事发矣！”

济颠的故事如今是家喻户晓了，清人郭小亭便是参考王楚吉（即“西湖香婴居士”）编撰的三十六回著作《济公全传》，以及题署“天花藏主人编次、西湖墨浪子偶拈”的《济颠大师醉菩提全传》二十回，用这些故事当题材，写了一本长达两百四十回的《评演济公传》，演变到后来，无数说书人之师父师祖，乃至于无数师祖之徒子徒孙相互参商融合，居然又将这故事讲写成两百八十回本的《济公全传》。

总之，这些以杭州西湖灵隐寺济颠和尚为核心的故事就是藏王（或地藏王）神话的一个支脉、一条岔路。熟悉济颠和尚行谊的人不难发现：杭城四河河帮里的藏王，反倒像是更贴近现实的济公活佛。藏王故事，也正是济公故事的另一个版本——另一个较能还原庶民社会历史真相的版本。换言之：在还没有“人间藏王”这个传承的时代，菩萨的活儿还是很忙，事还是挺多，杭州出身的看官就算把济公和尚想象成地藏王的分身，亦无不可。

祖籍浙江宁波，生于上海的电影导演张彻，在二十世纪六七十年代，以武侠片和一代又一代的武侠演员弟子而扬名港台，他不但发掘武打巨星，也提升了武术指导在电影工业中的地位，非但王羽、狄龙、姜大卫、陈观泰、傅声等人由他一手捧红，就像是吴宇森、刘家良，也可以说是师承于张彻。

张彻极熟悉江南文史，尤其倾心于丰富多姿的杭州典故，当他以充满男性情谊和阳刚个性树立起新派武侠电影的风格之后，一直想要有所突破、有所改变、有所提升。他曾经多次和另一位名扬国际的导演胡金铨讨论：如何能够把“人间藏王”的故事，用一种现代武侠的手法和美学，表现在电影里面，让他当时最得意的弟子陈观泰领衔演出，片名暂定为《杭城风云》。

张彻根据有限的民间传说一头热地编故事，胡金铨还是气定神闲的那句老话："你得明白事儿。"

意思再简要不过：不能有了个题目就编排文章，如果要拍摄一部以杭州河帮藏王为题材的影片，就得先搜集材料、访问耆旧，弄清楚它在现实世界里是怎么一回事。

几经周折，还真通过地下管道穿透当时被西方媒体声称的"竹幕"或"铁幕"，打听到现实中的藏王依然代有传人，而且据说此人颇有不凡的神通，往往被视为具有"特异功能"之人。此人有名有姓，就在杭州落户，不难查找。

不过，张彻身份比较特殊，他早年受国民党文化工作头目张道藩的提拔，又是蒋经国身边的简任职等秘书，历经机要，又转进纸醉金迷、声色犬马的电影圈，在"文革"期间是不可能出入大陆地区的。倒是胡金铨好整以暇地跟他说："你不是要见识见识人家藏王的能为吗？就约个日子，让他上香港来；来得了，必然假不了！"

其间如何安排打点，外人无从与闻，只知道届时果然来了个自称是"藏王"的人物，声称此事甚秘，非单独约见导演不可，但是"要一万块钱港纸填钵儿"才肯说。张导演答应了，和对方约在九龙半岛酒店的一个房间里晤谈。

那人生得是形容猥琐、样貌丑怪，浑身还散发着一股鱼腥泥臭，一见面就要钱。张导演没提防，身上的港纸现金又带得不够，倒是美金还有一沓，立刻换算了一阵，如数掏出。对方翻来覆去点了好几遍，硬说少一张百元钞。张彻拿回去再数，果然少一张，只好补了。那“藏王”又算一遍，赫然还是少一张。张彻依样将所有的钞票抓回手里再数一遍，果然还是少了，无可如何，只能再给补上——如是者一连十二次。

不信邪亦不能不信——虽然张彻肚子里明白：自己身上就只剩一百块钱了，却还是准备豁出去再数一遍，孰料那“藏王”干脆伸手道：“你口袋里还有一百，掏出来就是了。”张导演依言掏了钱，交给“藏王”。“藏王”随即一抬屁股，朝房间的大面窗户大步走去，道：“让你看了十三回都看不出，还当导演呢！我看你根本是个骗子！”说时人已经钻进窗玻璃里去了。张彻大惊，起座开窗一看，外面是空的，临街俯首，不过是几十公尺近乎透明的峭壁楼面，那“藏王”不见鬼影，而张彻自己身上连一个镚子儿都不剩了。

那一部《杭城风云》毕竟没拍成。直到好几年之后，张彻也才敢把这件事向几个较为亲近的朋友坦白说出，我则是多年后辗转从胡金铨导演那儿听来的。

我在杭州遇见第五明之后整整两年，为了商量一个剧本，忽然有机会上美国加州帕萨迪纳小城去见胡金铨。我在胡导演家附近的一爿汽车旅馆里住了七天，每天没日没夜地和他讨论剧本——后来那部戏的下场却很惨，因为胡导要价太高、出活儿又太慢，给撤换了，我的剧本当然也被新换上来的导演丁善玺改得面目全非，不忍卒睹——他把一部原本应该是历史宫闱剧的大戏变成了带武打的春宫影片，丁善玺擅长如此，就算是一部大烂片，也自有出钱的电影公司会埋单。

但是对于我个人来说，那一趟加州之旅却很有收获，除了谈剧本，胡导演还有说不完的故事。闲谈间他提起了张彻壮志未酬的《杭城风云》，登时把我吓出了一身冷汗；悄悄屈指一算，离我上一回见着第五明，不恰恰是两年吗？我却没有把那一千三百美金还出去——不是有心暗杠，而是当时身上真拿不出来，就不好意思提——结果两位导演先后过世，我到今天还欠着这笔钱呢。

至于那形容猥琐、样貌丑怪、浑身散发着一股鱼腥泥臭、在半岛酒店里把张彻导演吓出一身冷汗的人，正是萧金山——第五明的前任，“文革”期间的人间藏王。

藏王第五明是我平生仅见的一个介乎阴阳两界之间的人物。平常时节，尽管有许多灵媒、巫祝、乩师之类的人物，在我们的身边、在这个世界的底层，辛苦地活着，毕竟幽明异路，也许正因为现代社会的发展使然，让这些人都不可能位踞要津，一言而为天下法，他们的活动和思维也只能在同样一个阶层里施展、作用并接受检验。正由于不能跟这个时代其他领域的知识和生活齐头并进，这走串于阴阳之间、人鬼之间的行业便愈来愈封闭、愈来愈萎缩。如果说有人打着鬼神的旗号招摇撞骗，说不定还会唤起无知无识之人的恐惧之情、甚至信任之心，这就反而让真正的鬼神蒙上了一层更加暧昧、轇轕的神秘氛围，益发难以获得真正的认识。

我所认识的这位藏王在与我道别的那一刻，大约是希望我不要把接受帮助的事放在心上，他告诉我："帮人找回他丢掉的东西，是我们的工作；你不要放在心上。"说着，一面将两大篮水果放在门前的石阶上，一面招呼左邻右舍的孩子们过来吃。接着，他又招我到他身边，在我耳边叽哩哇啦说了一大套。最后，他叮咛了一句："你也要帮忙人找丢失的东西，也不要放在心上。"

"我？"

"就是你，你总也要帮忙人找丢失的东西的。你能帮忙人找丢失的东西，就不会在意钱，就不会只知道买。"

日后，每看见一群人（尤其是小孩子们）分食水果的时候，我就自然而然地会想起他的话。在这些话语里，最令我感到恐怖的，是最后一句，那时我手上的确暗暗攥着一把钞票，想当谢礼，耳边却清清楚楚听见第五明说："回去罢，该你还的时候，就跑不了你的；它会找你。"他朝桌面抬了抬下巴。

他说的当然不是水果篮，但是事隔二十多年，直到今晨我醒来，再一次目睹那染带着陈旧意味的光芒，才想起水果篮旁边的钵儿。

是的，钵儿还在那里。

□

至于王家卫究竟如何得知我和萧金山、第五明那种不言而喻的承诺，我其实一直没有追问，或可能是打从心底我就觉得他们电影圈的人总有一种类似黑帮分子暗中流通消息的管道，也许是胡金铨、也许是张彻，虽说两位在过去几年间已然谢世，但是在他们生前，总有机会把这个连我都耳熟能详的诡异故事告诉任何他们圈子里的人吧？

有趣的是，王家卫自己憋不住了。当我们为了《一代宗师》中的宫二小姐究竟应该年轻一些还是年长一些而大伤脑筋的时候，在香港泽东公司的办公室里，我们之间隔着一玻璃缸可口的肴果，俩人却坐困愁城，全无胃口，一言不发，只能彼此吞云吐雾。他忽然说："没有一个合适的女人，就拍不成一部男人的电影。"

我以为它说的是眼前的宫二，不料他话锋一转，说："《杭城风云》就是碰到了这种状况。"

原来，《杭城风云》并不是只有一个故事背景。或者我们可以这么说：一个故事的缘起，在电影人发展它的过程之中，就不断质变成其他的故事，质变的原因可以是金钱、可以是环境、可以是演员，也可以是遥不可及但是一蹴而就的外来影响力。

本来是一个可考的民间信仰与世俗生活结合而成的现实传奇，活跳跳、生鲜鲜以撑船为业的地藏王菩萨，如何在街头巷尾拯救小老百姓于饥溺之间，即使穿插了一些夸张的武打，犹不失其直质与朴拙。张彻原先只有一个难题：穿插不进一个女主角的戏份。

这个难题让《杭城风云》拍摄计划面临了第一阶段的延宕，接着，张彻的老东家"国防部总政战部"的某公听说了这个"以杭州地理风土为背景的剧情片"计划，而横里杀出另一个想法："浙江人革命历史可歌可泣的也很多！""为什么不拍些革命题材的故事？""秋瑾秋风秋雨愁煞人伟大的剧情！”碍于那些曾经共事者的情面，张彻虚与委蛇了一阵，还看似认真地安排了几个主要演员的试镜。陈观泰的徐锡麟、戚冠军的吕公望，但是秋瑾呢？张彻还真不熟悉女角。

故事里的吕公望是个秀才，无意间读到了梁启超编的《新民丛报》，生出革命热情，找人介绍认识了徐锡麟、秋瑾，进入绍兴大通学堂。王家卫手头还有一部分当时用秋瑾故事写成的剧本，极可能出自张彻亲笔——

那是电影的尾声，有这样一段倒叙：吕公望和包括蒋介石在内的几十个革命青年去保定参加陆军军部速成学校的招生考试，忽然间看报纸得知徐、秋先后在安庆和绍兴壮烈成仁了。吕公望回想起不久前和秋瑾见面的情形。秋瑾执手相慰勉："今日就有这么多同志，我真兴奋，但现在时局很紧，万一有机可乘的话，我很愿你们都回来，可是我有要紧的事，要回绍兴去了。"

这是秋瑾和吕公望等人留别的话，也一次永诀的赠言。这番话显然深深打动了历史舞台上的吕公望，而张彻的剧本就是从这个基点上发展出来的。但是，他大概也就写了这么一点点。这个令人惋惜的故事最要紧的教训是：革命的号召再伟大，毕竟不是创作者初衷里的《杭城风云》。

"革命版本的《杭城风云》后来根本没拍，"王家卫接着说，“他的下一个版本的《杭城风云》故事就是白安人。”

白安人，本来就是我心目之中宫二的原型。

第三话·白安人

《清史稿》分得明白：正、从一品、二品官儿的妻室封夫人。正、从三品官儿的妻室封淑人。正、从四品官儿的妻室封恭人。正、从五品官儿的妻室封宜人。正、从六品官儿的妻室封安人。正从七品、八品、九品官儿的妻室都封孺人。眼前有这么一个，日后得叫安人。

话说浙江萧山县寒士钟俊连捷登第之后，入翰林院为庶吉士，在同年宴上结识了御前侍卫山西人白某。白氏家境素丰，有女及笄，想赘一个风流俊赏的读书人为婿，好改换门庭。钟俊是个素心人，读书就是为了消闲，原本没有做官的巴望，也没有什么振家声、显父母、耀门楣的大志，考得了功名，想是起码过几年安稳日子，不料有人来给说合，结亲就结亲，随缘无不可。

南阳府地属河南，实亦辖湖北襄阳，是个大镇。从京城到南阳，走水路虽然绕远，但是行程最为便捷，云帆高举，不数日即至维扬，再换船溯江西行，也只有几天的航程就能抵达。但是舟行也有麻烦的地方，启程泊岸之际，上下行李，比之骡马驮橐，要费事得多。尤其是白家老丈人，身为廷卫，久居宫禁，结交的达官贵人不少，新婚馈赠所得自然非比寻常。加之以自家备办的妆奁，其丰厚可知。于白侍卫而言，送女婿登程履新，应该算是一大盛事，所以刻意郑重其事，光是陪嫁的丫鬟奴仆，就有百人之众，雇来扈从运送的船只，竟多达数十艘。启航从京师至通州四十余里，连路旁看热闹的都络绎不绝于途，沿河逐走，看了一天一夜，人潮才渐渐散去。

这一顿排场，在白侍卫而言，不夸夸然热闹一回，还真怕江湖中人不知道是他老人家的闺女要出阁呢。换言之，正是这么敞开来炫耀，倒带着些许诸葛亮撩拨司马懿的意思，仿佛是说：哪个有胆不要命的绿林宵小敢作这一趟打劫的买卖，就不要怨我白某人事先没打上招呼。

可白侍卫不曾料到，宫门长锁，衙门长开，大内之中上下百多年，打转的不过是一家人；可官场之上也好，江湖之中也罢，风水人事毕竟是活络的，谁不会说几句“彼一时也、此一时也”“彼何人也，予何人也”这一类的话。说这话是个什么意思呢，不外就意味着后起之秀未必能明白、也未必肯敬重老辈儿人的身份；换言之，总有那么些不晓事、不通情、不知分寸的人物，还是看上了钟俊他小两口儿的一大纲家私。

有心干它一大票的不知道白侍卫名震京城，也不计较船上有些什么人，只知这船队沿途停靠的俱是通都大邑，等闲不好下手。而船行却越走越慢，仿佛雇主并不自觉已经身在觊觎者的眼下掌中，仍自好整以暇，贪玩风月。

这一天舟抵维扬，要从运河换入江行，不但得改为西航，有一部分货运还得换船。钟俊和年轻的妻子白安人为了腾出舱中的空儿来让家仆出入，索性在船首架了个矮几子，小两口儿对起棋局来。落子之初不过是申正时分，到中局，天色已经向晚了，白安人下得兴起，不肯离船，钟俊也觉得港口一片热闹，吵扰得很，小夫妻俩一合计，说是干脆溯江而上、继续赶路得好，毕竟维扬是个大地方，再走个几十里路，未必没有小一些也静悄一些的港汊津渡，自凡能泊舟过夜，也没什么好挑剔的。

奴仆们传唤船家启航的话一嚷嚷开来，尾随而至的船匪们可就乐了，他们知道，无论今夜在何处停泊，这一支船队都逃不出他们的手掌心儿了。眼前他们能做的，就是赶忙联系附近水浒之中能通上声气的同行，收拾更多的载运船只，于一战得手之后，立刻搬运赃物，凿沉原舟，而不惊动十余里之外维扬港口的官兵。

地头上也的确是另有几拨儿水盗，各拥一二舴艋小舟，但是合起伙来，共奉一名水性极好的江湖大哥为首。此人姓王，单名一个凌字，外号镇江王；顾名思义，其势力之大，可以溯流而上，直达镇江。不过，另有一个说法，说他能够溯江上泅，一鼓作气，由维扬直达江宁，这样的本事，就算是当年梁山泊的“浪里白条张顺”都不能及，可谓能够“威镇长江”了。所以“镇江·王凌”才算是他真正的诨名儿。

“镇江王王凌”也好，“镇江王凌”也罢，总之一听有这等好买卖，哪里还肯放过？登时催发了百数十艇快船，呼啸而至。船家们眼尖，远远听见打唿哨，再看火炬分而复合、合而复分，这是水面上的买卖家惯玩儿的把戏——也算是一门绝活儿了——将火炬隔舟抛递，往来不停，远远望着，在一片黑暗之中只见鬼火飞跳，此起彼落，倏忽明灭，声势十分骇人。船家水手看不多会儿，纷纷喊叫起来：“是‘镇江王’的势头！是‘镇江王’的势头！要死人啦！要死人啦！”

闹乱是几数息的工夫就传遍各大小船艘的，奴仆们将水手的言语跟钟俊一叨咕，吓得这书呆子登时觳觫不已。就在这时，却听一旁的白安人开口道：“小丑何敢跳梁？”

一句话说完，回身朝一个贴身的丫鬟使了个眼色，但见那丫鬟向空一甩双臂，作了个揖，外罩的长裙已经在转瞬间脱了去，半空中却爆起了个不大不小的烟火。接着发生的事让钟俊惊讶不已：一霎时间，各船船头都站出来个丫鬟，人人短打衣靠，黑衫黑裤，望之犹如一片黑墨，这些个黑衣丫鬟似乎是不约而同，或者早就操练过了似的，分别嘱咐船家水手，立刻将各船船身用铁锁串连成一气，打熄了灯火，合拱着钟俊所在的官船居中。

片刻之后，众丫鬟已经排成了一列队伍，一个儿轮一个儿来到矮几之前，由白安人发给一握棋子，吩咐说："不过是些个蟊贼，万万不兴许放他们登上船来，要是惊吓了官人，我唯你们是问！"

丫鬟们衔命而去，白安人这也才好整以暇地甩开自己身上的连身长裙，露出了里头的黑罗衫裤，青布蒙头，不知从什么所在摸出一囊沉甸甸的铁丸，挂在腰间。钟俊看她神色是眉立目扬，英武神俊之态，一点儿也不像新嫁以来的模样，不由得期期艾艾地问："你、你、你要上哪儿去？"

白安人嫣然一笑，道："不就是防贼去么？你要是不害怕，随我来，瞧瞧。"说着，拉起钟俊的手，相偕蹑步藏在舱门里侧。

此时"镇江王"的盗船也已经一字排开，与官船居中的这几十艘货船隔着不到一箭之遥的江面，缓缓靠了过来。这是个阵头，此时的货船要是不至于惊惶四散，盗船便仗着船多，乘隙围拢，待把货船像驱鸭赶鹅似的局促到团团一隅之地，不消半晌工夫，便可以登舱掳掠了。

说到这儿，就得岔嘴说一说白安人的布阵之道了。这一番防贼御盗，当然不外是行前白侍卫的一套交代：平日习武不辍的这几十个丫鬟们，人人驻守一船，外服长裙、内着短靠，遇事不急不慌先将船只锁了，免得临阵让人驱赶成聚食之蚁一般。

至于为什么锁上船，而不怕船盗用火攻呢？道理很简单，一旦要放火，必然是饱掠金珠财物之后；换言之，必然是贼伙登船行劫、事毕之后。倘或一对阵就放火，船船铁锁相连，当然难以收拾，那么放火的盗贼反而一无所得，白忙一场。这是为什么白安人仔细叮嘱“万万不兴许放他们登上船来”的道理，因为一旦让船盗登舟，那些熟练的强人还真会在得手之后放一把火，那可就万劫不复了。

这且回过头，说“镇江王”这一头。“镇江王”在这长江中下游一带讨生计，也不只三年五载了，仗着自己水性高人一等，聚成大伙，都说是当年横行大宋朝十数年的洞庭湖杨么托生的水中丈夫，数百载以下无与伦比者，可连这首领王淩也没见识过：居然有这么一支既不似官樐、又不似战舰的船队，能够摆出这么个阵式来，而且诸船一字横江之后，竟熄灯偃息，不见一丝一毫的动静，这——到底是怎么回事？

怀疑未决之际，片刻如经时，等盗船逐渐逼近，双方船头之间不过是丈许宽而已了，王凌左顾右盼，看这排面拉得太宽，怕号令不及，万一有个平素往来疏远的水浒弟兄一时认不清号令，或者是着慌放了火，船锁连绵，把这笔大好的买卖付之一炬，岂不可惜可憾？于是匆促之间，急饬所属：赶紧灭了火把，持挠钩利刃登船，一探究竟。

接下来的事，就更出人意料之外了。王凌一声号令才传下，有那早就盯梢许久、知道船上有众多女眷的水贼，根本不屑得取兵刃，赤手空拳便抢着往这边船头蹦跳，可说也奇怪，不过几尺宽的水面，却没有一个跳得过的，头一拨儿或是发狂呐喊、或是嬉笑喧腾的水贼便像饺子落进汤锅里一般，全下了水；更令王凌不解的是，这些平日水性精熟的饺子们一下水就仿佛沉了底，一个都浮不上来了。

饶是王凌耳聪目明，看见这些个喽啰们纵身半空之中的瞬间，似有尴尬物事，像暗器一般，来得迅猛凶险，于是抢忙呼喊：“退退退！”说时已迟，那时已至，喊退却还来不及退的节骨眼儿上，又给暗器打落了十几个。

王凌一则以惊，一则以怒，想：此时不杀向前去立威，我“镇江王”这一块招牌岂不立马就砸了？转念到此，顺手抄起原先立在船头防箭的大铁盾，握着五尺板刀，猛提一口真气，飞身朝当央那条看来大了许多的官船扑跃过去。人还在半天里，就听得铁盾之上叮叮咚咚雨点冰雹也似的砸落了不知多少物事，待他双膝蜷定，两脚落实，人在甲板上一寸一寸向前挪移的时候，不料铁盾底下一时留了个缝儿，教飞进一枚铁丸儿来，正击中了大拇趾。手指足趾连心，疼痛自是难忍，王凌一低头，铁盾歪开，顶上又挨了一枚铁丸，这一下他可钉不住了,仰面翻倒——练家子毕竟还是练家子——就在这匆匆一跌之际，他瞥见了官船舱门口的女子：青巾覆额，黑衫黑裤，眉目姣好，玲玲珑珑的纤腰上挂着一囊让他栽尽跟头的铁丸。

“镇江王”一落水，众船盗再也无心恋战，纷纷呼喊：“大王下水啦！大王下水啦！”语毕，投江而遁，连船都不要了。

局势逆转，也就是顷刻间事，白安人当即作了处置：让众船一齐举火，照耀江面，如同白昼，看看有没有幸免于灭顶的盗匪，搭救上船，用麻绳索子缚了，准备第二天派人解回维扬去。

钟俊开了眼界，恭谨之色溢于言表：“夫人究竟有何神术？治大盗竟如同约束小儿的一般，果然是将门的豪杰，看来是所向无敌、所向无敌；佩服！佩服！”

“说无敌就忒夸了，实则也没什么。”白安人云淡风轻地说，“父亲喜欢骑射，家中庭院，总是整治得比较宽敞。我小时候窗外有长墙一堵，墙里的小径又直又长，父亲将就地势，以之作为箭道。我没旁的可玩儿，便拾些石子儿扔那箭道上的靶子。父亲看我扔靶子扔得有兴致，定了赏格，我练得就更起劲儿了。非但自己乐之不疲，还伙着身边的丫鬟们一块儿练，不过两三年之间，人人都能够百发百中了。

“这还不算，父亲又用人形作靶，周身画上穴道，倒也不算难，久而久之，熟能生巧，便不失手了；最后再用牛革制靶，练铁丸投射之技，四五年下来，所击无不洞穿。

“倒是父亲还常开玩笑说：‘这娃儿可已经称得上是天下无敌女将军了！’不过练得一班老小丫鬟们能认穴、打穴罢了，所击之穴不失分寸，的确可以伤人，可称不上什么无敌就是。”

“只不过棋子是个小玩意儿，能伤人也的确是神奇。”

“方法用熟，粒米可以杀人，何况是棋子呢？”

“还有一桩不明白，”钟俊道，“这些个丫鬟们领了棋子，各回己船，怎么不见她们出来应战，却已经克敌致果了呢？”

“这倒是预先就想妥了的。”白安人笑道，“我料江中必有贼盗，才让丫鬟们早早穿了黑布短靠，猱踞于桅杆之上，由上往下俯视，非但目力明，且用力远，衣色恰在夜色与杆色之间，阒暗朦胧，贼盗亦无从察觉。”

“你自己却匍匐于舱下，这又是什么道理？”钟俊还真是打破砂锅——璺到底！

“贼首一见喽啰们不能取功，就想要一举擒杀吾等主帅；主帅究竟置身何处呢？在他们看来，必然是中央这一艘大官船。即便他猜中了，也必然以为我们也躲藏在桅杆之上，顾了高处不能顾低处，就不免下盘露空，予我以可乘之机了。”

钟俊听白安人侃侃道来，略无半点骄矜之色，自然是益发钦敬了。

闲话不多提，且说钟俊赴任之后，倏忽六载，一任秩满之后，调任首邑，先署理布政使司，算是权掌河南一省政务，地位仅在巡抚之下。

在之前这担任南都之宰的六年里，他最主要的功绩也是军功，不过这些个军功倒不是白安人给立下的，主要的是——前书说过钟俊还真是打破砂锅璺到底！——南阳府也兼领着襄阳地区的防务，在这期间，地方上不是没有水旱绿林之辈想要乘势闹祟，却总是能弭平于未发之际。

起初钟俊也同一般的官吏们一样，还道是官运亨通，诸事大吉，不料自己这么个不忮不求的为官之道，还真获得了老天爷的怜宠、庇佑。久而久之，同湖广总督和河南巡抚这一班封疆大吏接触得多了，才间接得知：能够弭平地方上的匪类，清剿盗薮，并不是倚仗自己洪福齐天，而是介乎河南、湖北两省之间，有一支隶属于湖广总督辖下的游击部队，数年来侦伺、潜伏，时时掌握盗贼行踪动向，往往制敌以机先，防患于未然；而那部队长衔加游击，姓许，单名一个杰字，正因为直属湖广制台调度、节制，所以钟俊几乎不知道还有这么一号人物。

倒是有一回豫、鄂督抚会食，钟俊才得以同许杰见了面，钟俊见这许杰身形魁梧，膀阔腰圆，星目隆准，大耳虬髯，的是一流的英雄人物，自然欣羡欢喜，一攀谈，发现此人慷慨豪迈，果真不负他堂堂仪表，心下更是崇敬有加，刻意要深相结纳。

知府卸任前夕，是大暑天气，京师里传言蠭出，都说钟俊署理河南布政使的时日不会太长，说不定一到任就真除了，毕竟是娶了个好媳妇儿，朝中有梁木撑持，际遇自是不同。谣诼纷纭，夤缘交际、趋走攀附的更不在少数，由于天气实在炎热，送往迎来本已不胜其扰，而钟俊又十分不耐应酬闲话，正准备闭门谢客，门上投了拜帖来，打开一看，是游击许杰。

许杰来谒，应该不是虚与委蛇、拍马捧场来的，他开门见山递上来一卷舆图，钟俊展卷一看，大为讶然：原来这是一轴手绘的运河舆图，自凡是京师以南、经通州而扬州，子午一线，所经之地水浒形势、盗匪盘踞情况，无不随图附注，巨细靡遗。

许杰的话说得也简明扼要："某与大府相见恨晚，然而看大府神色不凡，逸出群僚之上，是孜孜矻矻、戮力于民事之慈悲长者，乃肯以此卷相赠。

"大府若是署理河南政务，但请持此图一一寻访，与各地盗薮约说，请无害于商民。江湖贼盗之属，铤而走险，往往迫于无奈；但须有长者扶持导教，开拓生理，往往令至而晏然。大府持图而去，又能说之以情，而不加之以兵，他们自然也会畏惧、感念，一旦方面有警，不定还会是莫大的助力。"

对于即将履新的钟俊而言，这一份舆图大礼不只是捕盗用兵的谍报，也是抚庶辑民的指引，一番愉悦之情，自清凉无汗；回头见许杰头顶上还戴着顶笠子状的官帽，端的是汗出如浆，钟俊随即吩咐小厮：给许游击打来热手巾把儿，顺便捧了帽子去，好凉快凉快。孰料许杰连忙摇手，道：“不必！不必！”

钟俊怪道：“这么热的天，咱们又是便中清谈，怎地还戴着帽子呢？”

许杰想了想，道：“实实不敢相瞒于大府——我原先是长江里的巨盗，以‘镇江王凌’闻名，因为擅劫官船，不慎失手，非但葬送了百数十名兄弟，瓦解几十处水浒，自己也受了伤，额头顶门之间挨了一粒铁丸，削去头骨一块，幸亏后首以‘儿脑丹’治愈，可却不能经风，是以无论多么炎热的天气，都不敢除帽。”

钟俊听到这儿，略有所觉，遂接着问道：“老兄勇冠三军，在襄阳一镇立下战功无数，弭平盗匪数以万计，怎么会受这么重的伤呢？”

许杰叹了口气，苦笑道：“说起来，这伤了我的女子，还真是我的恩人呢！她那一铁丸打在我顶门上，我才看清楚：伤了我的居然是个姑娘家——大府试想：一个女流之辈随手便能够把我‘镇江王’打翻在水里，几至于溺毙；我，还能闯荡出个什么天地来呢？可是空有一身筋骨膂力，别的事也贪图不得，不如投军，立几级‘首功’，倒还顺理成章。能够忝然混到今日，当得一员游击，岂不都是恩人那一铁丸所玉成的呢？”

“那么之后老兄见过你那恩人没有？”

“落水之际，匆匆一瞥，之后再也不曾见过。”

“想不想见见你那恩人呢？”钟俊笑着问道。

“天涯海角，如何见得？”许杰摇了摇头。

“来呀！”钟俊跟那送手巾把儿的小厮吩咐了一声，“有请白安人。”

□

侠女和大盗不打不相识，因杀机而获生机，化仇作恩，竟尔别后重逢的故事在此作结是恰当的。

然而人事经历有如江水江花，岂有终极？化名许杰重新做人的王凌所献的舆图，非但于当时提供了朝廷以剿以抚的参考，日后还别有一番遭际。时易事往，这卷图辗转流落，几番易手，据说曾经多次落入不知情的人手中，皆以之为寻常画稿，不但没有艺术的价值，也没有买卖的品相。之所以未入炉火，大概还是看着它工笔细绘，作画的人像是耗费了不少心力，所以不忍毁坏。的确，人施妙手，天成巧物，冥冥之中，鬼神必欲旁生慧眼以附之，方为不辜负。

日迈月征，岁节更替，细琐不烦赘言；单表百数十年以后，袁世凯归隐洹上，蛰居养寿园。

此园最南面有山石所堆积之临洹台，俯瞰彰德城郭，雄立高瞻之势，已足见老骥伏枥之心了。据当时监建此园的管家袁乃宽透露：养寿堂竣工之日，瓦匠领工勘验，并“探顶子”（即试看渗漏）、并预留“堂穿”，以为急雨时水泄渠道，不意却在天沟曲折处发现了一卷舆图。

从人以为是袁公庋藏的军政文件，不敢私匿，立刻上报了。袁乃宽将图卷上呈之后，但见袁公仔细审视了一番，忽而虎瞪起一双圆眼，伸出一只粗短的食指，指着图的边角处，笑道：“以此图视之，武昌、汉阳地位要紧，过于江宁。”

殊不知这几句随口言语，却是袁世凯韬光养晦、静观世变的一番心得。两年又七个月之后，辛亥革命爆发，袁世凯身居南北之间，欲兼满汉之权，如何于指顾操纵时尽收渔利？他略一盘算，想起了那张舆图——昔日一刹那间老眼迷离昏花，误看了山川形势，还自以为好笑。

然而，这也不能算误看，那反而是一个奇险绝伦的角度。当下，袁世凯把心一横，下令冯国璋之所部大烧汉阳，而在另一个城区战场，却刻意让南京失守，拱手于同盟会数百残兵。他的算盘是：若不焚掠汉阳，不足以令清室快意而邀其宠；若不弃守南京，又不足以令朝廷危疑而信其谋。袁氏在清宗室与革命党之间悠游取容，两面得利，关键就在汉阳、南京的一操一纵。

第四话·中原鹿正肥

民国三年，袁世凯派遣长子克定到河北正定牛家庄跑了一趟，路途不算太远，然交通不便，对于衔命往来的瘸子哥而言亦是相当辛苦的事。但是临行前袁世凯交代得很清楚：“聘卿不来，你也不必回来了。”

聘卿是“北洋之龙”王士珍的字。王士珍可以说是袁世凯的大弟子，无论在“新建陆军”以及“武卫军”时代，或者是山东清剿义和团事件上，都显露出卓尔不群的器识和谋略。他一生不慕荣利，故能韬养品望，在北洋诸将之中，德操声誉无人能出其右。辛亥清室逊政之后，王士珍就回老家正定，打算终老不问世事了。但是袁家父子不肯放过他，还是希望能仰仗其地位号召，出面筹备一支崭新的部队，号为“模范团”——也可以这么说：这是为了将来袁克定接班所必须拥有的一支武力。

王士珍为人老成持重，在北京西城旃檀寺筹组模范团的时候，也知道这就是“御林军”，是以招收学员生之际，往往对于能够兼资文武的人特别识拔，希望能多在袁氏父子身边栽培一些“国士”。打从一就任筹备处长，王士珍就看上了几个和袁世凯有旧谊、且禀赋佳好的世家子弟，其中一个是张镇芳的过继儿子张伯驹。但是张伯驹当时年纪还小，只有十二三岁，一直到洪宪帝制垮台，军校还一息尚存，默然反对袁氏复辟的王士珍虽然和极力帮衬袁氏称帝的张镇芳在政见上十分歧异，却仍一力鼓舞张伯驹从军，希望他日后能够以军领政，成就一番伟业。

张伯驹也就在民国五年考入中央陆军混成模范团骑科，中规中矩毕了业，在直系和奉系军阀曹锟、吴佩孚、张作霖之间周游，却没能真的投身大政。因为在本质上，他还是一个文人，一生对于保存珍贵文物的贡献——如将展子虔《游春图》、李白《上阳台帖》、陆机《平复帖》、杜牧《张好好诗卷》、黄庭坚《诸上座帖》、吴琚《离家诗》乃至赵孟頫《章草千字文》等献给国家——也是众所周知的事。

张伯驹生前未了的一桩心愿是重新标点、编辑、刊刻他的一部著作《续洪宪纪事诗补注》。在他之前，已有麻子哥刘成禺的《洪宪纪事诗》二百〇八首，其中九十八首还有作者的自注。不过张伯驹显然不认为刘成禺之作道出了洪宪帝制的原委，甚至还有歪曲事实之处。于是他也续写了一百〇三首七言绝句，名之曰“续”，其实有辩、有驳、有补遗、有别解。张镇芳之于袁世凯——用他自己的话来说，是：“不惟为袁党，且有戚谊。”张伯驹自然也不例外。他的《续洪宪纪事诗补注》第九首是这么写的：“韬居指顾望铜台，不数阿瞒横槊才。犹记雄风传诗句，一行猎马急归来。”

就诗论诗，张伯驹不及刘成禺多矣。仅以近体格律论，他这一百〇三首之中，破格出律之处不胜枚举，然而这一首却作得特别苍劲，其中关键语还真是袁世凯的句子。据张伯驹笺解：袁世凯在宣统元年被满清亲贵罢黜，退归彰德养疴，所居之处在洹水之北、漳水之南，恰与世传之铜雀台相邻。其《冬日即目》之诗有此二句：“数点征鸿迷处所，一行猎马疾归来。”

《冬日即目》其实是一首七律，在袁克文所刊刻的父子合集中题名为《春雪》：“连天雨雪玉兰开，琼树瑶林掩翠苔。数点飞鸿迷处所，一行猎马疾归来。袁安踪迹流风渺，裴度心期忍事灰。二月春寒花信晚，且随野鹤去寻梅。”如果不仅仅是割裂其中两句，而是整体地看这首诗，袁氏之才比之于曹阿瞒的刚健雄奇，就差得太多了。

仔细读《春雪》，不难发现：除了颔联的“数点飞鸿迷处所，一行猎马疾归来”之外，头联和尾联各句大约都有一种“堪消落寞堪消怨，半是凄凉半是愁”的柔软况味。而腹联“袁安踪迹流风渺，裴度心期忍事灰”用袁安、裴度的典故，十分酣畅而冷隽，不能不稍做说明。

《后汉书》卷四十五《袁安传》引《汝南先贤传》说过这么一个故事。某年下大雪，积雪丈余，洛阳县令亲自出巡，见家家户户都扫除积雪，有出入之迹，多乞讨之事，唯有袁安家门口无法出入。县令还以为袁安已经冻死了，待强行除雪进屋察看，却发现袁安僵直地躺在床上，还有一口气息。问他为何不出门，他就回答："大雪时大家都饿，不能再去干扰人。"县令因此以袁安为贤，遂举为孝廉。这是腹联出句所咏之故实，赞赏袁世凯退居洹上，不与人争，颇有当年龚定庵的诗句所述"侪流百辈无餐饭，忽动慈悲不与争"的格调。

至于落句的"裴度心期忍事灰"，说的是唐宪宗元和十二年（817），裴度以宰相领淮西节度使、淮西宣慰招讨处置使，自请督师赴前线，出发时，裴度慷慨誓道："臣若贼灭，则朝天有期；贼在，则归阙无日。"感动得唐宪宗为之垂涕不已。最后终于生擒吴元济，荡平淮西，震慑河北，这就是历史上著名的"元和中兴"，而诗句里的关键词"心期"乃出此，非但以裴度之功业相标，而且"忍事灰"一语反用原意，更显幽峭孤深。

问题是这样流丽允洽地用典，似非袁世凯这不知书的人所能支应。

由于现存袁世凯的诗多由袁克文（寒云）编纂，此中大有蹊跷。宣统二年（1910），袁克文编定《圭塘唱和集》，集前有袁克文亲笔写的短序："家大人以足疾致政归，课耕训子之暇闲，以吟咏自娱，宾友酬和，积稿累寸，大人辄以示克文，因次其目录，都为一编，命为圭塘唱和诗云。"

这"大人"之次子袁克文是知名的公子哥儿，喜诗词、擅演剧，还能写一笔带些瘦金韵致、又带些山谷风骨的行楷，所以这《圭塘唱和集》里的许多作品，极有可能是做儿子的给润色、增修过的。

一字一句揣摩《春雪》，还可以体会出那是三种笔意，除了"数点飞鸿迷处所，一行猎马疾归来"有一种粗豪犷悍之气以外，头联"连天雨雪玉兰开，琼树瑶林掩翠苔"以及尾联"二月春寒花信晚，且随野鹤去寻梅"皆柔弱纤秾，应该是标准的寒云手笔，补缀痕迹甚明。至于前揭用袁安、裴度故实的一联，则像极了杜甫和李商隐的笔法，如"匡衡抗疏功名薄，刘向传经心事违"（《秋兴八首》之二）和"贾氏窥帘韩掾少，宓妃留枕魏王才"（《无题》）。这第三种笔法，看来又非袁氏父子之才与学所能办，只能暂且存疑。

关于袁世凯写诗的能力和动机，一直是个谜。他洹上养病（足疾）的时期，常刻意拍些小照，影中人戴笠披蓑，状若渔樵，以示略无进取之意，这便可以看出：连诗情都是造作出来的，是以袁世凯并无写诗的真诚。不过，在《续洪宪纪事诗补注》里，张伯驹引某笔记谓："项城年十三四岁，书一春联云：'大泽龙方蛰，中原鹿正肥。'塾师为之咋舌，知非凡器。"

问题是：流传甚广的这一联，是他写的吗？

看袁世凯的诗，须从炼句看起。他有一首号称七律的《怀古》，据说是十五岁上写的，设若以年事尚轻视之，不应过于挑剔，但是用字之率性出格，大约也不会因为人生历练之累积而返求绳墨，毕竟霸才虎视之人，管它什么诗律呢？《怀古》原文如此：

我今独上雨花台，万古英雄付劫灰。谓是孙策破刘处，相传梅赜屯兵来。大江滚滚向东去，寸心郁郁何时开。只等毛羽一丰满，飞下九天拯鸿哀。

少年抱负，空谈自喜，这不能说是病。但是从第三句开始，"策"字与第四句"赜"字皆出律，"屯兵来"三平落脚，第五句“向”字拗，而第六句非但未依律而救，“寸心郁郁”完全失对，又写成一个“何时开”的三平落脚；第七句“羽”字出律，第八句“下”字、“天”字则完全失对。像这样一首连三家村的塾师都会摇头太息的劣作，居然也就因人而传了，也不见他身边那些个旧学邃密的老文士给丹黄批改一番，后人品头论足，还许称道此作“一派豪情”，果然是英雄欺人，也没有谁知道或敢于指摘他败坏诗教。

这样的才具和学养虽不足以骄人，毕竟还能在他的老家项城组文社，称盟主，留下了多首“咏怀”诗，如：“人生在世如乱麻，谁为圣贤谁奸邪？霜雪临头凋蒲柳，风云满地起龙蛇。治丝乱者一刀斩，所志成时万口夸。郁郁壮怀无人识，侧身天地长咨嗟。”一样句句是坑洞，不胜弥缝。此首第一句拗五六字，而第二句不救，一样失对且三平落脚；第三句“蒲”字出律，第五、第六句的拗而不救与首联同；第七句六字出律，第八句三平落脚——仍旧是百孔千疮的一首诗。

再如：“不爱金钱不爱名，大权在手世人钦。千古英雄曹孟德，百年毁誉太史公。风云际会终有日，是非黑白不能明。长歌咏志登高阁，万里江山眼底横。”非但仍有格律上的毛病，其谈吐怀抱之侈鄙粗豪，尤甚于前。可知此人根本无意于诗；而诗之于项城，不过是发牢骚的七字句而已。

经过三十年在军政界翻云覆雨——其间连一首诗都没有写过——之后，袁世凯自朝鲜而小站，从疆臣而枢机，其“郁郁壮怀”舒展到令满清贵胄感觉卧榻之侧的酣眠扰人了，趁着宣统即位，载沣监国，遂有倒袁的密谋。袁世凯知道这不只是“凋蒲柳”，恐怕还有“一刀斩”的大难，于是赶紧辞官，回到洹上养他的“足疾”。居然又开始写诗，而且多属放闲归隐而强作甘心的意思。

可怪的是，三十年不通文墨，袁世凯在写诗上的表现却出人意表地好了起来。前揭《春雪》暂且不论，像是《落花》：“落花窗外舞，疑是雪飞时。刚欲呼童扫，风来去不知。”就相当有意趣。《病足》二首之一：“行人跛而登，曾惹齐宫笑。扶病乐观鱼，渔翁莫相诮。”还巧妙而诙谐地用了《左传》上卫使孙良夫等四国使者在齐顷公宫中受嘲辱的典故，仅以这涵养和胸怀而言，断然不可能是袁世凯自出机杼之语，而应该是他身边时时伺候着的“语言侍从之臣”所点窜修整之作。

至于世传他年少时节的那一联：“大泽龙方蛰，中原鹿正肥”，据说是明末极无品的贰臣牛金星献给李自成的谄词，果若属实，张伯驹把这一联栽给了袁世凯，不知道是不是也暗藏春秋褒贬之意。

无论如何，旧体诗之作，除了从格律上爬梳肌理之外，通篇、连章而读，一玩味即真假立辨。遥想张打油的“黄狗身上白、白狗身上肿”（《咏雪》）还比较实在。

□

关于旧体诗的种种玩索、体会，不是在讥嘲袁世凯的不文，而是在翻看袁世凯的诈伪。略加举证，足以提纲挈领。姑容我稍稍节制，掉过笔头，交代一下之前在提到《杭城风云》的时候一笔带过、却没有说完整的一个关节。这个关节与我对袁项城的理解有直接的关系。那就是跟我说了“人间藏王”故事的胡金铨导演。

一九九七年一月十四日，胡导演心脏手术失败，病逝于台北荣民总医院。他生前的朋友聚在一道说起来，每个人都会想起一部他发愿而未能成就的作品。有人说他的《华工血泪》没能拍成，最属遗憾。有人说他还想拍《徐光启传》，才跟北京电影制片厂谈出个眉目，也因为大气候上有所顾虑，倏忽没了下文。也有人说他晚年钟情于动画片，策划《刘海戏金蟾》的卡通，光是原画手稿就有近千张，却苦于没有资金，连脚本都出不来，于是赍志以殁。

我跟胡导演多年前合作过两个计划，一个是香港徐克的

《笑傲江湖》，一个是台制鲁稚子的《将邪神剑》。前者开拍之后完成了几场戏，徐克收回去自己导了，本子作废。后者则还没开拍，胡导演便遭撤换，本子给接手的丁善玺改得体无完肤、不成面目，从历史宫廷剧变成了武打风俗剧。可我先前领过稿费，没有申覆的权利，只能在台湾电影制片场提供的文书上签名，表示愿意转让。倒是不久之后，胡导演给我打了个越洋电话，劈头就问我："对袁世凯有没有兴趣？"

"聊的兴趣很大，写的兴趣没有。"我说。

"那咱们聊聊。"他说。

就是在胡导演过世前一年的东京影展上，胡金铨应聘担任评审，认识了一个叫藤井贤一的财主。此人做西阵织发家，是和服工业的钜子，也凭借着这个出身，跨足影视服装制作，甚至成为许多时代剧的出资人。这个藤井贤一的祖上有人出资在北京开过一家"川田医院"，后来还辗转到伪"满洲国"任过官职。此人对于中国近代历史极感兴趣，很想出资拍一部跟"满洲国"有关的电影。也不知道胡金铨是怎么跟他扯络的，就在影展期间，寥寥数晤，藤井贤一改了主意，愿意投资胡金铨拍一部《扮皇帝》——后来改名叫《护国记》，又名《南国之冬》。

不过，乍听之下，我还以为所谓的"扮皇帝"就是上世纪六十年代香港邵氏公司拍过的《江山美人》，题材出自稗官野史所述明武宗正德皇帝在梅龙镇调戏民女的“游龙戏凤”呢。那是一部当时极为流行的黄梅调电影，由当红的皇帝小生赵雷和玉女林黛主演。胡金铨还帮衬了个男配角大牛，主题曲就是《扮皇帝》。

“从‘满洲国’到梅龙镇，这也差太远了罢？”我说。

“不是正德，是袁世凯。”胡导演在电话里说，“不过呢，要说扮皇帝，还得从真皇帝身上说起。”

真皇帝说的是光绪。

接着，胡金铨在电话里就开了讲。说：光绪即位之后，亲爹醇亲王奕譞一家子反而很受慈禧的气。

有那么一则传闻，是李鸿章说出来的——醇亲王病重的时候，直隶总督李鸿章推荐了个大夫登门看诊，老醇亲王推阻再三，就是不让那大夫把脉，最后，叹了口气，同那大夫悄声嘱咐道：“你回去替我给少荃捎个话，就说太后‘照顾’我，每天都差遣御医来诊视好几回，药饵医单，悉自内廷颁出，我，没有延医之权啊！”

说完竟有泫然欲泣之态。大夫正准备告辞，忽然又听醇亲王说：“敢问：有壮盛男子，多所娶而不育，这到底是什么缘故呢？”

大夫惊问："王爷说的是哪位？"

没想到醇亲王当即泪如雨下，不能成言，好半天才竖起个大拇指，说："今上！"

这段故事的玄机甚深——慈禧使了什么手法让光绪不能生育呢？从结果上看，光绪、宣统的帝位皆慈禧一言而决，光绪晚年历尽残酷非人的待遇，醇亲王那"一指头禅"里的怀疑，不是没有道理。

"我心里想的第一场戏，就是那一指头禅！"话筒里的胡导演这么说。

胡导演说的这个段子我隐约听过，但是由于情节过于惨酷，说得慈禧西太后甚至为独掌大权而长期暗中下毒而令光绪不育，如此辣手，听来不只悚然，直以为禁中根本不可能让任何人这样垄断操弄，于是一向不敢置信。

"老醇亲王这话真假如何我不敢说。"我不忍拂逆胡导演的兴奋之情，只好淡淡答道："不过，小醇亲王（按：即宣统的亲生父亲载沣）在光绪、慈禧相继死后摄政的事，似乎和袁项城的关系更密切一些。"

他一听就笑了，道："你小子又在作那些饾饤文章了是吧？"

是的，他没说错，那是我生命之中最堪称"浪费"的几年。堪说是焚膏继晷、日以继夜的，我整个人泡在中古以后任何朝代的古典诗里，说是浸润学习，也不尽然是为了研究或创作，更不多心思是为了掌握诗歌的美学或技巧。稍稍具体一点的念头，毋宁说是常透过旧体诗隐晦的遣词、用事，而一窥古人生活或生命之中许多潜伏的、隐微的、深埋而守藏的秘密情事。换言之：我是为了发现那些刁钻字句里最平凡庸俗的八卦而正襟危坐读古诗的。

胡导演说得没错，我又在拆解那种除了窥秘之余别无用处的字谜了。当时，我并没有料想到那会是我们此生中的最后一次通话，只知道这位曾经享誉国际的大导演现在也只能在闲谈中拍得一嘴好电影。坦白说，我心头有很激荡的感慨，也泛起了很深的同情，可是我知道我帮不上一点忙。而他的每一个无边无际的大计划、大构想，都只能像一圈一圈不断向外扩张并消弭的涟漪一样，逐时逐刻消失在闲聊话题的尽头。

可是，他却像是看穿了我的生活、我的心思一样，如此说道："你可以先看看袁世凯写给你师傅的曾姑丈的两首诗。"胡导演接着说："袁项城不是个简单的人物，你会懂他的。"

他说的"你师傅"，是胡导演打这通电话之前五年（也就是一九九二年）已经去世的历史小说家高阳。至于“那位曾姑丈”，则是指曾经官居内阁侍读学士、顺天府尹、漕运总督、河南巡抚，乃至四川、湖广以及直隶总督的陈筱石。高阳学问淹贯，家世也相当显赫。清中期以后，浙江仁和许家不只世代簪缨，透过姻亲关系所缔交的阀阅门户也不胜枚举，陈筱石制军其一也。

第五话·诗诈

《寄陈筱石制军二首》写于袁世凯初隐洹上之时，接到这两首诗的陈筱石可能会觉得很奇怪：这袁项城是想勉我，还是想害我?

武卫同袍忆十年，光阴变幻若云烟。
敏中早已推留守，彦博真堪代镇边。
笑我驱车循覆辙，愿公决策着先鞭。
传闻凤阁方虚席，那许西湖理钓船。

北门锁钥寄良臣，沧海无波万国宾。
湘鄂山川讴未已，幽燕壁垒喜从新。
鸣春一鹞方求侣，点水群蜂漫趁人。
旭日悬空光宇宙，劝君且莫爱鲈莼。

德宗升遐，西后归天，清廷一变，朝柄在转瞬间落入摄政王载沣之手。载沣有杀袁世凯以为光绪报仇的素志，有一天还召见了一向与袁不和的张之洞，询问下手的机会。张之洞却立刻跪地碰头，连称："国家遭逢大故，不宜诛戮旧臣。"

袁世凯掌握了这个危及身家的讯息，立刻找上了英国驻华特命全权公使朱尔典（John Newell Jordan, 1852—1925），也就凭借着朱尔典的掩护，袁立刻搭乘火车潜逃出京，躲到了他的亲家——袁之四子克端的老丈人何仲璟天津的故居。当时何仲璟已经物故，其弟何颐臣暂时予以容留；直到朱尔典居间斡旋多时，算是保驻了袁的性命，才有日后"洹上隐居"的一段岁月。

袁世凯号称退隐，如何甘于在池中久蛰？这种"我将再起"的话是不能说、又不能不说的。不能说，是为了避免亲贵疑忌；不能不说，则是为了试探与号召同其心、齐其志的侪流。于是他想到了一招：写诗。诗以言志，有倾诉隐衷的传统，尤其是经由诗句中"用事"（操弄典故）的伎法，借古述今，引喻成义，让那个特定的读者通过对典籍所载故事的独到体会，转化成对写诗之人的亲切理解。袁的学力当然无法支应这种事，于是他身边便少不了"二杨"——杨士琦和杨度。

前引的两首诗大约就出于这"二杨"的手笔。第二首比较简单，首句出自《左传·僖公三十二年》："杞子自郑使告于秦，曰：‘郑人使我掌其北门之管，若潜师以来，国可得也。’”末句则用了《世说新语·识鉴》里张翰那个知名的段子：“张季鹰在洛，见秋风起，因思吴中菰菜、莼羹、鲈鱼脍。曰：‘人生贵适意耳，何能羁宦数千里以要名爵？’遂命驾便归。”这就把话说得很直白了：阁下如今身寄边防大命，千万不要轻言退隐啊！一个自己已经作态退隐之人，为什么还要劝人进取呢？尤其是他所劝的这个人跟他根本不熟！

对照陈筱石的说法，更能见出袁世凯诗中的虚矫。陈筱石，名夔龙，光绪十二年（1886）进士，历任顺天府尹，河南、江苏巡抚，漕运及四川、湖广总督，宣统元年（1909）任直隶总督兼北洋大臣。根据他的《梦蕉亭杂记》所言，他和袁世凯之于新建陆军的交情，只有一次奉陪荣禄往小站阅兵之际，算是一面之缘。但是在前揭袁世凯的第一首诗里，竟有“武卫同袍忆十年”，图将“十年前见过一面”之语，化为“十年来同袍不弃”之意，这是很狡狯的。

倘若依着写诗之人相互酬答的惯例，陈筱石必须有所回应；然而，这的确很难响应。试看：袁世凯以既退之身，申劝进之意，把明明没有什么深交的关系，倏忽拉近为袍泽知己，关键就在第一首诗里所运用的典故——颔联“敏中早已推留守，彦博真堪代镇边”——袁世凯显然要拖陈筱石下水。陈筱石本来就是一个老实朴厚、带几分固执傻气的人，从多年后他大力拥护辫帅张勋复辟可知其“宁效愚忠，不合时宜”的脾性。袁之所以倩“二杨”撰诗相挑，就是要藉力于这人的天真。

这还得从“敏中”“彦博”说起。

“敏中早已推留守，彦博真堪代镇边”是《寄陈筱石制军二首》之一的颔联（第三、四句）。袁世凯拿这两句诗中的于敏中、文彦博来自况，足令后人啼笑皆非，陈筱石不会看不懂，然而越是看得懂，越是笑不出来。

有清一代，大臣遭毒杀的传闻很多。康熙朝理学名臣汤斌据说是被大学士明珠毒死的。乾隆朝的制艺名家管世铭（韫山）到处宣扬要弹劾和珅，却让和珅一党的人给毒死。传闻江南狂生龚定庵则是介入了贝勒奕绘和西林春太清的婚姻而遭毒杀。林则徐则是被广州十三行的人（一说姓伍者）毒死。至于于敏中，连《清史稿》都写得极其暧昧：“世传敏中以高云从事失上意，有疾，令休沐。遽赐陀罗经被，遂以不起闻。”（《清史稿》卷三一九列传一百六）故实：大臣死，有御赐陀罗经被的恩典；然而于敏中只是犯喘，却赏下了陀罗经被，遂有“赐死”一说，于敏中也就只好奉旨服毒了。

于敏中不明不白死后一年，由于子孙争产而暴露了于氏家财价值高达二百万两，乾隆甚至将于敏中的牌位撤出了贤良祠。至于于敏中究竟贪或不贪、冤或不冤，众说纷纭；也有一个传闻是说他无意间泄漏了代皇家抚养私生女的秘密而遭祸，显然那“千古艰难”之际，是有可悯而不可告人之痛。这是袁世凯对陈筱石所做的自剖之一，仿佛他这个洹上钓翁也蒙受了御赐陀罗经被的不白之冤。

其次是文彦博。文彦博累仕于北宋仁宗、英宗、神宗、哲宗四朝，五十年间，身兼豪帅与良相，却在耄耋之年，败于和王安石、章惇不能兼容的党争之中。

所谓“彦博真堪代镇边”还有一层潜台词在底下，也就是说：袁世凯除了以文彦博自拟之外，显然也把陈筱石比作了狄青。当年文与狄分掌东、西二府，同执相权。文彦博基于不欲在主客观形势上造成狄青功高震主的声势，坚持让狄青出镇外藩。宋仁宗不能远虑，只道：“狄青是忠臣。”文彦博则回应道：“太祖宁非周世宗之忠臣乎？”这话表面上憸薄，其实内存忠厚，为的就是让君臣两造皆不自处于嫌疑之地。

正因用心深沉磊落，文彦博也才会在答复狄青的询问时留下那句看似挑唆，实欲防患于未然的警语：“无它，朝廷疑尔。”浅见者当然会以小人之心度君子之腹地怀疑文彦博有心屏挡狄青于中朝枢府之外，殊不知这样减少猜疑摩擦，正是防微杜渐的君子之道。然而，狡谋之人却正好利用这样的语境来为难陈筱石。袁世凯的诗句说白了就是：“看看我这样儿你就知道了：他们（按：指亲贵朝廷）信不过你！”

狡谋之尤者，在于袁世凯非常清楚：陈筱石接到这两首诗之后，是不可能张扬出去的。他自己当年手领光绪片纸之谕，却拿到荣禄面前市恩，一夕之间摧毁了百日维新，也扼杀了光绪的生机。身为这样一个在危疑动荡之际求生猎禄之徒，袁世凯太知道如何利用此一“不可告人的感动”——在他推想之中，能够在满朝才俊一空的情况之下，以敦谨擢升大吏的陈筱石只消有稍许积极进取的野心，便不难加以笼络，成为他袁某在京中的一副耳目。袁世凯的“二杨”师爷，大约就是透过对诗中典实所系的两位宰辅之推崇和惋惜，对陈筱石故示无限的恭维和祝福。

袁世凯却不知道，从《辛丑条约》签订、两宫回銮之后开始，陈筱石已经注意到他玩弄权术的性格，《梦蕉亭杂记》里就描述过，当李鸿章过世之后，袁世凯是怎样为人做官的：“遂以疆吏遥执政权，一意结纳近侍，津署电话房可直达京师大内总管太监处，凡宫中一言一动，顷刻传于津沽。朝廷之喜怒威福，悉为所揣测迎合，流弊不可胜言。”

险诈人在敦厚人面前卖乖，竟未得逞——于是那诗句就显得益发可笑起来。

□

这两首七律里面，其宛转邃密的用意是一层，而其狡猾巧诈的动机是另一层，我像剥洋葱似的一点一点推敲出来，觉得有一种在深深的隧道里透见遥远之处微微露出一点光明的欣喜，不意正是这样，已然落入了胡导演的陷阱。我开始对“扮皇帝”三字有了别样的体悟——“扮皇帝”当然不是真的当皇帝；果若为皇帝而不当真，则非一般人所谓的拥权自重之徒，那么，胡导演想要让我去揣摩的袁世凯，又是什么样的一个人呢？在近代国史上形象如此鲜明巩固的一个人，还能有什么新的角度去加以映照逼视呢？

一九九七年一月十四日，胡金铨导演遽尔过世。在葬礼上，人人红着眼。除了排队行礼如仪，坐着的、站着的，无不喁喁互道逝者未竟之功、长遗之憾。我也像是着了寂寞的传染，流连不忍去，同许多电影圈儿里相熟或不熟的前辈瞎三话四，才猛可发现成为一张巨大遗像的那个人居然有那么多想干而没干了的活儿。想干而没干了的活儿一经全面比对揭露，给人的感觉就不只是可惜，甚或还透着几分荒谬之感——我想：就算是再给胡导演一百二十年，他也拍不完想拍的故事。

“我想就是再给胡先生一百年，他也拍不完想拍的故事呀。”说这话的是个小个子，在给那张遗像行鞠躬礼的时候，小个子与我并排。我们并不相识，但是面前庄严的死亡让随机而遇的我们看起来仿佛一对老友。队伍缓慢地前进，或一排两人，或两排四人，有的更多些，都算是一个致祭单位。我身边这矮个儿接着忽然用一种听得出生硬的口音问我：“我不是很熟悉这种场合的做法，先生你是哪一个单位，我就跟你一起，这样可以吗？”

站进行告别礼的队伍之前，我用的是“张大春工作室”的名义——在九十年代初的几年里，我制作兼主持好几个电视节目，会计告诉我：无论什么开销，都得报到公司的账上，这叫搜集发票。我一向不知道送奠仪可不可以报账，然而当参加公祭之时，人家安排你上香，请问你属于哪个单位，开发票的本能便蹦出来了：“张大春工作室。”

我冲小个子点了点头，并且顺手掏出一张名片递过去，说：“‘张大春工作室’，可以吗？”

那人双手捧住，似乎十分意外，又似有更多的惊喜，连忙要掏名片给我，不意却教司仪的呼唤打断了：“‘张大春工作室’，上香——献果——一鞠躬——再鞠躬——三鞠躬，礼成！”

不，礼没有成。我身边算是本工作室临时员工的这位，竟然猛可朝前一步，趴下身去，深深地、缓缓地、有如虔敬之极地对着微笑中的遗像拜了下去，额角贴伏地面——所谓顶礼——之际，口中还咿咿唔唔吟哦起来。这个突兀的动作使我相当尴尬。我并不想跪拜，而一个忽然算是我的员工的家伙当众行此大礼，我总感觉要为他执拗的敬意或者疯状尽点儿什么责任，于是只好愣着、杵着、等着。这位矮个子立时成为焦点，吸引了所有在场之人的视线，连带地我也遭殃，像是牵了头特别调皮、不听使唤的宠物，进了兽医院。原本该悲凄、起码肃穆的场合居然点缀出了荒谬的趣味。

小个子行完了他自己的那套礼，站起来朝我一摊手，像是咱俩早就商量好的这一幕，我却似乎丝毫没有反抗的能力，顺着他手掌指示的方向，从厅堂的侧门就出去了。当我再一回身，他的手上多了一张名片，十指密捧，恭恭谨谨递上前来：“张先生，这一次我来参加胡导演的告别式，也是特别来想见你一面的。”

名片上黑大光圆四个正楷字体居中：藤井贤一。

“有什么事吗？”我问。

“关于胡先生生前的一个拍片计划，胡先生曾经同我说过：要向张先生您请教。”说着，他像是对着遗像一样深深一鞠躬。

“是那个《扮皇帝》吗？”

“呃——这个嘛，”藤井贤一迟疑了片刻，笑了：“《扮皇帝》也可以，《窃国风云》啦、《护国记》啦也可以，什么《南国之冬》也可以，最不重要的就是名字。计划是有一点改变了，是的。我们可不可以谈谈呢？”

“现在？在这里谈吗？”我回顾一下灵堂，里头正在献果的是香港来的媒体人李怡和金钟。

“只要张先生有时间，现在谈也可以，我们再约一个会也可以的。”

“老胡死了，我是没有兴趣再给人写本子了。”我收起了那张名片，掠过一个无关紧要的念头：这名片上的正楷颇有碑体的底子，还真是一笔好字。

藤井贤一似乎早就料到我会这么说，立刻道：“不不不，不是写脚本，是提供一些具体的思维。”

“提供一些什么？”

“一些具体的思维。”他坚定地再说了一遍。

老实说，我对于一转念就变卦十万八千里远的那种电影发想会议已经倒足胃口。通常就是这样的：一群抽着烟、嚼着零食、甚至喝着烈酒的汉子，围坐在一间密不通风的冷气房里，晨昏不辨，朝夕不停，随口胡诌一些带着九成欺罔性质的奇遇或幻想，再把这些彼此原本无涉的段子用简陋的情绪因果或者比被雷劈的几率还低的巧合串连到一起，讨论的人们在热切而充满夸张惊讶的气氛之中误以为这就是惊人的叙事艺术。我一想到这种场面，就觉得厌烦。而且，每一次我参加导演或编剧的告别式的时候，都觉得这种会议和他们的离世才有着不可切割的逻辑关系。

如此转念一想，我更觉得和这个藤井贤一再谈下去已经有对死者不敬的意思了，便不耐烦地说："你对这种题材有兴趣，请胡导演可能是找错了人，跟我谈更是浪费时间。"一面说，我一面朝庭院走去。

不料这小个子一窜身横在我面前，一面伸手从上衣内袋里掏出一方折叠得整整齐齐的米白色信笺—— 一看就是胡金铨上一次参加东京影展时在神保町买到的宝贝，之后他再回到寄居的加州帕萨迪纳，给老朋友写信，总爱用这种仿毛泰纸的日制洒金笺。

洒金笺抖擞开，上头是寥寥几行：

贤一吾兄鉴：前信言及“扮皇帝”事，须从辛亥前后革命实务考察入手，非有具体之思维，不可得故事。弟即将赴台作心导管手术，谅能一晤。弟抵台北后再约大春，若能与兄见面详谈，可望于农历年前打定初步预算。金铨。十一月二十三日。

胡金铨是老派人，不大用新式标点，所以引号“ ”很可能就代表着书名号《》——换言之，就是作品的意思。如果说“扮皇帝”是《扮皇帝》，那么，这会是一部筹拍中的电影吗？而另一个引人遐思之处是：明代正德皇帝的风流故事，老早就被一年前故去的李翰祥拍成了一部黄梅调电影《江山美人》，在我还是个孩子的时候，可以说是家喻户晓、妇孺皆知的；若说胡导演真要重拍此片，会是带着一种追怀故人的心情而为之的吗？这难道是他另一个没有来得及实现的梦想吗？

信的确是胡金铨导演的亲笔，看信末所署日期，是他回国前不久写的——甚至还可能是大导演在人世间留下的最后一封信函。

然而令我吃惊的是那引号里的三个字：扮皇帝。“扮”

字写得很含糊，又像“换”字；提手偏旁涂改过，又像是“火”字偏旁的“焕”字。说他写的是“扮皇帝”，乃基于《江山美人》而显得顺理成章，理解起来并无不妥。若说原文其实是“换皇帝”，用来旁注于民国新成之时，袁世凯暗存复辟思想，后来还果然做了八十三天的皇帝，随即“龙驭上宾”，虽说是闹剧一场，但是与藤井贤一所说的什么《窃国风云》啦、《护国记》啦，之类的名称，倒也理路一贯。

至于“焕皇帝”，不但不为荒唐错谬，“焕皇帝”还真有其人！而且，这个“焕皇帝”还真和“辛亥前后革命实务”有着密不可分的渊源。

第六话·吕公望心灰辛亥

章太炎被时人称为“章疯子”，陶成章则被章疯子呼为“焕皇帝”（按：陶成章字焕卿）。不论是作学问还是搞革命，章太炎虽然持论甚激，却总言而有据。他对陶成章的戏称大约也反映了陶专断自为的个性。

陶成章在民国元年（1912）一月被蒋介石亲手狙杀于上海法租界金神父路广慈医院的事，虽然史述不免删削，但是根据蒋的自叙，以及较早期的历史档案，都能推而揭之，还原本事——枪，的确是蒋开的。“制裁”了“逼死徐锡麟”“诋毁先烈”“丧心病狂、已无救药”的陶成章之后，蒋介石即为了逃刑而辞却沪军第五团团长的职务，出走日本。

关于这一桩始终未能在法治上还死者一个公道的案子之所以发生，有谓革命党内部之哄斗所致，乃盛称这是同盟会系统压制光复会系统的手段；也有谓南京光复，黄兴被推举为大元帅，而浙军不服，无奈折冲之下，遂以黎元洪为大元帅，黄兴副之为调停，传闻就是陶成章鼓噪发动的。

章太炎也于陶遇刺后发表谈话，称：“沪都督陈其美尝与浙军参谋吕公望言，谓致意焕卿勿再多事，多事即以陶骏葆为例。”的确，陈其美才刚在年前的十二月十二日，枪毙了镇江军政府的总参谋陶骏葆。以彼陶儆此陶，顺理成章。

但是既然提到了吕公望（1879—1925），就不妨以这位亲历其境的人自己的文字为证以揭之。

吕公望是老革命党，浙江金华府永康人。十九世纪的最后一两年，他进过秀才补过廪，还当过三年塾师。偶然间读到了壬寅年梁启超编的《新民丛报》，激发出热烈的革命思想，夤缘入绍兴大通学堂，成为徐锡麟、秋瑾的同志。

光绪三十三年（1907）七月六日，徐锡麟发动安庆起义，在巡警学堂毕业典礼上枪杀巡抚恩铭，随即在第二天殒命。此案当下便牵连了秋瑾，于七月十五日在绍兴古轩亭口被砍了脑袋。这个时候，吕公望已经是陆军军部速成学校的学生，之后又经遴选，送往日本士官学校的炮科深造。吕公望有一篇简述生平的文章，后来收录在《杭州文史资料》第四辑之中，由编辑命名以《吕公望先生自传》问世，文中透露不少江、浙当地革命的秘辛。

从出身派系的角度来看，吕公望算是“光复会”系统的人马。但是早在一九〇六年间，他就已经“对光复会很灰心”。为什么呢？《自传》如此写道：“我主张到军队里去运动，秋瑾主张利用亡命之徒。后因所用非人，秋瑾的主张没有收到效果。”此外，秋瑾还主张每个光复会的会员交出十元英洋来打戒指，界面上镌以“光头复脚”的一个怪字来当表记。什么是“光头复脚”呢？就是把“光”字的头四笔和“复”字的末三笔，上下相迭，合成一个新字，念做“光复”。看来秋瑾这主张还是不脱小孩子扮家家酒的天真烂漫之气，但是这让一向以为“不革命则已，革命就不能离开军队；离开军队，此后无事可做”的吕公望为之深深不安了。

日后，吕公望是在保定看报纸得知徐、秋牺牲的消息。当时他正和另外三十九个浙江青年——其中包括蒋介石——同船共赴天津、复转保定，参加陆军军部速成学校的招生考试。其间道经上海，吕公望和几个比较热心的同志还上“女学报”去见了秋瑾一面。秋瑾的临别赠言是：“你们一共有四十个人，今日就有这么多同志，我真兴奋，但现在时局很紧，万一有机可乘的话，我很愿你们都回来，可是我有要紧的事，要回绍兴去了。”

这是秋瑾和吕公望等人留别的话，也是一次永别的赠言。

吕公望看革命，有一个战略观点，那就是：“欲拥有力量，便不能离开军队。”这个观点，一直到民国成立以后，他都坚执不移。

徐锡麟因袭杀恩铭而死，遭剖心致祭的过程见诸报端，随即又株连尚未举事的秋瑾也横遭大戮于绍兴，引发了惊人的媒体效应。当时一直有传闻：绍兴知府贵福已经掌握了名籍簿册，随时可能一举查拿新军里的革命党人，在赴日深造途中的党人不是没有顾虑，像童保暄、林竞雄等就有意潜逃，但是吕公望表示：离开军队，无事可做，生不如死。是这番话让众人隐忍下来，可也居然没有发生令他们惴惴不安的大追查。

留学之时，吕公望入炮科学习，他形容自己“连星期日都不出去的”，反而趁着同学们例假外出的时候，专找字纸篓里同学们遗弃的信件草稿，藉以理解这些人的政治倾向。一旦发现某人对当局不满，或是表达过向往自由、民主的心迹，便一力攀交，使结莫逆，三年下来，吸收了二十三个同志。这里面有一个广西人，叫陈以禄，由于个性激烈，很发挥了些凝聚党人情感的作用。

一九〇九年，这一群士官生毕业了，按例由浙江送出门的学生，就得回浙江投军，但是陈以禄另有想法。他和何遂、王勇公、杨增蔚等人一直认为：革命不应该只发生在“中心地区”，一朝风云色变，若要神州大地各个角落都能桴鼓相应，边省必须有人、有枪、有言论。陈以禄也跟吕公望说："人人逐鹿中原，虽豪杰不能自树立耳。虬髯故事你是知道的，那有先见之明的道士说过：'此世界非公世界，他方可也！'这话我们应须体会。"

这番话显然深深打动了吕公望，他还是依律回浙江八十二标第二营报到，随即辞职，准备到广西去施展；所辞不能照准，他就搭海轮溜了，同行的，据说有三十条好汉。

这些人不是准备"投军"，而是要自办兵营、军校，还风风火火地设置了干部学堂、兵备处，计划到蒙古买马匹，还一连办了三份宣扬革命的报纸，分别是《指南报》《南风报》和《南报》，办一份、禁一份；禁一份、办一份；每份报的销量从两千份到四千份不等，按照识字人口来看阅报率，算是相当热门的媒体了。

何遂在宣传革命的时候曾经因为一时激动，要学生以跳天桥的行动来宣示献身革命的决心，还真有学生跳下来，当场摔断了腿骨——那摔断腿的始终觉得纳闷：怎么前面带头跳的那人没摔出毛病来呢？带头跳的是陈以禄，他原本练过几天庄稼把式，落地扎桩，还赢得了满堂的喝彩。

在这一期间，两广总督张鸣岐忽然间对革命党人表示了极大的善意。有一天，这位制军大人毫没来由地请了几个素以鼓吹革命著名的中级军官吃饭。受邀的杨增蔚是兵备处处长，陈之骥是陆军小学堂堂长，席间张鸣岐向党人故示亲近，掏出身藏的短枪，慷慨陈词，说："我是赞成革命的，随身带着枪，将来有大事可举，随时派得上用场。"说了还不算，把枪交到一个平素轻狂自喜的尹昌衡手里，尹昌衡毫不犹豫，连放三枪，当场打破了两块玻璃，张鸣岐一噱而罢，丝毫不以为忤。席间且馈赠各人以红绸包裹的安南刀，还请了歌妓佐觞，尽欢而散。

回到陆军小学堂里，不胜酒力的杨增蔚对吕公望说："我今天得了四样宝贝，太快活了！"

"什么宝贝？"吕公望问。

"第一宝是一把安南刀，第二宝是一张岳飞像，第三宝是一名美妾，第四宝是得到张大帅这样一位大同志！"

吕公望一看他这神情就知道：事情坏了！

"藉助于既成势力"看似是革命党在一路发展过程中的必要之恶。如果杨增蔚能冷淡观之、冷静度之，不会看不出来，得自张鸣岐的所谓"四宝"根本是廉价的收买和空洞的允诺，去梁山泊式之"投名状"远矣！

张鸣岐本来就极狡狯，从一年之后对于辛亥革命的反应可知。武昌义旗一举，两广随之震动，广东的民军立刻攻占了香山、新安，并与惠州民军组成联合作战部队。在那个时候，广东咨议局的士绅们游说张鸣岐宣布独立，以免老百姓徒遭兵燹之苦。张鸣岐一口答应，殊不料没过几天，湖北方面战事胶着，传闻革命军落于下风，张鸣岐立刻翻脸，封了广州城门，准备负隅顽抗。

在那个节骨眼上，反倒是革命党早就渗透动摇的另一股“既成势力”稳住了阵脚——分领一支部队驻守虎门的李准，居然在当地炮台升旗誓师，广东咨议局因之自行宣布独立，却还是“推举”张鸣岐为广东都督，张鸣岐吓得跑了。

这一节在日后发生的闹剧一方面显示了末代清朝的封疆大吏之无担当、无节操、无信诺，亦无审时度势的眼光，可是却有绝佳的机会在旧朝新党交替之际占尽一切资源和便宜；另一方面也说明了“藉助于既成势力”根本是革命党人内化极深的一个思维逻辑。他们口口声声要建立民国，然而心心念念所想的，却是如何顺顺当当地经由割据一省之方面大员“领导”独立。兵不血刃而得天下当然是上策，为达目的而不择手段的便宜行事也就为革命事业、民主价值、建国理想蒙上了难以磨灭的阴影。

尹昌衡逞其意气，用大帅的手枪，发三弹打破会客室的玻璃窗，这的确激发了张鸣岐极大的迫切感，他亟需有更多信得过而又能治军打仗的能人在身边参赞机要，以便对付革命势力。可是放眼神州，但凡是有一点新学新知新教养之士，无不亲革命而远朝廷，方圆千里犹如咫尺，就是没有可用的智囊。实在不得已，他还是想起一个人来。此君虽不令人放心，但是处境窘困，勉可收降利用，他的名字叫蔡锷。

世人所熟知的蔡锷是在他羽翼丰满，声威震烁之后一呼反袁而天下景从的一节。但是一九一〇年时，他差一点身败名裂。

梁启超在长沙办时务学堂，蔡锷是这里的学生。十六岁（1898）入学，次年即赴日深造，再过一年又追随他在时务学堂的老师唐才常回国参加自立军。失败后再赴日本，入陆军士官学校，他是在同盟会成立之前一年（1904）毕业回国的，这个年份很重要，只要不过分积极活动，他过去参加自立军的一切革命履历都不会有人知道——因为他在二度留日的时候改了名字——即“锷”；原先的“艮寅”已经如烟而逝。由于看似不涉会党，朝廷便略疏所防，蔡锷因此得以先后在湖南、广西、云南等省教练新军。

前述他差一点身败名裂，就是初任陆军小学堂监督的时候，包庇了一些用舞弊手段考进来的湖南籍学生——谁不照顾同乡子弟呢？但是清廷早有明令：新军应招收本省之人，即令各省多少对此都有所通融，但是一旦涉及就学机会之有无，便与一生的生计有关，当然要计较。根据出身陆军小学堂的广西军阀李宗仁回忆：蔡锷包庇湖南子弟的情事不只此一端，甚至在考试内容上也明显有所偏袒，这便引发广西本籍学生的高度不满，甚至爆发了学潮。张鸣岐看准这一点，把蔡锷调到学兵营当营长，兼干部学校校长，不久之后又接替蒋尊簋充任兵备处总办，这就是广西的新军首领了。

对于原先担任兵备处总办的蒋尊簋（1882—1931）来说，情势最为尴尬。他早年是杭州求是书院出身，光绪二十六年官费留学东京成城士官学校，尔后又进入日本陆军士官学校骑兵科卒业，学历完整。在留日诸生之中，以学行优异著称，和蒋百里、蔡锷并称“南方三杰”。

蒋尊簋既是光复会成员，也是同盟会干部，却一向受清朝督抚——如张增扬、张鸣岐等人——的信赖。这种带有些特意加赏的信赖有如双刃刀，一方面可以提升他们在军队甚至政治场域里的地位，一方面也容易引起同侪、同志间的猜疑。

张鸣岐大用蒋尊簋就显然是动过机心的。他明明知道蒋学成归国之后与徐锡麟很亲近，徐锡麟辜恩刺杀恩铭被戮，蒋也受到当局的疑忌，于是一方面把蒋调来广西，看似重用，一方面又在他不甚知情的状况下忽然逮捕了一名嚣嚣昂昂的革命党军需处长孔庚。

这让蒋尊簋很下不了台——倘或他为了营救孔庚而和张鸣岐翻脸，是小不忍而乱大谋；但他要是随主官之见押人取供，则只能进一步深化和同志之间的裂痕。果不其然，一个和孔庚换过帖的王勇公在得知孔庚被捕的当天晚上，便抽出佩刀要找蒋尊簋拼命，还是吕公望把他给拦下来的。

吕公望硬着头皮到蒋尊簋的办公室跪求，蒋尊簋当下的第一个答复是："大帅（按：即指张鸣岐）明天早晨八点开军事会审，说是要杀几个脑袋给他们看看。大帅要怎样办就怎样办，我，是无法可想的。"

事态尚不须演变至此，吕公望也早已看出张鸣岐杀鸡儆猴的用心，但是他明白：一旦除去了一个孔庚，接着再处置王勇公、杨增蔚等人就更方便了。这是各个击破。顺藤摸瓜多么容易，只消军中革命党自己沉不住气、互相泄漏就成了。

幸而蒋尊簋还是给指点了一条明路：一大早趁天不亮，去求见广西按察使王芝祥。王芝祥（1858—1930），字铁珊，学不过举人，官不过臬司，是个彻头彻尾的满清汉官，民国前从未参加过任何新潮的革命组织。但是此公却极有风操，为人宽和，厚接士庶。比起“革命同志”蒋尊簋，他对前来跪求的吕公望的责备便慈悲多了。他说：“你们这群小孩子太胡闹了！我不救你们太可怜；我若救你们更不知要闹到什么地步！”此言一出，吕公望心头一喜——这便是愿意救人的言语了。

王芝祥果然说服了张鸣岐不召开军事会审，只把他看不顺眼的王勇公、孙孟戟、杨增蔚和陈之骥逐出广西，限期三日离开桂林。这一段波折横生，会让读史者纳闷：新军之中的革命党人怎能如此大意失算？追根究底，还是不肯放弃“藉助于既成势力”的迷思；至若“既成势力”之难以撼动，更远非“这群小孩子”所能想象。

吕公望所干的最危险的一桩勾当，是试图“运动布置”一个巡抚的官职。

王勇公、杨增蔚等四人被逐之后一个月，吕公望也辞职离开桂林，取道上海，准备回浙江自己原先应该报到的部队当差。话是他自己说的：“革命就不能离开军队！”

吕公望是浙江子弟，当初意气风发地上广西投军，纯粹是为了“走异路，逃异地，去寻找别样的人们”（鲁迅语），但已经违反了浙江留日军校学生回省参军的约定，是要受罚的。好容易通过人事关系，避免缉拿，到八十二标第二营任督队官，又接到营长的口谕："你每月只来领饷，不必到营办事，也不必随队出操。"这是什么意思呢？吕公望登时明白过来：人家已经怀疑他是革命党了。

在这样的环境之中，他还是待了九个月。直到留日的同学蒋作宾推荐他到驻扎石家庄的北洋军第六镇统制吴禄贞手下发展，才离浙赴京。蒋作宾还告诉吕公望一个来源甚为神秘的消息：吴禄贞有出任山东巡抚的风声。

吴禄贞是光绪二十四年（1898）选送日本士官学校第一期习骑兵科的兴中会老同志，参与革命的资历比蒋、吕还要深。早年甚至还加入过唐才常的自立军，反清的志力无人能及。吕公望一想，这是个绝大的好机会。

彼时，全国都在练新军，目标是一省练一镇（大约是后来的一个师的部队，约在万人左右），唯山东未练。倘若此议是真，当然还是为了派吴禄贞去练一镇新军。依照袁世凯练兵的传统，总是在练成一支部队之后，将原部队拆散，再编新旅，如此新旧掺和，生熟相济，乃为北洋军扩充的惯例。

吕公望看到了机会，立刻通过书信往来，俛蒋作宾居间联系，还跑了一趟吴禄贞僦居之地：方家园。吴禄贞为人有燕赵风，不拘小节，披了件短衣、穿了双拖鞋，就和吕公望谈起大事来。他也不矫饰，开门见山地说：出任山东巡抚的消息是有的，但是庆亲王奕劻要二十万银洋的贿赂，他拿不出来。

没想到吕公望却说："今年三月底广州黄花岗起事之前，南洋捐了一大笔款子，大事坏了，钱也没用完，有四十万的结余，两个月之内可以如数筹到。但是，有三个条件。其一，接济买官的款子是革命经费，到任之后应该立刻开抚库归还。其二，到省后练新兵应以同志为主。其三——"说到这里，吕公望停了下来，沉吟半晌，语气一变，道："第三恐怕办不了，不说也罢。"

吴禄贞立刻接道："这样不好。你还是说了，咱们商量着办。"

"陶焕卿你是知道的，他也是光复会的老人了，可是受徐锡麟案的牵连，成了钦犯。他——能入幕吗？"

这的确是个难题。身为乱党钦犯，就是在任何一地公开露面活动，都有极大的危险，更不消说要到巡抚衙门作幕吏了。然而吴禄贞想了几分钟，道："可以入幕。你让他把名字换了罢。"

吕公望站起身，对吴禄贞行了三鞠躬礼，道："我佩服统制到极点了！有肩膀、有胆略、有办法。我明日就动身回上海去办这事，就在此辞行了。”

这一笔二十万元的巨款，由吕公望居中协调，果然从香港汇到杭州，再由杭州的同志李执中、王文庆千里间关，携往北京。人和钱安然抵达的那一天是一九一一年阴历八月十九日。这一天，武昌城响起了革命的第一枪。对盼望民国成就之人而言，这是爆竹一声；对吴禄贞、吕公望而言，原本规划已久的前程好景却忽然给震碎了。

吴禄贞更不会知道：他还剩下一个月不到的寿命。

吴禄贞之死可以看作是民党势力内讧的一连串暗杀事件的开始。

虽然一般公认是袁世凯为了阻止吴与山西的阎锡山会师合攻北京，因而买凶行刺。不过，受赂之人以及行凶之人毕竟都是吴禄贞的“自己人”。

辛亥年十一月四日，吴禄贞授署理山西巡抚，当天他就办了一件像是造反的事。原来有一列载运军火的辎重车由北京开往汉口，这当然是为前线冯国璋的部队作运补的。没想到列车行经石家庄，却教吴禄贞给拦了下来，吴并且代替两名副协统李纯和吴鸿昌签名，发出联署通电，警告清政府应该立刻停止作战，大赦革命党。并且强烈表示：他愿意亲身前往武汉前线，作为清政府与革命军的谈判代表。在这封电报里，吴禄贞还明确地表态：应该立刻将在汉口狂杀滥烧的冯国璋调回北京，并且治主帅荫昌之罪。

这一封通电措辞强烈，有“将士忿激，一旦阻绝南北交通，妨碍第一军（按：即冯国璋部）后路，禄贞不能强制”这样的话，根本像是吊民伐罪的檄文了。拍发了这封檄文之后，吴禄贞立刻乘火车到娘子关，在车站上与山西革命军会商，谈出一个“燕晋联军”的名目来，由吴禄贞出任大都督，阎锡山为副都督，两军的目标就是北京。

袁世凯当时正酝酿着复出，他很清楚：清王室不能倾覆得太快，一朝土崩瓦解，他便失去了居间牟利于两造的机会。于是乃有“石家庄血案”——由段祺瑞出面找着了他一个安徽同乡周符麟，此人刚因吸鸦片而被吴禄贞开革了第十二协协统之职，周符麟再花两万银洋买通吴禄贞信之不移的卫队营管带马步周，在十一月七日凌晨突然掏枪射杀吴禄贞，还割下了他的脑袋。

这一段期间，曾经试图协调吴禄贞贿买山东巡抚之职的吕公望也没闲着，而他曾经一力推荐入吴幕办事的陶成章也有自己的愤慨。大约就在武昌枪响之后的几天，吕公望应约到上海和李执中、陶成章、王文卿等人开会商谈江浙响应之举。没想到陶成章开门见山就骂人：

“陈英士是一个没有心肝的人！我五年来在新加坡等处筹来的款，约一百几十万元，给他作组织革命之用，现在我回来一查，都被他大嫖大赌用掉了。现在我再不与他合作了，听说他托姚某（按：即姚勇忱，是吕公望在光复会的老同志，大通学堂系统出身）到杭州和你们接洽，我劝你们也不要与他合作。”

指控同志长期贪污，这不是一桩微罪，而且呼号奔走如此，可见凭据确凿。吕公望乃在回忆录中有如下一段极有趣味的曲笔，勾勒出陈英士的嘴脸：“陈英士因陶焕卿（按：即陶成章）说他用了许多钱，革命毫无组织的话，陈英士想挽回面子，组织了一批流氓、伶人去打制造局（按：即江南制造局）失败，被清兵押住，拿在局内。”

后来还是革命同志李执中见陈英士“还肯拼命，还不失为人，应当去救他”，这三句话字字刀笔，可见吕公望对于陶成章之于陈英士“大嫖大赌”的指控有多么痛心了。那么，究竟该怎么办呢？“李执中率领了各同志再攻制造局，上海光复，陈英士亦出来了。陈英士联络报馆的人提议选举都督，结果陈英士选上了，陶焕卿因此要打倒陈英士。”

吕公望的回忆朴实直质，不假雕饰，想是口述而成。口述其事，最容易在思路转折之处见出回忆者对于材料的直观判断。陈英士的贪婪和虚矫，恰可以从吕公望的叙述次第中得见。

而吕公望，在革命的路途中，却堪称走一步、失望一步。

□

绝大而显得可笑的对比，是走一步却怀着两步希望的杨增蔚。他在获得所谓的“四大宝贝”的第二天，挎着他的安南刀，捧着他的岳飞像，搂着他的美妾，自己穿就打扮了一身戎装，也勉强有几分像张大帅吧，算是四宝俱全，到街头的摄影馆里去拍了一张照片，冲洗放大了不知道多少张，到处分赠友人。

对于一般人来说，这样有如符咒一般的东西，受之无用，拒之非礼，只好唯唯以应，回家就“过化存神”了。却有一张落在当时位居管带的郭向天手中。这郭向天有个流落在京津之间的叔叔，不远千里回广州祖家来向亲戚故旧告帮，郭向天问起这位族叔：即将骏业大展的，究竟是什么生意啊？那叔叔一说是摄影馆，郭向天就乐了，忙道：“我能资助您的，比银子有用多了。”说着，连忙到里屋去请出了带刀的杨增蔚和美妾以及岳飞的合照，说："老叔，这是大帅本人的照片，这就像是您摄影馆的门神了；有了他在门口，谁还敢不卖老叔您的面子呢？"

杨增蔚的肖像就这样流落到天津，北地老百姓在那段年月里知道杨增蔚的人的，可以说一个都没有，但是那一身军礼服，配上高帽隆缨、戴勋章勋表，管他是谁，又谁不敬畏三分？

这里就暂且打住，掉头说回袁世凯家去。

袁世凯的二公子袁寒云，在一桩谁也不知道缘起的纠纷之中，从特务手里救过一个人，这人姓王。这人的孙子在打算找胡金铨导演合拍《徐光启传》的电影公司里干摄影助理兼打杂，已经很多年了。胡导演是老北京出身，由于接接送送认识了，聊得特别起劲。有一天无意间叙起旧来，这老王将当年袁二爷搭救他爷爷的故事说了一个通透，还说："没有袁二爷，就没有我爷爷；没有我爷爷，就没有我，这恩情大了。"老王能想到的报恩方式，就是有那么一个像胡导演一样的人，能够把袁寒云袁二爷的那些个事儿拍成片子，给表扬表扬。

这应该是在《徐光启传》拍片计划中道夭折之后，让胡导演想起袁世凯这个题材的关键。

在袁寒云自己的笔记《丙辛秘苑》里记载过：当时的步军统领江朝宗是个特务头子，要抓一个十几岁的小孩儿——那孩子原先是天津日本租界一家摄影馆的学徒。那是大清垂暮之时，袁世凯与庆王政争失败，放归洹上，休养“足疾”。袁世凯特意找了这摄影馆的郭老板给拍了张《蓑笠垂钓图》，取景中岳嵩山，表示自己已经绝意仕途，一心归隐。

那可不能用图片背景作假欺罔，得真到嵩山走一趟。

一行人到嵩山拍照的时候，郭某还带着俩学徒，其中一个就姓王。袁世凯看出这拍照的事儿其实玄机不少，很能大加利用。小照拍完，就把郭老板的和这个姓王的学徒留在府里当差，日后袁家再发迹起来，多少张刻意流传出去的照片，都是这一郭一王师徒二人拍的。姓王的小徒弟后来就一直跟着伺候袁寒云，也随着这位袁二爷住在一个叫“流水音”的园子里。

可是，步军统领江朝宗持卷要捉拿这孩子也不冤枉——他本来就同情革命党，仗着读过几年书，会写几行字，在报纸上投稿子骂人，叫人给举发了。江朝宗到流水音捉这孩子原本也是分内。

然而，袁二爷一向看不得江朝宗这般仗势凌人的奴才嘴脸，登时抓着根拐杖，把江朝宗连带着一帮侦探，全数掏了出去。老王的爷爷保全下来，几十年岁月流逝，辗转有了老王。

老王念念不忘要对一个在历史上号为巨奸大恶者的儿子报恩，胡金铨当然不会为着聊这么一段闲篇儿就拍一部电影；但是，藤井贤一却不是凭空出现的，他也有往事，他的祖上也有往事，这些往事，在某个基于时间与空间的巨力冲积作用下，竟然乱针交织，粗具可以辨认的画面。

此时，我还不能将藤井贤一与东三省在民元前后的时局史事发展联系到一处，但是他却似乎早已经审慎而坚定地掌握了我身后的乱针图案。我们在丧礼之后的某一天下午约在新生南路的紫藤庐茶馆一间小小的榻榻米包间见面。他是习惯盘腿而坐的，我则始终局蹐不安。才寒暄了几分钟，我的两条腿就酸痛得要麻痹了，直到他忽然提起一个名字："薄无鬼。"他保持着低沉的声调，说了第二遍："薄无鬼——这个人，张先生应该是认识的吧？"

这就像某人忽然问你："你认识令狐冲吧？"或者"你认识任我行吧？"我还没来得及整理思绪，告诉他：这是一个在近代民间历史著作里面经常被提及的名字，但是作为一个人物——而非角色——的薄无鬼，我还没有把握用"认识”二字加以叙述。

然而，我却万万没有想到，藤井贤一却立刻接着说：“那么，我们就先从比较接近一点的人说起好了。王岷源先生，您应该听说过的吧？或者是王静芝先生，您应该认识的吧？”

王岷源，关外金州永江出身，曾经在清末民初的十数年间出任过不计其数的官职。民国成立，受知于张作霖，代理奉天省长兼财政厅长。王岷源一力提携的一个本家后进秀异青年王镜寰，也曾经在张作霖入关前后历任东北行政与财政要职，镜寰公的二公子，就是我大学时代的系主任及经学通论、诗经、韩非子等课目的授课老师，静芝先生。

“岂止认识呢？我是静芝老师的学生。”

认真说起来，静芝老师也是我亏欠最深的一位老师。

应该是本世纪开张之后不多久，我到处接着些电影公司编剧顾问之类的活儿，那是一段看起来我还相当活跃的时间，忽然长出了不少白头发。有一回应大学、也是研究所同班同学陈美妃之邀，到她任教的学校做一场文学本科生如何增加就业能力的演讲。

昔年陈美妃对我一向不理不睬，我原木也不想应付。可是转念再思：总是老同学了，岁月如梭，距离大学毕业已经要以一个十年、两个十年来计算了，何不见见？就算是彼此惊看老态，也不为无趣。

果然，讲座完后散步出校园，陈美妃先嘲笑了我的白发，又向我礼貌性致谢，之后忽然面色凝重地对我说：“有一件事我不吐不快。”接着，她反而沉吟起来，好半天才半低着头说：“应该说不是你的错，但是我怪罪了你二十年，虽然你也不知道，可是我还是非常不安，总想跟你说说。”

当年在校之时，我和美妃虽然同窗六七年，却很少过从。尤其是进了研究所之后，我一直在报社打工，平日所事，不是撰小说，就是编剧本，甚至写政论；行有余力，才有一搭没一搭地准备准备学位论文。美妃所谓的什么有错没错、该罪不罪的事情，应该和我都无干系。但是，人家这么郑重其事地追忆起往事，即使有什么误会，我也只能暂作洗耳恭听之状。

“进研究所之后，我非常不谅解你。”

“我怎么了？”

“我刚说了，不是你的错。”美妃的神情坚定得近乎严厉，说：“是老板。”

“老板”一直是我们背后给静芝老师的昵称。

“当时我急于自立，只想进了所里，可以兼一份助教的差，那样生活压力会减轻许多。可是，老板却一口回绝了，说他要把‘位子’留给张大春，留给你。”美妃这个时候稍稍恢复了平静而略无表情的面容，说：“没有别的原因，只说男生比较不麻烦。”

二十世纪七十年代的最后一年，大学里的系所主任的确还能够堂而皇之地跟前来求职的女学生说：“你们女生太麻烦了，将来一结婚生孩子，系里面的事就要一团乱……”这话，可以想见。然而，我所知道的原因还不只性别问题。

其实，应该就是在陈美妃去见静芝老师之后的一两天之内，他请系上较熟识的老师打电话把我找了去。那是我第一次进入研究所的办公室，但觉庄严宁静，别有一种既让人瞻慕，也让人却步的气味。可是那一天静芝老师根本没有提让我担任研究所助教的事。他先问过我的里贯，问我知不知道张姓的堂号，还问了家中祖上琐事，闲谈无端，还说他的大哥本名也叫大春，而他的母亲则与我同宗，也姓张。最后又问我进了硕士班学程之后有没有什么打算？有没有什么计划？他的问话相当笼统，日后对照起陈美妃的话仔细想来，静芝老师似乎并不以为我会对就任助教有任何异样的想法。然而事实上，我早就答应进入当时号称台湾第一大报的《中国时报》副刊去兼一个编辑的差事。

“学术这条路是冷清的，”静芝老师长叹一口气，说：“我们这一代人不如你们运气，一个大学可以念好几次都毕不了业，那都是因为战乱的缘故。而我们这一代人就算想要作学问，都开始得晚；有人甚至根本没有机会——

“你们这一代就不同了，你们作学问，兴教育，有的是时间，但看发愿如何而已——把这拿回去看看——”就在这个时候，他拿起了书桌边沿上的一个铜钵儿，那钵儿底下压着一本薄薄的小书，他抽出了书，递给我，封面上印着毛笔字题签“稼青丛稿”四个大字，作者伍受真。静芝老师接着说：“教育不是天经地义成就的，教育是要有人能发愿助人、救人的事业。”

那一刻，我觉得老板的话真是老生常谈之极，而那钵儿，金光晶亮的，真是好看！

第七话·社会居然有教育

民国人物还普遍保留了笔记写作的习惯，这个习惯和晚近以“现代文学作家”为书写核心，大量印刷、商业出版、市场运作以“结集成书”的思维是很不一样的。

笔记写作当然是一个很大的范围，天文地理历史政治诗论词学街谈巷议食单花艺可谓无所不包、无所不及。内容深刻独到者、文笔清雅优美者，或者是作者另有不替之名而籍籍于世者，往往一部小小的、随兴的手札也被当作古典文学的翘楚而流传着了。

但是绝大部分从事笔记写作的人并非专业作家，他们只是惯性地视著书立说为此生思见付诸后世公断的一个必然手段。大多数不能藉“孔门四科”之目以扬名声、显父母，浮沉于士绅、庶民之间的读书人，只好凭着几枝秃笔，只字点墨地述志抒怀。在清末民初生长生活的几代人，往往因时潮冲刷、身世飘零，更具复杂坎壈的怀抱，也因此而多于笔记之作中留下冰炭满怀的迹证。

一九六八年，台北中华书局出版了一本《稼青丛稿》，作者伍受真，稼青其号，江苏武进人。书前小序有“旅台廿稔，刻书五种，敝帚自珍，盖亦书生结习也”以及“文不足观，惟纪人纪事，率以略有裨于文献者为归”之语，可见作者肝鬲。

这本《稼青丛稿》正是从前述五种著作中剔搜而成，有文录十二篇，副以诗存、联话、语剩等各一卷。在文录中，有这么一篇《记先叔博纯先生》。若非此文，后人不易得知在民国之初，所谓“社会教育”这样一个概念以及实务是在什么样的背景之下“不得已而形成”的；但是，即使为先人立传而其书不能传，似乎也在数十年后徒留惘然。

伍受真的二叔伍博纯，本名达，字仲良，生于清光绪六年庚辰（1880），也就是“民前三十一年”。大约是因为家道不好，五岁由母亲开蒙、授以“三百千千”之后，便被送进一个张姓大户人家的私塾寄读，虽然课业优良，却在那儿受了些刺耳言语的委屈，说什么也不肯继续读下去，后来辗转跟着个叫吴德生的老儒学制艺，二十岁上就中了秀才。

在当时，这样的成绩算是夙慧英发了。但是伍博纯童年时期受的窝囊气并没有消除，他对教育这件事有了不一样的体会——在他看来，功名科考、科考功名显然只是猎取个人身家地位的排他手段。除了在心理上开始同情康有为式的变法图强之外，他更对新学有了兴趣。由于秀才身份，勉可家给人足，他还和同里的三五友好合资聘请了一位日本教师，以手谈的方式跟从受学，内容包括日文和数学、理化等科目。

这个经验显然让伍博纯感受到两个面向：教育与功名是可以切割的，教育与每一个人都是不可分割的。在一个现代宪法国家，这不是什么高深的道理，但是在朱门半掩的旧中国，这种基于对知识的好奇和分享所获得的体认却真可以说是凤毛麟角。

这时我们会问：国民教育，不就是普设学校，让每一个成长中的孩子都能够均沾雨露，获得知识的浸润，并且奠定学习的基础，不断在人生的道路上开启智能吗？不过，伍博纯的设想还多了一层：那些从来没有机会受教育，却已经卷进了大社会的变局之中，而且缺乏谋生和求知能力的成人又该怎么办呢？在新式小学堂、中等学堂已经广为国人甚至官僚所注意的时候，若是根本没有顾虑到社会上普遍存在的文盲，则下一代真能安心受教育吗？这确是一位先知的视野。

用伍博纯过世之后，中华通俗教育会北京分会所题的挽联来形容，的确惊动世人耳目："社会居然有教育，国民永不忘先生。"

仅仅从伍博纯早年求学的经验上查考，便可以理解：那一代在青壮之年入民国的“小知识分子”，本身就处于一种不得不然、也不得已而然的速成教养环境之中。

如前文所述：五岁始由母亲授开蒙之数而识字，到二十岁中秀才，这十五年间，伍博纯还是在一种“对于科名并不重视”的心情，以及“科举之在当时，早成强弩之末”的背景下从事学习。可是我们却不能不惊讶：仅凭二十到二十二三岁之间，与三五好友合聘日籍教师学习日文和数理的能力，他居然编著了一本《最新文法教科书》，和一本《简明药典》。

虽说内容大部分取材自日文书籍，是一种“针对国情而改译”的专著，但是能够在上海两家颇有规模的书局印行，公开上市，销路还很不错，这样的成绩，在今天受严密分流、分科、分系控制之教育出身的人看来，简直是不可思议的事——文法学和药学在今天的学术体系里根本不可能毕集于学习者一身；更何况，伍博纯之所以出版这两本书，还纯粹是因为在二十二岁上，由于用功过勤，病肺咯血，在家养病，而得暇以兼之的缘故。出版了这两本看似风马牛不相干的书，大约也为伍博纯带来了相当不恶的声名，在一九〇三至一九〇六年之间，他已经可以出入桐城吴挚甫（汝纶）家，担任西席之职，其“才学贵重”可知。

为什么说能在吴挚甫家当塾师是不容易的事呢？吴挚甫

是同治四年（1865）乙丑科进士，更曾在曾、李幕府多年，当过直隶州官，更重要的是他在任官之地都开办了书院，亲自登坛授课。辞官之后，还在保定莲池书院任山长，光绪二十八年（1902），还应张百熙之邀做过京师大学堂的总教习，是一个“旧学商量加邃密，新知培养转深沉”的人物。

伍博纯在教授旧学之余，除了继续自修日文以及由日文所负载的知识学术之外，还开始为上海《申报》写专栏，并因文名远播之故，在宣统二年应聘为家乡武阳（武进阳湖）劝学所的“总董”，大约相当于日后的县教育局局长，在他任内，武阳县增设了一百多所小学。然而，这只是他“发现”整个时代教育问题的一个开端。

想要谋一邦之长治久安、国富兵强，必须归结于教育，这是积弱百年所带来的痛彻之思。但是一般考虑教育为国族之知识力量奠基，多从近代以来的国民教育体系经眼入手，也就是悬望于孩童，务求确保新生国民普遍于成长过程之中不至于脱离教养机制，以迄独立于社会。可是伍博纯放眼所见，则总是那些从来就失学，即使废科举、广学堂之后仍然没有机会识字求学的广大黎庶。

民国成立之后，伍博纯原本有机会因蔡元培的提携而在全国教育行政部门施展身手，蔡氏在中华民国元年（1912）

一月，接受大总统孙文提名，成为民国以来的第一任教育总长，一月九日启用印信，十九日通电各省颁发“普通教育办法”，并电召伍博纯赴南京帮办部务。这个“普通教育办法”的主要内容，除了进一步确认尽废满清时代的教材、教程之外，还颁发了中学以下的暂行课程标准，下一步——也就是伍博纯即将推动的，是如何更有效率地扫除成年人里的文盲；这种人，在数以亿计的国民之中占绝大多数。

可是，谁也没有想到，伍博纯生不逢辰，他半生系念、与国本攸关的这样一桩大事，居然被一场临时发动的假政变完全戕丧了。

民国元年二月十八日，蔡元培、宋教仁被南京政府派为代表，北上迎接袁世凯至南京就任孙文让出来的大总统之职，可是十一天以后，北京发生了兵变。说是一群汹汹其情、不受约束的部曲反对袁世凯南下，誓以兵事谏之阻之。这场闹剧，却是老袁自己发动的。看出来的人，都说不出来——因为没有人能应付这样一则居心如此深刻却又如此浅陋的阳谋。

辛亥革命的成功，一夕而摧数千年帝制，不是值得大庆幸之事吗?

伍博纯是这样说的：“辛亥革命，不当谓之人民革命，而直当谓之军队革命。军队之所以革命，则惟少数贤豪之主持，与夫报纸鼓吹之力量，而与多数人民之智识能力无与。故此次革命之成功，为极欣幸事，又为极危险事。”

说穿了，这“极危险”三字，说的还是《史记·郦生陆贾列传》所记载的那两句老话：“陆生时时前说，称《诗》《书》。高帝骂之曰：‘乃公居马上而得之，安事《诗》《书》？’陆生曰：‘居马上得之，宁可以马上治之乎？’”政体虽然由专制一变而为共和，但是“事实上文盲遍全国”，而以一般的生活现况而言，根本不可能让广大群众再接受正式的教育。

宣统元年（1909），学部颁布《简易识字学塾章程》，确立“简易识字学塾”是专为年长失学和贫寒子弟之无力就学者设置的，有专门设计的语文课本和简易算术，两年毕业。第二年，光是江苏一省就办出一百四十九所学塾。

因为追随蔡元培而失去大展宏图的机会之后，伍博纯并未怀忧丧志，比之于“简易学塾”更上层楼，他在上海成立了一个“中华全国通俗教育研究会”，就设立于江苏省教育会旧址。一同列名为发起人的不乏籍籍之士：蔡元培、宋教仁、张謇、马相伯、林森、熊希龄、居正、吴稚晖和于右任等等皆是。

这个庞大而繁复的文明再造工程还包括了“通俗教育用品制造所”的组成。单从一件琐事即可看出，伍博纯的观念之新颖、实践之开明，非但在当时足可谓前不见古人，即令到了百年后的今天，亦不多见有相等器识的来者。

根据他的侄儿伍受真的回忆，说的是武昌起义前不久，伍博纯忽然对伍受真说：“我很想叫你和冶白（伍博纯的长女）将来都去做舞台剧的演员。”伍受真回忆道：“他怕我不懂，又解释着说，就是去做戏，接着问我愿意不愿意？我当时听他这样说，心中很诧异，怎么叔父会要我们去做‘戏子’？……他又说，戏剧可以移风易俗，是推行社会教育的一大工具。”

“中华全国通俗教育研究会”在各地设有分会，经营内容包括兴办补习学校，举办通俗演讲，创设阅报所、巡回文库，也成立图书馆，发行白话报，改编戏剧唱本。从今日的眼光视之，这一切都冠以“通俗”之名，似乎鄙俚不堪，难入格调；可是就当时的国情人事看来，非如此不易唤起大多数文盲的学习趣味，也不易引领成年之人在实用目的之外亲近文化活动，以成风尚，以见理想。

但是就在民元、民二两年里，这种几乎全靠热心人士赞助才得以在全国十多个省份维持下来的会所，却因为宋教仁的遇刺而停摆了。

我们今天看宋教仁遇刺案，疑云重重。大多数人皆直指袁世凯为嗾凶行险之巨憝，也有的阴谋论指此为国民党内斗而嫁祸于袁，主谋实为陈其美（英士），获利的则是孙逸仙。通常阴谋论是一种基于目的论而成形的假说，凡事以后果决定动机，故可谓“上帝给人类创造鼻子是为了方便架眼镜”。这种设论经常靠不住，原因在于对其事“后果”的误判。宋教仁之死实则并未真正为国民党带来“以悲愤形成团结”的力量，却让党人灰心丧志到极点。其恶果由第二年（1914）国民党之“大倒退”式的改组可知，使准备顺利执政的国民党回头变成“中华革命党”（直至一九一九年再改组为止），根本上只是在以重返暗杀和暴力革命为不得已之号召，以便提振“宋案”所导致的隳颓无赖之气而已。

“中华全国通俗教育研究会”大受影响的原因是：没有人再捐钱了。原本有钱也留心教育的人士出国的出国、关门的关门，谁还在乎这恶浊无明的国度？

清末多方面的新旧交替使得传统伦理在接受重大冲击之余，也有多方面的反扑，许多革命阵营的新派人物身上也不得不披挂上看来陈旧却令人怵目惊心的甲胄。

比方说，十六七岁在杭州“求是书院”就读时就被知县方雨亭许为“中国之宝”的蒋百里，夤缘结识梁启超之后，通过当时早稻田大学的校长大隈重信（后为日本首相）的介绍，终于得到特许，和蔡松坡、蒋百器、张孝准等一同入学，为中国近代的军事教育注入了决定性的力量。

相传蒋百里在十六岁中秀才之前一年，就有过一次轰动邻里的孝行。他的母亲生了一场大病，迫于家道贫寒、饘粥不继的窘况，根本没有延医诊治的能力。蒋百里万般无奈，只好效法古人割股疗亲的故事，在自己的手臂上割下来一块肉，煎汤作药，居然把母亲给治好了。这事大约也对于后来他能够成为书院月考的高材生有些影响。除了蒋百里文章捷秀之外，学官对其人格声望之厚加青眼显然亦不无干系。

伍博纯也有这样的一番际遇，不过在他身上，这提供人肉治病的是他的妻子徐氏。当时伍博纯只有二十二岁，还在和三五邻里友好合聘一日籍教师补习新知的时候，一说是由于用功过度，病肺咯血；于是徐氏夫人瞒着他，焚香祝祷之后，割了手臂上的一块肉，煎汤和药以进。伍博纯吃了这药，居然和蒋百里的母亲一样，很快就痊愈了。

蒋母日后如何，史料不烦细载。伍博纯却在吃了人肉汤药之后的十二年又犯了病。这一次是应吴稚晖之请，出席教育部召开的国语读音统一会。伍博纯之所以能应邀，是因为他在前一年里在各地发展“通俗教育会”赢得极大的名声。伍博纯本人于国音统一问题原无半点兴趣，然而，和他共同筹组“通俗教育用品制造所”的一个朋友（其实是个生意人）却提醒他：你若不趁此机会北上找些达官贵人筹款，“咱们也通俗不下去了！”

这可是一语惊醒梦中人。伍博纯一到北京，便展开了密集的拜会和宣传活动——包括举办当时北方各界都很喜欢举办的“讨论会”。

民主之于近代中国之第一启迪便是“讲话”！许多人也许就是受到了一场慷慨激昂的公开演说之刺激，摇身一变成为抛头颅、洒热血之革命追随者；反过来说，也有人不惜以头颅热血之抛洒为代价，换取一场慷慨激昂的公开演说之机会。人们着迷于演说、热爱着演说，也对于在演说中能够掌握修辞、发挥情采、辩理清明、思致绵阡者，产生无比的崇敬。筹款募捐，往往也要靠这一套。在奔走演讲了几个月之后，人们对于伍博纯有了相当深刻的印象：“他真会讲！”

伍博纯却在预定南返的前一天大量呕血，十二年前的旧疾复发，不得已，被送进了一家日本人开设的“川田医院”诊治。不过上海通俗教育总会方面所关心的是“经费无着，势将解体”，以及“盼速南旋，以维残局”。等到徐氏带着六岁的儿子来到北京见他之时，双方都知道这是最后一面了。民国以来第一个主张社会教育的先知就因肺结核死在北京，享年三十四岁。

前揭“社会居然有教育，国民永不忘先生”虽然是一副知名的挽联，但是所言不确——大部分的人在不到一百年间就忘记了伍博纯，倒是另一副他的同乡胡均的挽联写得凄恻而准确：“事不可为，贾生以是忧愤；语乃成谶，李贺毕竟呕心。”——伍博纯北京行前的确说过：这一趟若是募不成款，就来给我送葬罢。果然！

□

有关伍博纯其人一生之言行，我在一九七九年十月初草成此稿，在当时台静农先生所亲授的“治学方法”课程中提出口头报告。那是我进入研究所之后第一篇与课业有关的文字。台老上课的风范独特，他并不怎么讲授治学应该用些什么方法，大部分的时候，他老人家就是闲说些从晚清到民国之间“老辈儿学人”家长里短的小故事，特别侧重于表现在那学人文章之中读书和拟题的习惯。

我的报告稿原本没有什么学术价值，因为从那时候起，我就不怎么会写学术文章，会以伍博纯为题目，根本是因为静芝老师给的那一本《稼青丛稿》就在手边，我又看得津津有味，尤其是关于“讲话”的力量那样的论述——当我写下：“民主之于近代中国之第一启迪便是‘讲话’！许多人也许就是受到了一场慷慨激昂的公开演说之刺激，摇身一变成为抛头颅、洒热血之革命追随者。”这样的句子的时候，内心实在是无比激动的。

我甚至会有一种错觉：我已经当场听到了伍博纯演说提倡通俗教育的号召。再有，就是伍博纯鼓励子侄参与戏剧演出这种事，也令我觉得不可思议而备受感动，那不只是一种知识开明、人格开通的表现，也具体地展露出一种打破俗见迷思的勇气。好像真让我体会了静芝老师所说的：“教育不是天经地义成就的，教育是要有人能发愿助人、救人的事业。”

倒是台老，竟然在这一段落的文稿上密加圈点，不但称赞了我两句，还说：“近世人写文章，喜欢用注子，一句几个注，一篇百十个注，走一步、跌一跤，看得烦死人。你这一篇文字一个注子没有，好得很。不过，要是能把王晓峰枪打郑汝成的演讲把来做个旁证，倒也是不错的。”

台老的意思似乎是要提醒我：即使能够不用注解就尽量不用，以免破坏了文气；但是，有些不能省略的典故，虽然枝节芜蔓，但若能够有力地声援论点的话，似乎还是要想办法融入正文。王晓峰杀郑汝成的事件，的确可以解释“民主之于近代中国之第一启迪便是‘讲话’”这样的主张。

一九一五年十一月十日，是日本新天皇的加冕登基之期，非只东京有盛典，日本之各驻外使馆也要举行庆祝活动。而身为袁世凯所任命的上海镇守使郑汝成，也要以地方长官的身份前往日本领事馆祝贺。

在此之前，也就是众所周知的“二次革命”期间，郑汝成曾经率领优势的海军兵力，把进攻制造局的革命党人陈其美打得落花流水。此仇不报，陈其美几有不能在革命党阵营中立足之慨。于是，他亲自主谋，研究了郑汝成当天前往日本领事馆的行进路线，以分进合击之势，构划了五条彼此交织的狙击路线，最后将郑汝成的座车逼上了交通极为拥挤的白渡桥。受陈其美所指使的刺客王晓峰、王铭三、孙祥夫等多人合力围击，枪杀郑汝成于通衢之上。这的确是民元以来轰动国际的一桩绝大惨案。此事，日后为了电影故事前来纠缠的藤井贤一不但也知道，并且十分在意，故而于此顺便一笔带过。

当其时，王晓峰冲进郑汝成的车厢，近身连发九枪，把郑汝成的心脏都打出了胸膛。刺客本来还可以像其他同伙一样，在车阵人丛中从容逃脱。可谁也没料到，王晓峰却站在桥头，慷慨激昂地发表了一分多钟的演说，直到租界区的洋警察前来，持铁棍打落了他的手枪，当场予以逮捕，随即速审速毙。

王晓峰只是那一时代数万万被箝制了发言之权的沉默大众之一，身怀一支枪，而实欲口吐一席话，九发子弹打落一颗心脏，或许只是个必经的过程，这样的人真正的目的，是“供世人喜怒”的片刻之言，必须不假他人唇舌，而必欲亲口说出，哪怕仅有一分钟也好。

藤井贤一跟我喝了不知续过第几杯的曼特宁，依旧维持着拘谨和平静，他的那种不动如山的气质有一种潜伏的力量，似乎有意让我从自己的生活回忆和文字创作之中爬梳出一个积极的想法，帮助已经成为在天之灵的胡金铨导演完成一部他原本极想拍摄的电影。

藤井贤一很有把握地告诉我：那部电影即使不叫“扮皇帝”“护国记”之类的名称，也绝计不会是“华工血泪史”或“刘海戏金蟾”。他生硬的中国话听来别有一种质朴、稚拙的说服力：“每一个人到了某一个时间，就会回去他以前生命过的某一个地方。我和胡导演的那个生命过的地方，刚刚好是重叠在一起的地方。你，也是。”

我摇摇头，既表示不同意他的论理，也表示没有这样的事实。

然而，他继续说下去："我举你一个例子罢张先生。伍博纯过世的川田医院，是我祖母的家族出资，让我的祖父开办的，这一所医院后来由我叔叔继承，我的祖父和父亲才能够回到日本继续经营祖传的事业。是到了我叔叔主持医院的时代，川田也收容过薄无鬼了。（说到这里，他停顿了一会儿。）有一点奇怪的说法是不是？薄无鬼？是的。薄无鬼，并没有死在丁连山的手里。胡导演很有兴趣的就是这一点。为什么丁连山放过了薄无鬼呢？这不是小说里才会发生的事，这必须是现实里才会发生的事。"

"你的意思是说：现实里的确有一个丁连山，这个真实的人物并没有像传说中那样出手斩杀了薄无鬼，而是把他悄悄地送到北京，还养好了他的伤？"

"这只是最表面。"藤井贤一把手掌向眼前平伸，仿佛手心底下就是那肤浅世界的边缘。

"还有里面？"

"不，应该说是'外面'！"藤井贤一难得地露出了笑容，说："贵国成立了亚洲第一个民主共和国；成立这个国家的时候，有人看到自己的新国家，但是也有人看到的，是更多的世界。"

第八话·写蛮笺，传心契

汪辟疆的《光宣诗坛点将录》最初发表于初复刊的《甲寅周刊》，当时是一九二五年，行文以水浒一百单八将为榜名，点评清末士林、文苑、骚坛诗家，有很多人被封以较次要的绿林好汉，颇不服气，还会争得闹意气、动肝火。此书列民国教育家严修（范孙）为“地劣星活闪婆王定六”，这是一个不怎么高的地位，严范孙当时已经是六十五岁的老人，就算目睹这排名，应该也不会在意的。他是伟大的教育家，作诗并没有“非如此不可”的热忱。不过，名篇传世，本不在多，偶有妙句，足为世征，也往往出些佳话。

由于严范孙曾奏请光绪帝开设“经济特科”，此为改革科举的一大步，他还两度东赴日本考察新式教育方法，引进中国，后来还创办了南开学校，创设“严范孙奖学金”，资助青年学生出国留学。这些都是划时代的大事。

有一次严范孙到欧洲考察，道经意大利，游览了在公元七十九年遭维苏威火山一夕掩埋的庞贝，留下这样一首妙诗：“平生不入平康里，人笑拘虚太索然。今日逢场初破戒，美人已去二千年。”（《游古罗马庞贝古城诗》）

这位前朝的老翰林自有一番豁达襟抱和宽慈心胸，非等寻常那些个缅忆深忧、长吟痛哭的遗老。他的诗多有这样一种滑稽突梯的趣味，因为他对诗的不庄严也反映在他对其他事物的冷隽和抽离态度上。像是嘲调胡适之提倡白话诗，他会如此写道：“五十为诗已最迟，况将六十始言诗。此生此事知无分，聊学盲人打鼓词。”

尽管是玩笑，细读这两首诗，仍旧不难体会，作者能够将个人一时之间、油然而生的小小感触很自然地融入广袤的历史情境里去。无怪乎汪辟疆在评注里这样说：“范孙通方之彦，尤负时望，诗亦渊懿可诵，在美时游山诸作，骏快似东坡可诵也。”一连两声“可诵”，便知严范孙的诗的确是妙趣通俗。

对照于另外一种以古典诗词写异域风景的作品，《游古罗马庞贝古城诗》真是开玩笑。许多前往东洋、欧西留学的年轻人也能纤毫无碍地以吟哦讽诵异邦殊俗，于风土人情，留下了可观的情采；然而一旦寄托起家国感慨，就会沉重、沉郁，甚至沉闷得令人喘不过气来。比方说王陆一写过几首《朝鲜海峡赠同舟韩人》，无论寓怀纵目，毫无“外国”特色：“苦听箜篌引，苍凉唤奈何。连波侵海岸，聚鬼瞰山河。国已东其亩，公毋北渡河。至今箕子国，犹动黍离歌。”

这是一首音节铿锵，辞义嵚崟的佳作，随手送给陌生的韩籍同舟之客，当然有些上国衣冠、霸才欺人的豪气。不过，读来不像是与外国有关，倒像是要把朝鲜半岛收归我之所有的企图和感慨，还比较强烈些。

通过这样的几首作品作比较，我们就可以读读“足与易安（按：指李清照）俯仰千秋，相视而笑”（潘伯鹰语）的女词人吕碧城了。

吕碧城（1883—1943）是在严范孙中进士的那一年出生的，于晚清词人四大家（王鹏运、郑文焯、况周颐和朱祖谋）之外自树一军，别为锦帜，称其“三百年来第一人”者有之，誉为“近代女词人中第一”亦有之。她在登上阿尔卑斯山之后，留下了这么几句“豪情直下惊千载”的句子：“十万年来空谷里，可有粉妆题赋？写蛮笺，传心契，惟吾与汝。”

这里的汝，不是另一个词人，而是山——就是女词人脚下的阿尔卑斯山。

吕碧城的“蛮笺心契”只能写给遥远的“山灵”谛听，不是没有缘故的。

她在九岁那年，就曾经由父亲做主，和同乡汪姓官绅家的孩子订了亲事。甲午年（1894）吕碧城的父亲吕凤岐因病去世了。母亲严氏只是个填房，在吕家备受歧视，由于争家产，还遭到吕氏亲族教唆外人绑架裹胁。这一年吕碧城只有十二岁，却能够拈笔成文，写了一封能让人立刻联想起救父缇萦的长信，给她父亲的老同年、时任江苏布政使的樊增祥（樊山）。藩台大人出面，吕碧城的母亲很快就获释回家，可是当年议定的亲事，却倏忽生变。汪家不敢娶这房媳妇进门了。

吕碧城母女无论在吕家、在汪家，都受尽了排挤和欺凌，其间耻辱，又无从对那样一个社会里的任何外人倾吐呼号。及至随母亲回外家寄食，辗转赴塘沽投奔舅舅严朗轩，也受到相当严厉的督责；严朗轩则不知道这样管束外甥女，将来是有报应的。这些遭遇，对吕碧城的人生和创作无疑都产生了不可磨灭的影响。她终生未嫁，甚至没有发展过任何恋爱的关系，显然与这童年时期的经历有关。

到天津投奔舅氏，前后有六七年，吕碧城已经有了相当多的词作，最著名的那阕《浪淘沙》——也就是上片结于“人替花愁”，下片结于“花替人愁”，极空灵幽窅之致者——也写于这个时期。然而，这位女词人既不以婉丽为能，也不以僝僽为足，她更多的好奇和渴望是朝向诸般广泛的“新学”而开敞的。

一九〇四年，她和严朗轩盐务衙门里一位秘书方小洲的妻子商量着要结伴去天津转往“女学”读书。作风和想法都极端保守的舅舅当然坚决反对，在日后所写的一篇论宗教观的文章里，她如此写道：“濒行，被舅氏骂阻，予愤甚，决与脱离。”

根据这番回忆所叙，吕碧城是在极为仓促的情况之下，既无旅费、且无行装，跳上火车之后，巧遇了一位“佛照楼主妇”，让她于抵达天津之后至少有一个可以暂时落脚的地方——“佛照楼”是一所开设在天津法租借区的客栈，后来也曾出现在吴趼人的小说《二十年目睹之怪现状》里。

只有在小说里才会出现的那种天外飞来的巧合再度出现，原先和她商量着要“同往探访女学”的方小洲的妻子在天津的住所是《大公报》报馆，吕碧城就把这一段离家出走的经历完整地写入一信，向方君夫人说明。

这封信被当时《大公报》的总理兼编撰英敛之看到了，大加赞赏，亲自接见，并且安排她和方小洲的妻子同住，甚至还提供了一份襄办编务的工作给她。接下来，吕碧城从一个“孤女”“奔女”摇身一变，立刻成为天津文化社交圈里一个炙手可热的人物：“由是京、津间闻名来访者踵相接，与督署诸幕僚诗词唱和无虚日。”两句话说来云淡风轻，其中却有相当值得玩味之处。这样的“飞上枝头”并不寻常，一个无籍籍名的女子，仅仅凭借着一篇自述逃家经历的文章，非但声动词林，而且立刻打入方面大员的官署文化圈，拥有了不可动摇的地位。

最奇怪的是接下来的一番周折。当严朗轩也听说这外甥女逃家之后的下落，正准备追究——在当时，他是拥有这样的权利、也不得不履行此一义务的。然而，就在此时，他却因为另外一个案子遭到弹劾，蓦然去职。接着，容留吕碧城“唱和无虚日”的督署主人——袁世凯——居然任命这个倒霉的舅舅帮助吕碧城筹办女学。

这，不是诚心要严朗轩难看吗？

袁世凯饬令严朗轩为他破口骂出门去的外甥女“襄办”女学，这简直是强人所难，干了不多久，严朗轩就辞了差，回老家了。

这时的吕碧城才二十出头，已经能够藉由《大公报》上的文字，造成普遍的影响，包括举国知名的革命家秋瑾——她也取过一个号叫“碧城”；据说就是因为有人在报端读了署名“碧城”之文，鼓吹进步思想，疑是出自秋瑾之手，传告之下，秋瑾也读了，遂亲自到天津请见。

一见惺惺两碧城，秋瑾还在大公报馆里留宿了一夜。吕碧城回忆此事，描述得十分有趣，说报馆司阍一接过上写

“秋闺瑾”三字的红笺名片，看一眼这位身着男装的女子，便高声呼报道：“来了一位梳头的爷们儿！”次日一大早，吕碧城睡眼惺忪地瞥见床头的官式皂靴，登时吓了一大跳，回过神来，才发现秋瑾正靠着床头，开奁箱、对妆镜、往鼻头扑粉呢。这是一九〇四年六月十号的事，就在这一年的年底，中国近代最早的女子学校“北洋女子公学”成立了。支持她的，不只是袁世凯、英敛之，还有当时许多的社会和文化名流，其中也包括前文曾经提到的严范孙，他当时担任的职务是直隶学务部总办。

曾经于一九一八年与章太炎、蒋作宾在上海创立佛教团体“觉社”的陈飞公为吕碧城的词集《信芳集》题评，其中有《沁园春前小序》，信笔写道：“昨与寒云公子夜话，泛及当代词流，公子甚赞旌德吕碧城女士。”陈飞公旋即将《信芳集》“寻览一遍”，立刻给了惊人的佳评，说她：“奇情窈思，俊语骚音。不意水脂花气间，喜吾世见此苍雄冷慧之才，北宋南唐，未容傲睨；今代词家，斯当第一矣。”

这里所谓的“今代”，也许只能看成是模模糊糊以晚清为范围的一个词，以后世视之，总令人觉得过誉；但是袁氏父子在不涉及任何非分之思的前提下，如此竭尽心力地提振吕碧城的社会地位，重视她的议题和论旨，以她所关心的教育人才之论为治国张本，这都是很不寻常的。民国肇造之初，南北角力的腥风血雨几乎无时无之，吕碧城却以她数年来所积累之声誉、地位，跻身新华宫百僚之一，挂名咨议，但是所办的公事大约还同当年在直隶总督府差不多，不外是与寒云公子以及他的一帮清客——如易顺鼎、何震彝、闵尔昌、步章五、梁鸿志、黄浚以及罗惇曧等人歌诗咏和。前述诸君一九一三年冬结社于北京南海流水音，被人称作“寒庐七子”，有画家汪鸥客为之绘《寒庐茗画图》，吕碧城是女界，称不得子，但是有一阕《齐天乐》题咏此图，署“为袁寒云题”，可知亲即的情况。

但是这一阕词后来改动了三处。原先写作“一泓空翠蓬壶境，重见汉家宫宇”的开篇，改成了“紫泉初启隋宫锁，人来五云深处”。这两句改得恰切，因为原语空泛，改后用的是李商隐《隋宫》诗句为典实：“紫泉宫殿锁烟霞，欲取芜城作帝家”，便让读者油然而生黍离之思了。还有三句，原作“莺花无恙谁主？只天教赋予，平原吟侣”，显然是“吟侣”二字似乎容易引起男女相悦之思，遂改成“鞓红谁续花谱？有平原胜侣，同写心素”，这样一改，就显得清净多了。

至于原作结句“风骚漫赋，且料理千秋，奇才休负。廿纪风涛，同舟沧海渡”，一个小毛病是重了“风”字；一个大问题是，词意像是对寒云提出一个兴办某种邦国大业的邀请。然而此前一年多，正是谣啄纷纭、喧呶不已地传说袁寒云主谋刺杀宋教仁的时候。吕碧城遂改作成这样一个转结：“低回吊古，听怨人霓裳，水音能诉。花雨吹寒，题襟催秀句。”“题襟”，典出中晚唐诗人温庭筠、段成式等人的《汉上题襟集》，指友朋唱和。对照原词可知：吕碧城悄悄把袁寒云从共赴一事之同志，降格为遥催赓咏的友人，其间差别，不可谓不大。

同为袁世凯赏识、提携的女教师，吕碧城和她自己教过的周道如很是不同。周道如始终委婉顺承，仰体旨意，吕碧城却一直相当贯彻自己的主义。洪宪帝制大开历史的倒车，也大开人民的玩笑，事在一九一六年。而早在一九一五年八月，杨度串联孙毓筠、李燮和、胡瑛、刘师培及“被具名”的严复，联名发起成立“筹安会”，并于八月二十三日，杨度亲手起草宣言，谓：“我等身为中国人民，国家之存亡，即为身家之生死，岂忍苟安漠视、坐待其亡？用特纠集同志，组成此会，以筹一国之安。”吕碧城便不辞而别，离开了新华宫，奉母至上海，非但专心研究英文，时间和精力都还能够有相当的余裕，从事贸易。在她的词集里有一小则题注，是如此写的：“先君故后，因析产而构家难，唯余锱铢未受，曾凭众署卷。余习奢华，挥金甚巨，皆所自储，盖略谙陶朱之学也。”生活上讲究，不吝靡费，且慷慨为言，不畏讥谤，这不仅在民国初年时少见，即使是在今日，也是很不容易的。

一九二〇年七月，她如愿得以自费旁听生的身份进入美国哥伦比亚大学就读，主修文学，还兼任着《上海时报》驻纽约的特约记者。两年之后，由美归国，曾经有一段短时期的停留——也就是从这一段时间可以看出：她的智慧、见识、性格已经随着年事的成长，而有了演化式的改变，对于旧中国也好、新中国也好，已经不再有强烈的关怀和浓厚的兴趣。一九二六年秋，她再度展开了更彻底的“逃家行”，取道美国，展开一段漫长而曲折的欧洲之旅，从英国到法国、德国、奥地利、意大利，甚至还选择瑞士“建尼瓦”（即日内瓦）定居了下来。

吕碧城在此完全展现了作为一个中国人的各种“异数”。她如此亲近机要，却从未恋栈权位，更难得的是，视权力如敝屣很常见，视权力如敝屣却不以此为诗词怨悱凄恻之主题则很难。而吕碧城则根本不屑于在诗词间雕琢这种“寒外热中”的情愫。

这当然是因为她固有智慧得知：自己在民国政坛上荡风鼓云之力或可有之，可一旦进入了权力的虬结和攘夺，一个女人总不免沦落到“花瓶化”或“边缘化”的地位。这一远见让“少小离家”的经验焕发出积极而坚决的力量，她从天津舅家出走的行动便不断扩大、重置，而丰富她一生的诸般知识、语言的学习，以及财富的累积，都让她得以随时弃家而走，天涯浪迹，去不复顾而了无牵挂。在古往今来的中国人里，她是唯一的一个！

前文提及吕碧城有“因析产而构家难”的隐憾，其事很可能与她三十年反目成仇、不通音讯的二姐吕美荪有关。她在一首《浣溪沙》词的上半阕写道：“莪蓼终天痛不胜，秋风萁豆死荒塍，孤零身世净于僧。”这三句再清楚不过，首句说丧亲之痛，次句述兄弟（实指姐妹）相煎之急，落句点出词旨，澄明通透，无比酣畅，也无比潇洒。

可惜的是，这词还有下半阕，有了下半阕非填不可，吕碧城毕竟还是没能掩盖住内心受创的激动与愤忿：“老去兰成非落寞，重来苏季被趋承，不闻嬃詈更相凌。”兰成，是以庾信自喻其周游流浪，苏季是指“妻不以我为夫，嫂不以我为叔，父母不以我为子”最后却“散千金以赐宗族朋友”的苏秦，这些都似乎不违背吕碧城受亲族排挤的事实，然而，让她耿耿于怀的是“嬃”（姐姐）“詈”（诟骂）所带来的永恒的创痛。

我总这么想：如果吕碧城将此词上下片对调，会留下怎么样的一个阅读效果呢？也许她的毁家之恨会融化在宽恕之情里面，但那绝非词人生命的实况。高悬的伦理德目于空蹈而不近人情之时，便需要具备真情感的诗词予以撼动！

一直有人疑惑：为什么吕碧城的词里洋溢着委婉动人的情感，但是在最寻常的男欢女爱上，她却始终心无所契而留下了一片空白的“蛮笺”？

细读碧城词，才能渐渐发现：这是一个除了怜悯与义愤之外，并无爱人的能力的诡丽心灵所留下的雪痕泥印。这种心境，可以从她“不得不书”的题材看出来——但凡是令她深刻感动的对象，都是身世或遭遇悲惨无伦，而隐约同她自己相仿佛的人。集中有两阕词，一阕是《念奴娇》，一阕是《无闷》。两词取意都是她的一个学生潘连璧。据《念奴娇》小序所述：潘连璧是吕碧城在北洋女子公学的几百名学生之中最为优秀的人才，日后嫁给南洋华侨卢某，婚后不过几年，夫妻相继过世，身后遗子，尚在襁褓之中。

潘连璧，本来应该姓吴，是广东珠江的大户出身，幼年时遭家难，为潘氏领养。由于遘难时连璧年纪还小，成长后虽然微知事异，却不得其详。倒是吕碧城无意间从某广东人处得知了故事，转告于连璧，据说连璧闻之大恸。《无闷》词过片处遂有：“旧事忍重记，记密语罗窗，乍传哀史，惹梨雨千丝，玉痕凄泚。”而在《念奴娇》上片之中，也有：“雹妒红情，霜欺绿意，并作春痕碎。郁金香冷，玳梁谁护雏垒？”既以哀人，复以自哀。

至于集中俯拾即是的代题悼亡之作，像是“为龙榆生君题《彊村授砚图》”以悼念近代词坛四大家之一的朱祖谋（古微）所写的《侧犯》、“为吴湖帆题悼亡妻图册”所写的《祝英台近》等等，也多敷染着哀感顽艳的悲叹，这当然是词之一体之能事，但是诚可以用她自己的词句概评之曰：“感同调，断笺妍籀银钩。”钱仲联称她为“近代女词人中第一”也许不算过分，但是潘伯鹰说她“足与易安俯仰千秋，相视而笑”，就显得夸张了。

在诸多伤悼凄恻之作中，还要属这一阕《长亭怨慢》最为知名而神韵动人。开篇 “又恨铁、九州岛轻铸”八字，妙极、切极，深得词之一体的含蓄隐微。原来这是伤悼她的长姐吕惠如之作。惠如早逝于一九二五年七月，适逢家中争产族人大打官司，所以“恨铁”的典故就显得周洽而精切——此语转出于《资治通鉴》卷二百六十五，罗绍威悔收朱全忠留魏，全忠挥霍无度，使罗绍威之蓄藏一空，罗遂有“和六州四十三县铁，不能为此错也！”之语。“又恨铁、九州岛轻铸”则既点明财耗，复直指悔恨，怨情全收，确是健笔！

怨之所衷，应该还是惠如和碧城之间的美荪，词中一节："绮窗闲对，算一局，全输矣。谁搅剩棋翻？是裙底，雪狸欢昵。"用的是《酉阳杂俎》里唐玄宗对局将输，杨贵妃遂将康居国进贡的宠物小狗（猧子）放出，搅翻棋盘，乱其输赢的典故。这是一种很深刻的咒骂术，透过精省的意象排比，读者见识了机关算尽的争斗，体会了不尽公平的输赢，也察觉了吕碧城以畜生骂人的功力。

幼年被逐事出于无奈，然而能以"略谙陶朱之学"自诩，在十里洋场上角利致富，又刻意赴日旅欧留美，作十万里漂洋渡海之壮游，吕碧城在词作之中的确显得颇为自得，可是她也一再地以流寓于北地、写出《哀江南赋》的庾信自况，如"老去兰成非落寞""庾郎词赋写羁愁，去去故人长别"者，后世读者大约也不须跟着嚼说这是词人的幽怀深抱，所有的"国族隐喻"之于她而言，都是一个破败的家庭、离散及失欢的骨肉的象征。蛮笺上的心契很简单，就是：家犹如此，情何以堪？

所以，吕碧城不知道如何去爱人？

□

声称吕碧城不知如何爱人之人，其实是只能从俗世的男欢女悦或夫妇家人这些层面上辨认情感而立论。实则吕碧城并不讳言这些，她的确剖析过，也说得相当明朗透彻。她说：“生平可称心的男人不多——梁启超早有家室，汪精卫太年轻，汪荣宝人不错，也已结婚。张謇曾给我介绍过诸宗元，但年届不惑，须眉皆白，也不太般配。我的目的，不在钱多少和门第如何，而在于文学上的地位。因此难得合适的伴侣，东不成，西不就，有失机缘。”

吕碧城不同俗世的格调在她生命的后二十年浮现得更加清楚。其根本原因之一，是经济方面的。她在离开袁世凯的政府之后，奉母南下，苦习英文。一段时间之后，她不但有能力兼任上海洋办报纸的记者，还由于投资外商百货公司而累积了不少财富。

一九二四年，吕碧城二度远游，成为国际上知名的动物保护专家。她在巴黎宣扬佛教，两年后定居瑞士，这些都是精思熟虑之后的行动。佛教教义里戒杀好生的思想，成为她进一步发挥大爱的实践基础。她的行径不但没有国界可以划限，她的用情也没有物种的区分。

这，不能不说是在民国思想解放的大潮之下，一个更为恢宏的前驱追求。根据藤井贤一的种种暗示：胡金铨导演所试图拨寻、整理的拍摄题材，就是在当时极为稀少、但是也极为坚定的一种人，他们的身份不一，有革命者，有教育家、报社记者，甚至还有武林人物……他们都具备超越国族的远见，也都有拯饥救溺的决心。“民国”二字带来的思想刺激，在这样的人眼中，绝不只是国体和制度的改变。

藤井贤一说：“就如同你的静芝老师说的话呀，要做发愿助人、救人的事业。”

“一九二四年——”

我忽然特别注意到的，是这个吕碧城大步跨出新世界的年份，一九二四年。也就是民国十三年，静芝老师八岁，胡导演出生前八年。这一年年底所发生的一件事，我居然有着非常清楚的视觉和听觉的印象，仿佛我就在现场经历了那一切，以至于描述起来，竟好像是捕捉回忆的一般。

这一年冬天，有着阳光的一个上午，刚被冯玉祥逐出紫禁城的废帝溥仪暂时落脚在天津张园。有一群人哄闹地穿过了阳光透荫的庭院。

“斗上了、斗上了！”

“陈师傅、郑师傅斗上了！”

这班闹闹嚷嚷的人看来是穿着北洋戎装的侍卫，领头的人叫霍殿阁（而这个名字，我确信是多年之后、导演王家卫随口给起的）。

那一阵阵的哄传之声，引得（原先是张园游乐场售票亭的）门房里两三个太监和侍卫都跑了出来，朝里张望。但是闯进来的这一群人脚步太快，追不上了。当他们跨过庭院的时候，众人也随之不约而同地止住碎语和喊叫，同时放缓脚步，收束成略似队伍的两列，安静地继续朝前走。

众人杂沓的脚步声在一条幽暗的长廊里泛起巨大的回响，逐渐接近。我们听到脚步声的时候，只看见长廊尽头是一个明亮的房间。门敞着，室内透出白电灯光。门外地上放置着两个极大的衣箱。门里是一张西式的理发椅，上面坐着人。

我们接着看到溥仪的背影，他坐在理发椅上。在这张椅子的左侧，跪着一个身穿长布袍的青年。他是原本宫中的伶人，名字就叫永兴。永兴俯首在地，似乎在听候吩咐。为溥仪理发的人这时从溥仪的右侧靠近，为他胸前围上一张白布。并开始为溥仪梳理头发。

“你也要走了。”溥仪淡淡地说。

“奉皇上恩典！”永兴前额叩触地砖不止，仍然没有抬头。

长廊上的脚步声忽然静止，那群由霍殿阁率领的人在门外一丈之地停了下来。

“是朕亏待了你们。”溥仪说。

"皇恩浩荡！奴才这一去，挣死也要把身上的活儿——"

"不说这个了。"溥仪显然从镜子里的反影看见了霍殿阁和他身后的那一群人，当下昂声道："霍师傅有事吗？"

霍殿阁上前一步，跪下行礼："启奏皇上：是陈师傅和郑师傅的事。他们二位在跃华里已经绷了两天两夜了——"

"我听说了。"溥仪先侧过脸、垂下头，冲永兴道："你好自为之。别当你这一行是做戏——说穿了，咱们哪一行不是做戏呢？"

"奴才恭领皇上的教诲。"

"你走之前上泰和那儿去辞一个罢，不定他还有什么嘱咐。"

永兴再磕了一个头，起身退出，提拎起门外地上的两个衣箱。

溥仪则依旧维持着原先的坐姿，向霍叹道："师傅们都一大把年纪了，还争这口气，万一出个什么岔子，谁能担待？"

"请皇上下旨意。"

"谁走一趟，叫他们和了罢！"溥仪十分在意镜中自己的模样，略略撇脸、抬手，像是指示理发匠该如何修剪他的门面。

"喳！"霍殿阁高声应答，用背在身后的一只手向外轻轻挥动了两下，另一个侍卫悄悄起身，倒退着离开。

溥仪却稍稍抬高了声调："朕要同你商量的是禁卫队的事——你们好身手啊！"

"啊！"霍殿阁似有所悟，瞬间神色黯然。

接着，张园之内的另一座小楼檐下，泰和正在练拳。穿过庭院走来的永兴放下了两只衣箱，单腿跪落，朝泰和打千，道："来给主子辞行了。"

"皇上那儿去过了？"泰和收了功架，擦汗。

"去过了。"

"说什么来？"

"皇上要奴才好自为之，还要奴才上主子这儿来领教诲。"

"我先让你看样东西——"泰和说着，径自跨过门槛往屋里走，随手从桌上的书里抽出一张巴掌大的剪报。我们这时可以清楚地看见剪报上的几个大字"宣统帝施助善款待领"。

泰和将剪报递给永兴，道："这是头年里《平报》上的一则消息——"

永兴捧起剪报，逐字念道："惟民国之政客军阀坐拥巨款，却无一救济贫民者，于此更可见宣统帝之皇恩浩荡也。"永兴念到这里，抬头，惊讶地说："这、这、这不容易呀！这是说皇上的好啊！"

泰和微笑，含意深长地道："皇上还在北府里的时候，听说老百姓没饭吃，动了慈悲。不过随手散了几两银子，倒是挣了个满彩。这——你可看出什么来了么？"

永兴高兴地喊道："皇上行好，普天同庆。"

泰和笑了："那么银子发付完了呢？"

永兴低头沉默。

泰和带着嘲谑的表情道："银子发完了就把咱们赶出来？赶进租借区、赶进大使馆，赶出了北京、再赶进了天津，下回上哪儿去你知道么？"

永兴摇头。

"所以你这一趟上南边儿去，不只是演戏、教戏；还得办点儿'皇差'。"泰和忽然侧转一步，附耳近前，说了些什么。

就在这一刻，先前奉霍殿阁的手势前来的侍卫在院里高声喊道："皇上有旨意。"

泰和忽然抬高手，没让那院中的侍卫继续说下去，而他仍旧维持着原先的姿态，把吩咐永兴的话低声说完，永兴点头。之后，泰和才慢慢转脸冲那侍卫道："是为了两位师傅在跃华里赌斗的事吧？"

"是。"侍卫靠靴高声答道。

泰和仍然是一副诙谐笑脸：“要我走一趟？”

我们随即来到跃华里。

一小队侍卫引领着泰和从这条巷子的远口向近处行来，一面走，侍卫们一面排开拥挤在巷子里的老百姓，来到一所宅院门口。这宅子的两扇大门是完全敞开的，在第一进的院落之中、东西厢房乃至于二进院落里也站满了看热闹的人。

我们可以发现其间还有不少穿着类似制服的中学生。大多数的人并不安分，除了簇拥着向屋里伸头晃脑地张望之外，还不时会发出纷纷议论。我们大概可以听见几句带有天津口音的话语：“我看陈师傅快撑不住了！”“今儿再分不出高下，恐怕要出人命。”“谁见过这么大本事，十三经也能背得下来？”“一字不落哪！”

当我们随着侍卫以及泰和的脚步向院落深处移动的时候，这些嘈杂的闲言闲语渐渐转弱，从屋里反向传出的则是两个老人高声朗诵古文的声音。

泰和一面朝里走，一面四下张望，像是在找什么人。

人群的最前方接近第二进厅堂的院中，排放着大约四到五排硬板座椅，椅子上坐着受邀来观赏赌赛的贵宾。有穿着日本军装的高级将佐之流，也有西装革履、戴软呢帽的政商人物，以及身穿传统中国长袍的缙绅先生。

从侧厢房檐下继续前行，发现了坐在第一排外侧的一个日本军人也在东张西望。泰和随即朝他走去。

这一瞬间，我们回到仍在理着头发的溥仪身边，他仍背对着霍殿阁以及那一群侍卫。

“日本军部派人来嚼咕，说你们出手残忍，踢死了他们的几条狗。”

霍殿阁磕头，道：“回皇上：奴才不敢伤人。”

“朕没有怪你们的意思。”溥仪缓缓地说，“军部执意要押人问罪，咨文送到这儿已经两天了，该怎么处置？”

“皇上圣明。奴才们闯了祸，不敢逃刑；更不敢给皇上添麻烦，我们这就去军部出首。”

“让我堂堂大清国的禁卫军为几条狗偿命？”溥仪激动起来，“朕是何等心肠？”

“奴才不敢！”

“说来惭愧得很，如今寄人篱下，居然连你们都保不了。”溥仪的肩头微微颤抖着，使理发师傅不能下剪，只好回头看一眼霍殿阁。溥仪则继续说下去：“你们散了班，出宫去罢。”

霍殿阁猛抬头："奴才等除了伺候皇上，别无去路。"

"江湖广大，挣一个自由自在之身，哪儿不能去？"

霍殿阁愣了一下："奴才驽钝……不明白皇上的意思。"

溥仪接着从覆盖在身上的白布底下伸出手来，指间捏着个信封："你上太原跑一趟罢。"

紧接着，我们又回到跃华里。宅中两位老者朗诵的声音越来越清晰。我们大致可以看见：在中间以轩门相隔为两室的厅堂之上，两位老者各自凭几而坐，他们身后各站着一个年轻人，年轻人手上分别有一本一尺见方的线装大书。当老人背诵着经文的时候，年轻人的手指便一路随着老人的声音、指划于所诵及之处。

泰和已然来到先前他所注目的日本军人身边——这人是山本大住，日本军部的代表。泰和身后的一位中国缙绅立刻将座位让给泰和。泰和则拍了拍山本的肩膀。他显然不急着阻止两个老者的赌斗。

"王曰：'叟，不远千里而来，亦将有以利于吾国乎？'孟子对曰：'王何必曰利？亦有仁义而已矣。王曰何以利吾国？大夫曰：何以利吾家？士庶人曰：何以利吾身？上下交征利而国危矣。万乘之国，弑其君者，必千乘之家；千乘之国，弑其君者，必百乘之家。万取千焉，千取百焉，不为不多矣。苟为后义而先利，不夺不餍。未有仁而遗其亲者也，未有义而后其君者也。王亦曰仁义而已矣，何必曰利？’”（这一段出自《孟子·梁惠王上》，是陈老者的背诵内容）

“明堂也者，明诸侯之尊卑也。昔殷纣乱天下，脯鬼侯以飨诸侯。是以周公相武王以伐纣。武王崩，成王幼弱，周公践天子之位，以治天下。六年，朝诸侯于明堂、制礼作乐、颁度量，而天下大服。七年，致政于成王，成王以周公为有勋劳于天下，是以封周公于曲阜。地方七百里，革车千乘，命鲁公世世祀周公以天子之礼乐。是以鲁君孟春乘大路、载弧韣，旗十有二旒，日月之章，祀帝于郊。配以后稷，天子之礼也。”（这一段出自《礼记·明堂位第十四》，是郑老者的背诵内容）

郑老者背诵到“武王崩，成王幼弱，周公践天子之位”这一段的时候，脸上明显地流露出痛苦和悲伤的表情。他的眼里流下泪水，几乎越来越不能支持。

山本带着些嘲弄意味地侧身掩口，低声对泰和说：“贵国的学问，精深得很哪！”

泰和笑了笑，回道：“二位师傅都是皇上的老师，牛刀小试，在他们而言算不得什么。”

“朱干玉戚，冕而舞大武；皮弁素积，裼而舞大夏。昧，东夷之乐也；任，南蛮之乐也。纳夷蛮之乐于大庙，言广鲁于天下也。”郑老者背诵到这里，终于忍不住，趴在茶几上，放声大哭，哭时还垂着桌子喊：“皇上啊！皇上啊！”

另一室中的陈老者眼角亦有泪水，却勉强撑持着继续背诵：“汤誓曰：时日曷丧？予及汝偕亡。民欲与之偕亡，虽有台池鸟兽，岂能独乐哉？”

泰和在这个时候站起身，朝厅堂上走去。一面走、一面高声向四面八方喊，道：“皇上有旨意：两位老先生都胜了！都胜了！”

两进院落里的人群也起哄似的爆出一阵欢呼。

泰和上了台阶，走到郑老者身旁，眼睛则凝视着陈老者，道：“皇上恩典：内务府已经在北华邨订了一席酒，给两位师傅庆功！”

我的描述只能到此为止。

多年以后，王家卫导演启动《一代宗师》拍片计划，在最初的分场剧本里，我便刻意把陈宝琛、郑孝胥赌斗背诵《十三经》的真人真事，放入序场的情节。

在历史的舞台上，末代皇帝溥仪这两位“帝师近臣”各自怀抱着恢复大清和成立伪满的虚妄企图，而这一场后来经溥仪调停而中止的赌斗看来的确既荒谬、又悲哀。冷兵器式微的民初武坛恰可以用这样一场赌斗来作为对比和象征的。不过，后来整部片子拍摄的轨迹并没有追随着这个思路往下走，而这一场反讽着中国近代南北武林积不相容的情节，也随即在第二个想法像潮水一般涌上来的时候就消失得比泡沫还空洞了。

“拍电影的人说的故事——”胡导演早就跟我说过，“不过就是谈草而已！”

老实说，我原来并不知道“谈草”这两个字究竟是什么东西。胡导演以谈草比喻剧本，表情似是开玩笑。我向他请教，他才解释给我听：原来当年帝国王朝时代，朝廷命官与东邻的朝鲜或日本政府大员办交涉，由于言语不通，多先之以笔谈。一来三国之人都识得汉字，但凡字不错写，彼此用意就不至于过分扭曲。二来谈话前先笔之于稿，也比较谨慎，遣词用字不至于漫无所依。一旦双方会商事体有了结果，甚或需要另订约法文书，则原先所写的这些草稿，也可以用以资佐斟酌。直至定案之后，所有的谈草按例都要焚化，片字不留。胡导演以谈草喻脚本之未定稿，多少也有“焚化了也不可惜”的嗤鄙之意。

第九话 · 谈草

袁世凯年少时倚吴长庆驻朝鲜而有了出身，便一步一步利用长官、父执、同僚甚至敌君敌臣之间互不了解以及互不信任的心理背景攫取最大的利益。说他出卖了吴长庆，好结交李鸿章；又出卖了李鸿章，好结交庆亲王奕劻……都还算是好听的。

在这一条辘轳连轴的出卖之路上叱咤风云，到头来居然还当了八十三天皇帝，毕竟是令人感到不可思议之事。但是，行险侥幸之徒，总会落在明眼人面前。民国元年十一月廿一日创刊的《少年中国》周刊上就登了著名新闻记者黄远庸的一篇分析稿，历数“袁政府对蒙事失败之十大罪”——这也是文章的篇名，其中有几句千古确评，当时尚无他人及见：“考其大因，尤其当局者，但知顾全权势，不为国家谋根本之解决。”“凡己之地位，稍有妨碍，虽牺牲政策在所不顾，一若国家可亡，而吾地位不可不保。”

同样刊载于《少年中国》周刊，还有一篇《遁甲术专门之袁总统》，黄远庸大约是第一个公开撰文，以辛辣的讽刺直截指陈袁世凯无意遵守“临时约法”的人：“其实雄才大略之袁公，四通八达，绰绰乎游刃有余。受任未及朞年，而大权一一在握，约法上之种种限制之不足以羁縻袁公，犹之吾国小说家所言习遁甲术者，虽身受缚勒，而先生指天画地念念有词，周身绳索蜿蜒尽解，此真箝袁者所不及料。”

袁世凯早年在朝鲜两面用势，以清廷之军事力量压制韩人，复挟日、俄等国之外交攻势掉回头来对朝廷凸显其地位，终至架空吴长庆，成为直接掌握朝鲜宫廷的黑手——当时他才二十多岁。我们也可以这么说：袁世凯是先做了李朝的太上皇，磨练出日后回头干中华皇帝的志气。

在韩国汉城大学奎章阁中保留了大量的“谈草”——这一类的文书是早年中、日、韩等汉字文化圈的各种交流所必备的，是当事人会面、交谈的第一手资料，且未经任何他人转译、润饰、修改，我们仅仅从其中几个记录下来的片段便可以明白，袁世凯在朝鲜干了些什么样的差事。

之所以会有这一批“谈草”，主要的原因是吴长庆在这一年（光绪八年，1882）以浙江提督、帮办山东军务的职衔，率兵进入朝鲜，目的是前来镇压阴历五月间由于连续十三个月没有领到粮饷而哗变的朝鲜京城营兵。在清廷——包括李鸿章和吴长庆看来——朝鲜人自家闹兵变的危险并不是推翻李朝政权，而是会引来其他邻近国家的干涉。在有心发愤革新的朝鲜人而言，这却正是一个励精图治的大好机会。

在这一点上，袁世凯比吴长庆看得更精细。当时的朝鲜王是高宗李熙，曾经在前一年底派遣金允植（1835—1922）为出使清朝的“领选使”，此公累代为官，满门朝笏，且颇有自立自强之思。兵变消息传到北京，他就立刻搭船回国了。袁世凯是在八月二十六日见到他的，见面的第一句话就是：“贵国应该赶紧练几营兵，以控制全局，也好震慑洋人！”

袁世凯话里的洋人所指的不外日、俄，但是听在金允植的耳朵里肯定不是滋味。试从他的立场上想一想，话难道不该这么说：“你家吴大帅之于我国，难道就真称得上是自己人了吗？”

有意思的是袁世凯这话也不是随口说说的，他在几天之后的另一份“谈草”上提及他向金允植提的建议，还对金允植“归于淡漠”的反应相当不满。

这是因为在练兵这件事上，袁世凯另有一把算盘。

所谓“谈草”“谈稿”，都是为了与谈双方之沟通所作，取其会心得意，并不真被视为什么文章，然而根据现存的谈草看来，无论中、日、韩人的书写功夫，大都呈现了一种简洁、明朗的风格。要紧的是“谈草”文本随话锋流转，有时岔路斜行，去不复返；有时横空大噪，余响琤琮，往往透露出当事人一时不及掩饰的动机。

壬午年（1882）五月兵变经吴长庆镇压而弭平之后，朝鲜李朝君臣的一致共识是请“吴大帅”长年戍守，以示屏护，也免得日、俄觊觎而时起纷争。但是从一份朝鲜王廷特派迎接官金昌熙和袁世凯当时的谈草看来，袁氏对于“练兵掌权”的执念在当时已经相当顽强了。

彼特派迎接官金昌熙和袁氏交谈的目的，是请他转告吴长庆，不要介意兵变之后市面上仍旧扰攘不安，民生秩序迟迟无法恢复。就算吴长庆到处贴了“安民告示”，老百姓仍然群聚嚣嚣。金昌熙在谈草里写道：“敝邦民俗，凡事在上者劝之则不从，禁之则愈犯。若自大阵任其惊动，示不介意，则还可不日息定；若屡屡榜谕，劝其集安，则其疑愈滋，无异扬汤止沸。请代白大帅：宽心勿过虑，徐观几日，更思道理，恐好？”

袁世凯在这件事上只匆匆答了几句，说什么“阁下厚意，当为代白，或可冰释”。紧接着，便转了话柄，挥刀直攻一处令金昌熙无从防范抵敌的阵脚。这里要先岔出去介绍一个人——金云养。

金允植，号云养，世代任李朝高官，更曾经受派为驻清使节，在辛巳（1881）年秋天刚刚去过天津，此际因兵变而赶回了汉城。袁世凯在和金昌熙进行这一次谈话之前，已经见过了金允植，所以才会有如下之语：

> 我前晤云养，劝其急于练兵以制全局，以慑外侮，而竟归淡漠，如何可也？何不趁我军在此，选择精卒，由我军训练几日，再授以自统，原非大难事，何不先试练一营五百人，以观后效。能有劲旅三千人，政可行、侮可捍，然将才不易也。如值中邦（按：指清廷）一朝有事，或恐不暇顾及，何不图自立以为长久之计？

这一段话说得有体有面，劝人自立自强，也还持正守节。金昌熙的响应算是相当滑头，他并没有道出韩人或李朝领导者真正的愿望。因为三大之间难为小，藉甲牵制乙、藉乙挑动丙，或又藉丙向甲索勒财力物力这样的事是能干不能提的，是以金昌熙只能表述个人的、场面上的态度；一句话，极有心机：“下官短见：惟望天兵常留。”

但这并非袁世凯所关心，他话中藏着话、话中勾着话，利用对方的愿望把自己的企图表达得相当清楚，说得委婉，却不惜泄漏军机：“我士卒恐不能久留，且大帅亦不愿久留。中土之人谁无身家，久居无事，且恐不易支持。如换他人，恐不好与共事耳。”

这段话稍稍流露了自矜自重之意，袁氏似亦微有所觉，赶紧补正：“大帅实心为民，不设傲诈，此外诸帅如大帅者，计不可得。若来此邦纵兵肆兵，恐民无噍类。”

此言看似捧足了吴长庆的场，却也可以说是打坏了满清一朝的其他将帅，袁世凯为什么敢这样说话？当然是没把谈草之文想成“呈堂证供”，此外就是他过于急切地想要让自己的部曲成为朝鲜的种子部队。质言之：他以帮助朝鲜练兵自立为口实手段，要把这个半岛当作是自己的子弟兵不断扩充、不断增生、不断扎根盘踞的一方领地。

在袁世凯和金昌熙以谈草会商的这一天——壬午年（1882）七月二十八日，朝鲜内部的兵变已经不足为虑，清廷双方所顾忌的还是日、俄两国，而朝鲜并不想积极扩大军事部署，因为这样做只会惊动另外这两个对朝鲜半岛虎视眈眈的强国。

所以袁世凯接下来的谈草可以读得出来并不是现场写的，起码是来和金昌熙见面之前就已经打好稿子的了，这是一通措辞周延、逻辑严密的说帖。袁世凯的结论是：“贵邦陆通中邦，只守一面水路，易事也；中邦四面受夷，故患更甚于贵邦耳。”说完这几句，就是场面话了：“大帅（按：此处仍然是指吴长庆）对吾辈深诩阁下为忠厚长者，今治饭请阁下。”

这顿饭应该不好吃，因为此前还有一大段推论，金昌熙应该明白是强词夺理，但是却无言以对。袁世凯刻意把中国处境之恶劣放在最后一句话上，还是在呼应他自己先前的呼吁：“我们要走了，别指望下一个来的大帅能像吴大帅这么宽慈敦厚，所以你们得赶紧自己练兵，跟谁练呢？当然是跟着我袁世凯啦！”谈草上写着：“山林险固易守，洋人利于火器而最不利于伏兵也，山林之中，多设伏兵，不难一举而歼之。”

这只是引子，袁世凯接着强调：西洋人（泰西）必不肯为了一个这么小、这么穷的国家而大动干戈，所以能够侵犯朝鲜的只有日、俄，而且“日人之兵正弱于陆战，我今日所部各军可尽日人所来之多少而杀之，特有所未必耳”。这三句话才是全文枢纽，袁氏之意就是要告诉对方：你们若能接受我袁某人个人所提供的军事输出，便能够长治久安，高枕无忧了。

之所以汲汲于此道，并不是说袁世凯想要长久驻扎于此，寖假日深，成为朝鲜国主。他想的是更不吃力的法子——

先前他不是说了“中土之人，谁无身家”的话吗？所以他要留下的是他的部属、他的棋子、他的军事顾问。从这一点就已经可以预见他日后发展北洋新军，在十八行省“一省练一镇兵”的脉络。像是把原来亲掌的士卒拆散，混以新人，一营变成三营、一协变成三协、一镇变成三镇……复以老兵感染、教导新兵，使之亲附，乃为一主家之所用；长此以往，普天之下便莫非袁氏之旅了。

十天之后的八月八日，袁世凯又和金昌熙见了面，一见面还是那句话：“金云养（那位第一个承他劝勉、练兵自强的驻清廷大使）何在？须以大帅意请来商事——大帅拟今十二日扶病赴津乞归。”

请仔细琢磨：金云养之在不在，在何处，跟吴长庆“扶病乞归”有什么干系呢？当然没有。但这根本是袁世凯要的一个花招，我们必须怀疑：吴长庆这时根本没有“乞归”；事实上他得要到两年以后撤防到金州才染病的。此时的袁世凯只是想要逼迫朝鲜当局赶紧制订一个追随他练兵的政策方向，好让他可以回头拿着这个政策去向清廷奏功邀宠、申请授权。

金昌熙所关心的当然是大帅的病情：“有何紧故扶病赴津耶？”

两国通问，岂容谵妄？可袁世凯居然没有正面作答，他耍了一个枪花儿，如此乱以他语：“贵国之事如治疮然，交涉之人挟日本以自重，交涉之人一日不死，则疮不可为也；大帅因此欲见李中堂（按：指李鸿章）乞归也。”

这不但是非常严厉而且失礼的指控，而且细味其言，根本没有说明吴长庆是不是真病了。金昌熙立刻反问：“闻甚惊叹，请概示破郁（按：即解惑）？”

袁世凯知道说溜了嘴，只好再施展遁甲术转逃一圈儿：“交涉之人挟日本朝鲜以自重，弟非骂贵邦人，乃骂中朝（按：即清廷）人耳，中朝无人。”

这一转转得太生硬，但是迷糊仗终究是混过去了。大帅没病，朝鲜使者也并没有挟日本以自重，以致气坏了大帅，那么到底发生了什么事呢？没事，就是袁世凯闹小人而已，这还没完呢——

在这里，我们先回头看看“交涉人”一词。

早在一八七〇年，也就是壬午兵变的十二年以前，清政府将咸丰末叶（1861）在天津成立的“总理各国事务衙门”之“三口通商大臣”“五口通商大臣”等名义改成一个通衔，谓之“北洋大臣”，由直隶总督兼领，这就是中国外交部的滥觞。名义上管的是直隶、山东、奉天三省的通商事务，实则不断因为时势所趋而处理清廷对外的诸般外交、海上军事、关税等事宜。“北洋”也成了“北洋大臣”的一个外号也似的称谓。

壬午兵变前两年，担任北洋大臣的李鸿章手下收罗了一位难得的人才——既通晓洋文又娴熟中文，而且多闻善辩，思虑详赡，此人叫马建忠，字眉叔，今人当不陌生，他有一部运用西方语法学概念、开中文语法学之先河的传世之作《马氏文通》。

兵变前夕，马建忠奉李鸿章之命到朝鲜，和列强开会，准备议定多边合约，试图确保清廷在朝鲜既不能独占、也只好分享的商务利益。这事尚未办了，兵变忽起，李鸿章立刻派他到吴长庆的大营效命，以诱擒叛首之计，逮捕大院君李昰应，立下一桩大功。

这个背景可以视为袁世凯积极“运动”韩国官员的一个动机。设若他有前知先见的能力，穿越两个月的时空，会发现当时的“北洋”李鸿章，并无意将马建忠留在朝鲜袭官掌权，而是希望藉助他灵活的谋划和熟练的外语，回天津和法国公使宝海商谈解决越南方面的纷争。这一年的十月十八日，李鸿章便把马建忠调赴天津去签约了。

正因为不能盱衡大局，又敝帚自珍，袁世凯亟欲自保，于人多忌，先肆口妄称朝鲜方面有一挟日本自重的“交涉人”，之后发现金昌熙认了真，必欲穷究谁是这“交涉人”，只好顺势改口，诬指这“交涉人”是“中邦”方面的身份。大约就是在这一次笔谈的过程之中，他说着说着灵机一动，干脆反手大打马建忠一耙，把先前虚拟出来的这么一个“交涉人”落实到马建忠身上。他是这么写的：

既与日人通商，顾其势吾不怪引来泰西各邦以制日人要挟；然主和之事，亦须斟酌古今、较量彼我。此后必马眉叔来，此人有时务才，而心地不光明，乃急迫功名之士，为办理此间，必违古而迎时，失众而败事，却不可不慎！且贵邦人必与相投，为其所愚，只藉交涉和好邻邦而已。

事后阅之，这一小段谈草充分暴露了袁世凯的机心和忮心。他就像《庄子·秋水》里所譬喻的鸱鸮那样，一直不断放声聒叫、恫吓凤凰，生怕它好容易攫获的一只腐鼠被抢了去。为了能让朝鲜方面替他向吴长庆、李鸿章申诉其练兵之才、平乱之能，不惜造谣、恫吓甚至污蔑同僚，还不忘了泄漏国政诸端之中最须隐讳的人事和军机：

李傅相（按：李鸿章）专喜谈洋务，大帅虽其世好姻亲，而意见不相融洽；眉叔为人，能投李相之好者。弟于李相之来、眉叔之去，一一数其迎合之事，与我军牵制之状，昨丁公（按：指丁汝昌）来，乃无不吻合。

更可怕的几句如此：

如贵国有事，李相坐视，必无出师之理，但使眉叔辈误其事机而已。此次之师（按：指由直隶总督张树声率赴朝鲜增援吴长庆的部队）赖李相不在，张公（按：即张树声）得以出力，贵邦人何能知之？

光是这几句狂言，就足以问袁世凯一个卖国乱政的杀头之罪，当年的金昌熙没想到拿这谈草对付袁世凯，致令袁一步一步坐大，藉祸国而窃国，真是令人扼腕！而袁在谈话中所指骂的“心地不光明”“急迫功名”“违古而迎时”“失众而败事”，不正是他自己的写照吗？

为了让朝鲜人能够藉助于自己翻手云、覆手雨的地位练兵，袁世凯只好夸张虚拟吴长庆生病、离职、乞归以及将有人瓜代的谣言；为了表示瓜代人之必不能称职，更不惜捏造马建忠“心地不光明”的谣言。而马建忠半生仕宦，总是栽在这一类莫须有的谣言上。

即使臧仓小人袁世凯在马氏对朝鲜的任务上作梗并未成功，我们后世之人也还是能够一见端倪的。马建忠之负屈，不是由于个人的官运不好，而是因为在他那个时代，新进官僚之通洋务者，恰恰是不通洋务者最扎眼的寇仇。

所谓通洋务，也无须太大的学问，不外能实心苦读，贯通一二国语言，熟悉国际上的政治实务和法律惯例，相对于尔后一百一二十年间整个国际世界交流的变化而言，在那个时代，满清官僚所面对、处理的“洋务”还算是单纯的。然而对不通此道的官僚来说，涉外政策姑且不论，但凡关乎新学问、新技术、新器具之流通使用，便已经带有极大的威胁性，这批人接触了和他们同一个世代、在科举方面的资历又未必较之逊色的年轻人，论及国际大势，确如盲人瞎马一般。

李鸿章在甲午战后割地赔款，成为这批人的箭靶——这批人号称“清流”，还有渊源和成分的区别。清流首领，无疑是高阳李鸿藻，字兰荪，被戏称为“青牛头”——盖“青牛”即“清流”之谐音也。牛头上的两只角便是“二张”——张之洞和张佩纶；山东出身的王懿荣和宗室出身的盛昱，由于博学洽闻，腹笥甚富，被视为“青牛肚子”；至于因为狎江山县船妓而不得不灰头土脸、自参一本，潦倒辞官而去的宝竹坡，就只好被谑称为“牛鞭”了。

这些人并不以修理李鸿章为足，他们的打击面广泛得多，可以充分显示对于世情外务之无力抵敌者非但痛恨洋务，连有力对外抵敌之人也一并不信任，以及蓄意地痛恨。袁世凯一口一声“交涉人”“交涉人”，即充分显示了这种对于外交谈判人士的疑妒。

此处，先分笔说马建忠之受谤不只一端。就在朝鲜兵变之后一年，李鸿章派他担任招商局总办。时正值中法战争（1883）爆发，商船往来有暂时换用美国国旗之议，这样变通，并不是真的把船只、货载让渡给美国，而是掩法人耳目的一种不得已之计。但是当时举朝翰詹台谏，群情嚣嚣，皆指李、马师徒二人悄悄卖国。美国人本来是背着法国人帮忙，“茶壶里装汤圆——肚子里的货，嘴里倒（道）不出来”，当时的骂街名士李莼客就曾经在《越缦堂日记》里称马建忠是“匪人”：

“合肥（按：指李鸿章）信匪人马建忠之言，以海洋有警，舟行非便，商人惴恐，争欲自托于米夷（按：指美国），谓不得已而顺商情也。闻建忠私取米夷银六十万，而以利器（按：指招商局）授人，中外归咎，闻合肥意甚悔。”这篇日记里的两个“闻”——也就是“听说”——自底下的话通通是胡说八道！事实上招商局根本没有成为美国人的物业，中法事稍定，海船上的旗帜又换挂复原，没有一张骂人的利嘴愿意道歉。

至于处心积虑对付马建忠的袁世凯，则早在前一年的八月十二日，就在朝鲜宫廷中留下这样的“谈草”：

“我军如去，眉叔必来，大半为日人将来贵邦之罪人即此人也。”（按：这一句很不通顺，只能说袁世凯的文言文底子太差，他的意思大概是说：日后马眉叔必将为日本人酿祸于朝鲜。）除此之外，我觉得最有意思的两句无中生有的毁谤是这样写的：“如眉叔辈，唯挟日本以见重于贵邦；又挟日本、贵邦以见重于北洋。”这两句话所形容的当然不是马建忠，而是袁世凯本人，我们甚至还能够从这两句话里透见一九一一年的袁世凯正是“唯挟清廷以见重于革命党；又挟革命党以见重于清廷”。

只有他，能干出这样卑鄙的事来，早在二十四岁上就露了馅。

□

当然，能够暴露袁世凯奸邪狡诈嘴脸的历史证据很多，而且不只是历史学界，以二十世纪后半叶为范围来说，即使只是在台湾和香港坊间，就有大量名为《中外》《春秋》《新闻天地》《传记文学》《大成》诸如此类的杂志，以街谈巷议的腔调，借着见闻渊博的耆老回忆所谈，或者是有过新闻访员身份及经历者的回忆随笔，大量诉诸忆事怀人的文字，来补述一个已经消失的时代。

尽管——也许是为了故作惊人之论——这样的杂谈之中偶有翻案文字替袁世凯鸣不平，声称他深谋远虑，无私奉公，而且尤其是周旋于各方掎角之势、彼此不能回圜的事例之间，总是折冲尊俎，调和鼎鼐，还蒙上了窃国复辟之冤，这样立异鸣高的论调，也不是没有。

然而，当藤井贤一把“胡导演的遗愿”描绘得更清楚的时候，我的确吃了一惊。能够注意到韩国汉城大学奎章阁中保留了大量“谈草”的这件事，竟然是基于多年前胡导演赴韩拍摄《山中传奇》《空山灵雨》的一场意外遭遇，而也正因为意外，让胡导演想到了“二十四岁的袁世凯”这样一个起步点，打起了《扮皇帝》的主意。根据藤井贤一模糊的记忆，这跟当时胡导演剧组在汉城临时聘雇担任翻译人员的一位汉城大学学生有关。这个人叫柳亨奎。藤井贤一说出这个名字来的时候，我立刻掏出随身携带的小本子，抖着手让他给我写下那三个汉字——没错，柳亨奎。

柳亨奎年纪比我大两岁，但是进入辅大国文研究所的级别比我低一班，算是我的学弟。我们认上学长学弟是在一九八〇年秋天，《山中传奇》正是在前一年杀青上演的。那时候，从私人关系上说，我还不认识胡导演，但是柳亨奎却早在《山中传奇》还没开拍的时候就已经是胡导演的贴身翻译，也是他，偶然间告诉胡导演："有一批早在一百年前就应该烧掉的'谈草'，现在在我们学校的图书馆里。"

胡导演知道这种东西是昔年华洋交流的时代，特别是中、日、朝三国密切往来之际，公署领命执事之人会面交谈的第一手资料。应焚毁而未焚毁的文献，总会引起爱听故事、甚至爱说故事的人极大的好奇。当时，柳亨奎赚了一个小红包，导演则在心底埋下了一个拍片计划的种子。

歪歪斜斜写出柳亨奎的名字之后，藤井贤一带着几分对自己的用语不是那么有把握的狐疑神色，道："他想拍出来那个时代真正的人物，呃，还是，人物的真正？"

的确，上面这一篇题名为《谈草》的文章，就是胡导演根据他在奎章阁抄录下来的资料所写的。它原本要投递给《传记文学》，手写稿却一直在藤井贤一身上。他不主张发表，原因很简单，一旦刊登在杂志上，谁知道哪个眼尖而又对清末民初历史素材有兴趣的导演看了，不会改头换面、横加利用呢？

“可是柳亨奎从来没有告诉过我，他也认识胡导演这件事。”

“他不方便说的，说了不方便的。”藤井贤一笑着，却仍旧不怎么利落地说：“带着一个和学术圈没有关系的外国客人，进入学校的密藏文献馆抄录数据，也许不是太可以公开的事情。”

当天晚上，按捺不住狐疑，我拨了一个越洋电话给柳亨奎，开门见山就说：“你是不是早就认识胡金铨导演？还帮他弄到一批什么‘谈草’的资料写文章？”

柳亨奎应该是刚起床，声音透着沙哑，甚至还有惺忪的睡意。但是他很快回过神来，喊了几声我的名字，道：“不能说是帮他啦！我也是帮助我自己啦！”

“听说你赚了个红包——”老实说，我真正在意的是一和我朝夕相处三年的同窗，居然没有告诉我：他在我之前多年，就和我此刻正在涉入的圈子有了亲切的往来。

“不是钱的问题啊。”话筒里的柳亨奎放大了声量，“你忘了吗，台静农老师的‘治学方法’课，让我们写民国人物，记得吗？你写的是伍博纯，我还记得；我写的是谁，你记得吗？”

“谁管你写什么？我要问你的是，为什么你从来不告诉我你认识胡金铨呢？”我完全不理他的话。

他也完全不理我，自管说他的：“我写的是辜鸿铭啊！‘老板’叫我写的，我还真不清楚，他是怎么知道我搞过辜鸿铭的数据呢！你不觉得‘老板’很恐怖吗？”

你写辜鸿铭，干我什么事？那一霎时间，我脑中闪过的是这个念头。然而，他接着说了句话，让我着实愣住了：

“‘老板’桌上的铜钵子，你还记得吗？”

第十话·马鸣风萧 鸿渐于陆

清末民初游移于新旧文化之间，身历冲突、心系冲突，试着调和、却又不期而然地扩大那冲突的人不少，其中被视为最怪者，辜鸿铭也。

辜鸿铭的母亲是葡萄牙人，父系则是起源自福建同安、移民到马来半岛吉打（Kedah）州的汉人。从曾祖父一代的辜礼欢开始有了门第，成为槟榔屿地方首任的华人“甲必丹”（Kapitan）。此衔出自荷兰，既非船长，也不是上尉，相当于一个民族聚落的头目或酋长。以下再传三代，即辜鸿铭。

辜礼欢的孙子辜紫云是辜鸿铭的生父，担任一个英国实业家佛伯士·布朗（Forbes Scott Brown）所经营的橡胶园经理。由于辜鸿铭是混血儿，貌似泰西之人，很得布朗的宠爱，在大约十岁上，就被布朗的家族携往苏格兰求学。

十年磨一剑，在整二十岁那年（1877），辜鸿铭获得了爱丁堡大学的文学硕士学位。之后，他还前往德国莱比锡大学深造，这一次修得的是土木工程科的文凭。接着，还去了一趟法国，居留虽不满一年，却在英文、德文之现代语以及拉丁文、希腊文等古语的优异基础上很快地学会了流利的法语，还修习了法学的课程。最后，他在一八八〇年回到槟榔屿，年仅二十三四，其意气风发可知。

但是早自一八二六年起，英国殖民政府就已经将槟城、马六甲、新加坡与纳闽合组成了“海峡殖民地”，由英国“代办”长期控制其政治与经济大权。当时的华人或马来人，除了务农经商做工之外，若仍欲在公务部门里谋一出身，最多就是当上个类似“书办”的角色，否则别无他业。辜鸿铭“学成”返国之后，便走上了这条道路——奉派前往新加坡的“海峡殖民政府”当翻译。不难想象，此时此刻的辜鸿铭已经看得很清楚：在“海峡殖民政府”这个系统之中，他永远是次等人，就环境和机会而言，他是没有前途的。

无巧不成书，恰在此时，他得知有一位清廷大臣奉派到新加坡和印度总督里蓬交涉鸦片专卖及税收问题，此人就是一年以后在朝鲜计诱大院君成擒，化解壬午兵变所带来的中日外交危机，却被袁世凯诬指为“心地不光明，乃急迫功名之士”的马建忠。

马建忠（1844—1900）从五岁就开始学习科举，九岁上为了躲避太平军而迁居上海，和四哥马相伯（震旦及复旦大学的创办人）一道入徐汇公学读书，也学习过法文和拉丁文。马建忠的学业经历尚不止如此，根据他手著的《适可斋记行》所述，为了通晓洋务，他还进入耶稣会初学院做修士，学了英文和希腊文。一入群书十数年，与小他十三岁的辜鸿铭可以说是无独有偶。据传，辜鸿铭趁马建忠到访新加坡时的拜见长达三昼夜，地点是海滨旅馆（Strand Hotel），据常理推断，当时的马建忠一定是临时拨冗，而又一见如故，欲罢不能。

最不可解的，是辜鸿铭见了马建忠，居然能聊那么多，而当时辜鸿铭还没有正式学习过华文，口说手写恐怕都不十分便利，马建忠行色倥偬，又不可能为这槟城来的年轻人别设一翻译，那么，他们是怎么谈话的?

但是，我们也可以这么设想：两个不能以祖国之言顺利沟通的人，却有那么多异邦之语可以彼此达意会心，堪见二人在那三天之中，极可能还用上了希腊文、拉丁文，而所谈的内容却有如霹雳当头，醍醐灌顶，对辜鸿铭产生了激烈而重大的影响。他踏出海滨旅馆的第三天，就向“海峡殖民政府”辞职，更换满清服饰，蓄起了脑后的发辫。

辜鸿铭是怎么了?

辜鸿铭的转变是突然而剧烈的，这在中国近代史上十分少见。这里必须先作几个人物的对比。

在动荡的世局之中，观察人物理念情怀之善变，不得不令人先想起梁启超。刘成禺在《洪宪纪事诗本事簿注》引《后孙公园杂录》说他："梁迈赐先生，善变人也。"允为实论。

百日维新失败，梁氏流亡海外，亲见革命党旅美华侨势力雄厚，一变而声称服膺中山先生民族主义，藉《新民丛报》大事鼓吹；等到保皇立宪之说潜势吸收会党成功，一变而发布《梦俄罗斯专制》一文，便抛开共和了。民国成立，梁氏应召入京，一开始又倾心于共和，再变而主张改《约法》，改终身总统各制。从一个"阴谋论"的角度来说，这是"长袁氏君主独裁之欲"——就算勉强说得通罢；待筹安之会大兴，帝制之议蠭起，梁氏又三变而写下了《异哉所谓国体问题者》，还亲自写信给袁世凯，劝罢帝制。《后孙公园杂录》接着说："四变而以再造共和自命，门徒党羽，连兵西南各省，梁先生亲自出马，赴肇庆军务院都司令部矣。彼盖默观全国人向共和，故又主张恢复共和，乘此号召权位也。"

另一个机转百出的是黎元洪。他从一个栖惶畏葸的清兵协统，摇身一变成为革命军的神主牌位，再变为袁世凯的股肱之臣，三变为领导共和之大总统而启动府院之争，四变为坐拥钜万资财、倾心提倡教育的实业家。其间顶着“活菩萨”的诨号，却能够设计借袁世凯之手诛杀武昌首义元勋张振武，更是令人发指。

无论是出于投机、应时、求新、从众，梁、黎身上的这些变化看来都有俗情常理可依，而辜鸿铭的变化却极为深沉诡异。

他在步出海滨旅馆之际，看似已经为三天来受教于马建忠的启蒙痛下了一生不容追悔的“改宗”决定。我们从有限的史料上看不出他的心情转折，只知道他随即一度跟着英国探险队就任翻译之职，前往广州，准备再赴缅甸，不过旅程在云南却戛然而止了。

这一趟未完成的旅行也值得细看——是什么力量驱使着辜鸿铭出任一个探险队翻译之职呢？如果职责就是中、英互译，辜鸿铭当时的中文能力足以称职吗？或许正是察觉其不足，他才会在尔后的三年里转往香港，苦习中文。那么，回头再看：设若于中文能力尚不堪大用之际，匆匆以往，又是为了什么呢？这都是辜鸿铭没有交代的，唯能于其日后之事徐徐推绎之。

在这里，我们只能假设：前一年的三日夕之谈中，马建忠基于对辜鸿铭口操九国外语的本事，以及顶戴十三个博士头衔的冠冕，一定表现了相当程度的延揽之情，加之以马氏自己的忧国之怀，以及对于洋务的期许之意，肯定为辜鸿铭点亮了一盏“条条大道通满清”的路灯。

辜鸿铭在香港学了三年中文之后，于一八八五年经杨汝树的举荐，加入当时两广总督张之洞的幕府，担任“洋文案”，一干二十年。以辜鸿铭著名于世的孤僻诙诡、好奇作怪，岂能和张之洞宾主好合二十年？起码我们从辜氏自己的叙述得知，他这位幕主的确就是把他当个语言翻译工具来使用的，质言之：在南皮幕下，他的思想、看法，并不受张之洞的重视。所谓“余随张文襄幕府最久，每与论事辄不能见听”，“张文襄常对客论余，曰某知经而不知权”。

辜鸿铭的返古癖，竟是这样给激出来的。

说来讽刺，张之洞以“青牛（清流）之一角”出身立足，是清末先锋派洋务大臣的死敌；时移势转，待他由两广总督转任湖广总督，也不过是光绪十五年（1889）间的事。连张之洞都惊觉其不得不加紧而为之，足见急迫。而这位日后的“南皮相国”对于中国近代工业、经济、国防等方面的重大贡献也从这一年开始，称之为划时代、新纪元、里程碑，都不算过分。

悄悄地转向、成为后起的洋务派首领之后，张之洞明白借力使力的窍门，着意振兴工业，他一开始就寻求国际上的资金和技术支持，先后开办汉阳铁厂、湖北兵工厂、煤矿、织布局、缫丝局以及铁路等等。

有一个流传相当广的小故事，说的是盛宣怀给介绍了一个叫华德·伍尔滋的英国人，以兵工专家闻名。张之洞随即预备大用此君，不料这位伍尔滋却在短暂的居留期间被辜鸿铭给掏走了。辜鸿铭自作主张，大胆荐举他在莱比锡大学修习工程时期的同学威廉·福克斯，他三言两语回禀张之洞：伍尔滋是生意人，福克斯才是兵工专家。张于是也就信之令之，不疑有它。

福克斯当时担任着克虏伯兵工厂的监督，他的确是兵工专家，还是德皇的亲戚，看在老同学的面子上，答应了来帮半年的忙。张之洞原先没有料到：此工还有轧期的问题，而辜鸿铭却早就料到了。在一次与张之洞的餐宴之上，他多灌了福克斯几杯，使之毫无招架之力地吐露了克虏伯厂内的工业机密。

过不多时，英国《泰晤士报》竟然将这一次谈话里的秘密全都刊登出来。福克斯大惭，以为是交谈间不慎为耳尖的记者所乘，殊不知投稿的元凶就是他哭诉的对象——这是一条只有《水浒传》里的宋江才要得出来的狠计。——正当福克斯即将面对克虏伯原厂的谴责和惩治之际，辜鸿铭拿出一封来自柏林的电报，原来福克斯的夫人已经应允中国政府的邀约，即日便要东来，而张之洞也早已经为他们一家大小盖好了一座花园洋房。福克斯便直如梁山泊水寨门口的霹雳火秦明，除了接任“汉阳兵工厂总办”之外，别无前途了。

插手人事与实务，似非张之洞所应容忍。究竟张之洞是不是介意辜鸿铭在这件事上的僭越，史无实据；可是就结果看来，张之洞求才若渴，似亦不如辜鸿铭所谓的“每与论事辄不能见听”。若是从宏观的角度看中西密切接触、冲撞的这个时代，即可以发现，辜鸿铭之不合于时潮之新，似乎不只是赞成纳妾、喜嗅小脚之类饾饤无聊的琐碎，而是他对公共媒体上的言论或意见，有着相当执着的看法。

他以为西方传媒的议论，多出于彼国政党的成见，故各据主观，对中国政事民情，不外是作“夸诈隔膜支离可笑”之语。中国人跟外国人打交道，实在不必信以为真，尤其不该经常翻译输入，“诚恐徒以乱人心志”。从表面上说，这样的说法根本是“反对”或起码“不主张”言论自由。不过，我们似乎应该从他的立意上探勘：辜鸿铭更想说的是，西洋“乱政”之所从来，正是基于媒体无能自律，而又囿于言论自由这一根本不可能在技术上规范绳墨的终极价值所导引，遂致众说纷纭、莫衷一是，甚至众口铄金、积非成是。

老实说，在辜鸿铭看似顽固保守的意见底下，还埋藏着足以令一百多年以后的新世纪人类都为之困惑、迷惘的课题：我们从来不完全明白行使自由的技术，也无视于自由所隐括的伦理陷阱，却先信仰了自由必须完整实践。

“政之所以不得其平者，非患无新法，而患不守法耳。”当辜鸿铭说出这样的话来，而被讥为守旧，岂不是莫大的冤枉？

在中国历史上，每一次有鉴于国事日蹙而亟思变法求新者，都以为重新布置一套法律规范即有可能振衰起敝，往往不察民风士气之沦丧极有可能是整体文化欠缺自律机制所致。

辜鸿铭非但敏锐地看出，“政之所以不得其平者，非患无新法，而患不守法耳”，还为这一种隐匿的集体失能找到了它的历史根源。他认为，这种深远的弊端，实起自太平军兴之后，清廷曾允许曾国藩以“便宜行事”，“自是而后，天下遂成内轻外重之势”。接着，更严重的问题则是：

言洋务者，中外皆知李鸿章而不知有朝廷。北洋既败，而各省督抚亦遂争言办理洋务，则虽动支百万金，而度支不敢过问；虽招致私人声势震一省，而吏部却不知其谁何者矣。此皆办理外事漫无定章之所由来也。人见办理外事既无定章可守，遂渐视内政之旧法亦可不必守也。

短短的一百多个字，把清季末叶从内乱而中兴所带来的阴暗影响，乃及于日后放令外交事务于一二大臣之专对，以至于内外皆无“法治”的过程，剖析得极见透彻。如此燃犀洞见，又岂可尽以“迂腐”“顽固”之词贬之?

世人多知天津教案之后，传教士、教民和极端民族主义分子之间的冲突无日无之，且愈演愈烈。辜鸿铭以其势如匹练的笔锋，在上海《字林西报》发表英文专论，并经伦敦《泰晤士报》转载，其辩诘之所据、争议之所本，大约可视为近代反殖民论述的先锋，在国际论坛上直指英国人在华侵略之恶，挺身捍卫中国之被奴役与压迫，可以说是发前人之所未发，而十足令彼邦知识界惊讶与叹服。

即使在一九〇〇年义和团事件大起，他仍然有大文章可作，还是用英文写了一系列的专论，这些文章才堪称是在思想层面向各国宣战，当时发表于横滨《日本邮报》（*Japan Mail*）。日后汇集成《总督衙门文件》（*Papers from a Viceroy's Yamen*），是“白种人的负担”所发出的最具震撼力的不平之鸣，其运用者，还是白种人熟悉却未必能及的犀利修辞。

张之洞和辜鸿铭有其根本上的不同，两人宾主相敬，虽然没有搞到凶终隙末的收场，但是在重大政见上的扞格不入，一定程度上甚至阻碍了当时中国对外的进取和发展。

在张之洞而言，为曾为左，咸不可及，而即使不屑于为李鸿章，亦只能另辟蹊径，以待来者。他在西方列强坚船利炮的刺激之下，仍然以讲武备、励军事为主，除了在光绪二十二年（1896）奏请创办江南陆师学堂，次年又奏请设立湖北武备学堂，此后每一年都积极地推荐两湖子弟留学日本士官学校，这份努力与意志，一至墓木已拱，仍旧为后人所秉持，直到一九三七年日本再度大举侵华前夕。

然而辜鸿铭的外交着眼却极为不同。他的核心主张是“修邦交”，“庚子之祸实多因中外太隔膜，以致彼此猜忌，积嫌久而不通，遂如两电相激，一发而不可收拾”。张之洞虽然很可能是那一个时代里唯一能欣赏、任用辜氏的人，却也一定压抑和屏挡了辜氏相当强烈的主张。是以在张之洞死后一年，辜氏即写成了《张文襄幕府纪闻》，其中指出：甲申（1884，也就是辜氏入张幕的那一年）以后，“文襄之宗旨一变，其意以为非效西法图富强，无以保中国；无以保中国，即无以保名教……吾谓文襄为儒臣者以此。”

两个都醉心汉文化、以儒生自居的宾主，却仍有不可相与言者。有趣的是：他们都认为对方的重大缺点是“不会通权达变”！

世人多知辜鸿铭在十九、二十世纪之交一些言谈交际的场合中曾经大发怪论，语出惊人，并引以为笑骂之资。同其意者，未必真敢奉行其言教；厌其言者，更直斥其为中国文化腐朽愚顽之象征。这些有如相声段子一般的轶事，所反映的究竟是辜鸿铭的思想与信仰，还是他的态度？究竟是真正发生过的吉光片羽，还是辜鸿铭搬弄了来、用以诙嘲西方输入之社会思想的言谈工具？

人们耳熟能详的一段对话是他回答北大学生关于脑后留辫子的话：“你们只看见了我脑后的辫子，却看不见你们自己心中的辫子。”那么，辫子之为物，何尝只是故国君权之符号，从相反的一面说来，看不得脑后蓄辫之人也得想想：我的思维、认知和信仰之中是不是也有类似辫子的东西。

设若语境如此，辫子之作为一个具有指涉的名物和语词，居然还有一种在思想上发人深省的意趣了。当他的日本友人萨摩雄次（1897—1966）问他为什么不剪掉辫子的时候，他的这一句答复真正暴露了辫子的作用：“这是我的护照。”原来辫子并非捍卫大清政权、效忠皇朝律法的信物，而是试图引发任何新旧争议的话柄。只有当这根辫子依旧垂在他背后晃荡的时候，他才能够有机会应答时人关于辫子之种种机锋！

一九一九年八月初旬以及下旬，胡适之在《每周评论》上分上下发表了《辜鸿铭》一文，也是针对辫子所反射的意义立论："现在的人看着辜鸿铭拖着辫子，谈着'春秋大义'，一定以为他是向来顽固的，却不知辜鸿铭当初是最先剪辫子的人。当他在壮年时，衙门里拜万寿，他却坐着不拜。后来人家谈革命了，他忽然把辫子留起来；辛亥革命时，他的辫子还没有养全，他带着假发接的辫子，坐着马车乱跑，很出风头。这种心理很可研究，当初他是'立异以为高'，如今竟是'久假而不归'了。"

据说这番近乎后人所谓"八卦"的言语很惹辜鸿铭生气。文章的前半发表之日，胡、辜正好在一个饭局上不期而遇，还发生了口角，辜氏就拜万寿、剪辫子（其实是为了将发辫送给一位情人）的事实提出了诸多反证，并扬言要上法院递状控告胡适之毁谤名声。

辜鸿铭的辩解恰恰坐实了一件事：正是他自己在不同的场合、与不同的对象进行过不同的争议，更有可能的是，来源不一的谈锋，都是辜鸿铭自己随缘道故、因论设事的结果。胡适之不是一个会公然造谣的人——他甚至更是一个能将俚短家常、闲言碎语拼凑成学问的人。而辜鸿铭真正在意的并非蓄辫、剪辫的时间和动机，而是在拼凑出那些故事来的时候，胡适之提出了一个理解辜鸿铭的方向：辜氏的“立异以为高”成了“装疯卖傻，弄假成真”。这是辜鸿铭所不能忍受的。但是他最后并没有向法院提出告诉，恐怕还是因为他没法确认：是不是在某时某地、为了因应某人而生造了自己辫子的故事。

留学时代辜鸿铭在住宅中以酒菜祭祖，受到英国房东的讥讽：“你的祖先几时会来吃这些酒菜？”辜鸿铭的答复是：“该就是贵祖先闻到你们所献的鲜花的时候罢？”这种相应如电的辩才捷思，才是令辜鸿铭志得意满的。辜鸿铭生不得其地，长不废其学，仕不在其位，发而为文又常不逢其时，只好尽其所能，欲留三数惊世之论以待来兹，然而后世似乎只记得他陈旧的辫子以及辫子的陈旧！

□

然而，柳亨奎对辜鸿铭发生浓厚的兴趣，则另有缘由。他真正想研究的对象，是马建忠。如果要说得再仔细一点，令柳亨奎产生必欲研究一番而后快的动机，乃是马建忠这个千古宁无第二人的学行背景。

马建忠的二十世祖是《文献通考》的作者马端临，家学渊源，远考南宋。马建忠本人不但习科举，九岁入徐汇公学的法文和拉丁文教养更为他打下了新学与洋学的基础。而这些，都有一个坚实的信仰为础石。他能够在三天之内感动辜鸿铭“改宗”（conversion），可见其强大的说服力，这也不能不与他耶稣会修士的宣教训练有关。

柳亨奎本人笃信天主教，会选择辅仁大学作为他汉学专业深造的第一站，应该也与此相关。即使在研究课题方面，对于近代中国和朝鲜的种种政经关系，他往往有独到的观察视野，而此一视野，又往往非教外身份的我所能亲即体会。

我还记得当年柳亨奎经常邀我到研究所门口的荷花池边绕走，陪他一圈又一圈地散步赏荷是奇特的经验。他一般不怎么说话，但是在陷入沉思的时候，偶尔会断断续续迸出几个彼此不相连属的语词，也许是半句话，也许听来还带着询问的气，气口洪亮，吐字清晰，与一般对谈无异（更何况他的中国话说得极典雅而准确）。然而，即使在抛出那些字眼的时候，他甚或还深深地望着我。可是后来我才知道：他根本没有同我说话，他只是把我当一块回音板，藉由这种看似交谈的方式，他在脑子里不停地思考着的，是某一篇报告，抑或是他正在整理的论文。

印象最深刻的一回，就是在写辜鸿铭那篇人物报告的时候。我们并肩走在红砖石铺就的过道上，我靠近荷花池的里侧，他走在外侧。某一刻，他忽然停下脚步拦住我，道："古时候的人无论说什么话，都用典故，难道大家都听得懂吗？"

他一连问了三次，还忽然推了我一把，我几乎要翻身倒栽进池子。

"问你啊？"

我只好请他再说一遍。之后，我也只能摇摇头，还是不明白。

接着，他告诉我马建忠出奇计诱捕壬午兵变的朝鲜重臣云岘君的一段细节，那是他尚未做成的晚清民国人物报告的一部分。

原来是淮军将领吴长庆不拟强攻，设计了软谈和议的一个局，准备在谈得欢洽之际，倏忽逮捕云岘君，挟持回中国。吴长庆和马建忠却都没有想到，这个局早就被袁世凯泄漏了。袁世凯不但泄密给云岘君，说明情势危殆，别无死所，只有袁本人可以解围。还把中国早有这样一番常用的兵家之计像讲故事一般地说给云岘君听。也具载于吴长庆和马建忠根本没想到会有的"谈草"之中。那是刘邦杀韩信的故事。

袁世凯在谈草中告诉云岘君：两千多年前西汉开国之祖刘邦深谋远虑，情之骄帅不能畏威，权臣不能怀德，日后韩信必然是刘家天下的一大威胁，既欲杀之，便不能露形迹，于是假称要往云梦去游历，令韩信不防无备，乃遽尔斩之于未央宫中。这一段事体极为隐秘，我日后从回忆中一组织，判断这也是前一两年柳亨奎为胡导演打工时顺便为自己谋来的资料福利。

回到吴长庆、马建忠、云岘君以及置身帐中、位列下陈的袁世凯等四人的会议现场。袁世凯一定没有想到：他有意泄密、以便两面操纵的这个机关，却被不谙人情世故的云岘君给捅破了。云岘君没等双方寒暄毕了，忽然以谈草写道："将军（按：指吴长庆）将做云梦之游耶？"

这就是话中用典、话里套话，藉二千年前刘邦之言，别指当面眼前燃眉掣肘之势。显然，云岘君早已经布置好了，准备要翻脸了。袁世凯居间而立，一眼瞄到了谈草上的字句，电光石火之际，决计不容双方再谈下去——再谈下去，他向云岘君泄漏军机、两面讨好，甚至不惜卖国的勾当，就一定要暴露了，于是索性亲自动手，抢先一步命亲兵捉拿了云岘君。

这一行动与吴、马本来的擘划并没有太大的差别，而且显得更敏捷利落。于是袁世凯两个转身，从局外人到背叛者，却又巧妙地成为立功要员。我的韩国同学问的是：“古时候的人无论说什么话，都用典故，难道大家都听得懂吗？”他还随即补充了一句：“难道连我们韩国人也不能不这样说话吗？”

坦白说，我听不懂这是恭维还是抱怨；我只知道，在下一刻，我换到红砖走道的外侧，说：“这个故事很精彩啊，不像是学术材料啊！放在论文里太可惜了，应该写成剧本啊！”

“我看‘老板’也是这样想的。”柳亨奎瞪大了眼睛看着我，说：“我刚刚被他叫去了。你猜他在干什么？”

“我能怎么猜？”

“他在写剧本。”

“剧本？”

“我看他从那个铜钵子底下拿出来一本《一代暴君》的手稿，他还在上头密密麻麻作了很多小字的注脚。”

“《一代暴君》早在六七年前已经播出了呀！”我也觉得有点诡异了。因为这一部电视剧集原先是“中国广播公司”的广播剧，剧名叫《秦汉风云》，我收听的时候还是个高中生，根本不知道编剧“王方曙”就是我日后的系主任。

到我进入所里读书，逐渐从学长处零零星星听到些传闻，知道“老板”不但是学者，还是书法家，师从沈尹默，和当代知名的书家、学者启功的交情也在师友之间。此外，他还是京剧票友，师从梅兰芳；更神奇的是无师自通的新文学创作，无论是《秦汉风云》还是《一代暴君》，还有一出写董小宛故事的《一代红颜》，剧本确实都出自静芝老师。

“我就拿刚刚问你的问题请教‘老板’，”柳亨奎接着说，“古时候的人说话都用典故，难道每个人都听得懂吗？难道连我们韩国人也这样说话吗？”

“他怎么说？”

“他说：‘用典就是说故事。可是这故事，如果说的人和听的人都明白会意，就不必说了，可也就等于说了。’”柳亨奎说，“他这样解释，我越听越糊涂。”

“你去找张大春商量这事去啊！”据说“老板”笑眯眯地把《一代暴君》压回铜钵子底下，随即反问柳亨奎说：“他不是写小说的吗？”

对照多年以后陈美妃对我说起她争取留校任助教而不能就，而我却在无知无觉之间辜负了静芝老师想要把我留校栽培的美意。可是，辜负尽管辜负，老师似乎从来没有对于我不肯踏入学院一途而流露出任何不满或责备之意。

荷花池畔一纵即逝的往事回忆忽然间清晰了片刻。在挂上了那一通电话的时候，我已经忘了原先想要追问柳亨奎和胡金铨导演之间如何过从之事，而被另外一个念头牵动着，全然不能释怀——静芝老师对于新文学的创作，或者对于小说、广播剧、电视剧、电影乃至于书法、京剧这些远非学术形式的创作，难道会是像伍博纯那样的视野看待的吗？而在伍博纯那一代人眼里，这些看起来光怪陆离、充满悲欢离合，读着、听着、收看着觉得可喜可愕、又堪疑其半真半假的故事，正是走向新文明、新政治、新生活途中所不能不施于众人、传之子孙的教育。

换言之，在社会分工的用语上自认是个“作家”“小说家”的我，是不是一直误会了自己的职分——我近乎盲从地追随着不知道如何发起的众人的意见，以为编撰些令人啧啧称奇的虚构故事竟然是某种“艺术”？这可能是个天大的误会了。而静芝老师明明说的是：“教育不是天经地义成就的，教育是要有人能发愿助人、救人的事业。”

他说的居然是创作吗？

第十一话·满村听唱蔡中郎

清光绪十七年（1894），浙江绍兴府府学考场里前来应试的人不知凡几，人丛中颇有些奇观。今回有一幕，百年不见——前头走着个身形魁梧的大个子，双手各提着一只考篮儿，腰上系着条又宽又长的腰带，腰带的另一头牵在一个瘦弱矮小的孩子手上，人当他们是父子，却也不能无疑，毕竟父子同年考秀才的十分罕见。若非父子，他们的关系就更费疑猜了。

试后发榜，一前一后两人都中了，只不过名次和行次是倒过来的。走在前头的田沛鋆勉强得隽，而走在后头的蔡椿寿是田沛鋆的妻舅，年纪比这位二姐夫小上二十春秋，却高中了前列。他是这一榜里年纪最小的童生，只有十四岁。不过当时期望他将来能为绍兴府挣一个“连捷”状元的人恐怕都要失望了，这孩子一生的功名到此为止。

他更了不起的事功也不是以蔡椿寿之名成就的。他的号叫“东藩”，有时写成“东帆”或“东颿”。此公举业蹭蹬，多少与他不合时宜的个性有关，也与他所向往的文章境界和价值有关。后来他磨尽数十年青春，受尽书商剥削，骋一生之力，写下十一部《历朝通俗演义》（或称《中国历代通俗演义》），共一千零四十回，七百万字，不可谓不是巨著了，甚至我们还可以说：他恐怕是近世以来最用功、最独立、也最伟大的平民历史教育家。

蔡东藩命途之坎坷也相当罕见。他在六岁之前，还能跟着两位哥哥读书，但是时间不长，大哥就因病亡故。比他大四五岁的二哥也在青春期忽然罹患了一种怪病，先是两腿瘫痪，之后全身逐渐麻痹，药石不能回天，很快也就跟着他大哥去了。接着是一双父母，或许是由于两个大儿子先后去世而积忧成疾，随即过世。至于嫁出门的三个姐姐，没有一个能养儿育女，也相继撒手人寰。蔡东藩尚未成年，便得主持一连串的丧事，还向那位憨厚的二姐夫田沛鋆举债成服，情境可以说万般窘迫了。

俗事不堪了，田沛鋆给出了一个他自己也不甚甘心的主意：本县（临浦）谁不知道蔡东藩才学出众？有人来请去干枪手，也就是冒名顶试。此事有两个法门，一种是冒者与被冒者同科进场，枪手连作带誊，一手包办，再伺机供应给出钱的考生，自己的卷子就算白玩儿。另一种是原考生根本不下场，索性由瓜代者一体应付，不折腾。按寻常律例，三年一大比，蔡东藩替人考过好几次，虽然广助无学无才者晋身官场，他自己仍然只是个两袖清风的穷秀才。

有一年他亲自调教的两个满州贵胄子弟要应考，他心一横，也打算凭本事谋一出身，告别这西席带枪手的生涯。未料考到末场，两个学生为了孝敬老师，给送来一碗蒸鸡，蔡东藩起身一逊让，把碗鸡汤给洒在刚誊抄好的试卷上了，淋漓满纸，不堪辨识。当下也没有工夫重新抄录了；这一科，就算是天上文曲星给蔡东藩这些年干枪手的一个薄惩，可他一旦认识到这是天意，就彻底看开了——功名于我本无份，事业凭谁算有为?

正科不能出身，优贡也是一条路子。和“乡试”一样，优贡也是以省为单位的拔才之途。学政在三年任满之前，例由各府、州、县的教官保举所属之学校中品学兼优的生员弟子呈送给学政，并会同一省之巡抚考优贡，以备次年送京朝考。朝考如果还能保持优异的成绩，立刻分发，以知县或教职授用。

蔡东藩优贡名列前茅，朝考也在百名之内，是了不起的好成绩，还得进宫见皇上呢!

朝考优等，可以面圣，这是乾隆以后逐渐形成的规矩。以蔡东藩当时的境况来说，还得斥资捯饬一番；花一大笔钱，买套绣花衣帽。到正日子了，夜半起身和其他同榜登科的新贵们一起进宫，听候大内差遣。每个人都以为晨曦初上凤阙之时，就能够得见皇帝的龙颜，这是何等的荣宠？何等的恩眷？

不料，进得殿门之后，四下里仍是一片阒黑。好容易挨到天将破晓之际，太监传话，让大伙儿落跪、叩头、高呼万岁。人人身不由主了老半天，朝阳尚在觚棱下，便传话下来：朝见结束，众人可以各自回去了。新贵人们不但没见到皇上，没见到大臣，甚至连太监的长相都略无印象。

蔡东藩日后经常提起这一段往事，说时摇头太息不已，频称：“辜负，辜负。”这是十分有趣的两字笺注。三更灯火五更鸡，十年辛苦不寻常，换来一个淑世救国的盼头，一份不着边际的资格，但实则博取到的仅是彻底的失望。面圣而不见圣是个完整的象征，似乎在暗示着千百年来科举时代无数士子拼尽一身精力气血，为的不过是一瞬间的镜花幻泡而已。

真正令他绝望的是又等了几年之后，他终给分发到福州，以知县候补，却没有能力与督抚藩臬之流的上官周旋、交际，倒是吃了不少闭门羹。他遂因此而大彻大悟，在福州待了一个多月，便称病回家了。这一年，正值辛亥。

长久以来，蔡东藩在浙江地方上的文名已经相当大了。

他有个多年相交的文友，叫邵希雍，字廉存，是山阴县下邵村人，一听说他称疾归里，赶紧前来存问；一见面而得知病是幌子，便竖起了大拇哥，道：“悬崖勒马，智士也。”然而他不只是来称许老朋友的，还带来一份工作——

原来邵希雍先前曾经编过一本书，名为《高等小学论说文范》，由上海惠文堂新记书局出版，这种既是教科书，又兼有“自修”的性质，只要新式学堂里有人使用，在尚未来得及发现第二种之前，市场都是独占而广大得无从想象的。科举已废，文教却不能一日中辍，邵希雍此一生意眼可以说独发先领，并世无双。

出版前他曾经就教于还没上福建去碰壁的蔡东藩，蔡告以：“假借文字，陶铸国魂，发爱国思想，播良善种子；的确是桩大功德。”这几句鼓励的话呈现了一种不凡的气魄，脱拔出一般遗老在清末民初之时那种冲天怨怼的亡国之恨。蔡东藩更接近严复，试图在新世界看似一片汪洋的茫然之中找寻旧王朝里可供抱柱取信或浮浪存身的饾饤之学。

果然，《高等小学论说文范》一上市便到处风行，“岁销以万计”。如今他二度找上了蔡东藩，是要把这文教事业往上再推进一层楼——邵希雍的下一个出版计划是《中等论说文范》。当是时，蔡东藩并没有立刻答应，以后见之明视之，很可能在那个节骨眼儿上，蔡氏已经有他自己的写作计划——也就是《历朝通俗演义》中的第一部：《清史通俗演义》。邵希雍不死心，三顾茅庐，请他务必花些时间属稿。他刚刚才开始写，就传来了重大的消息：武昌革命成功了！

一个新的时代在眼前展开。很多人来不及参与其缔造，甚至来不及讴歌其成功。但是来不及往往是桩好事——蔡东藩在这本《中等论说文范》的弁言里如此写道："就时论事，勉成数十篇，并缀数语以作弁言。窃谓为新国民，当革奴隶性；为新国文，亦不可不革奴隶性。……夫我申我见，我为我文，不必不学古人，亦不必强学古人；不必不从今人，亦不必盲从今人。"

蔡东藩的写作事业初与邵希雍相绾合，而邵早故，于是这事业就转而由上海会文堂新记书局发动。

会文堂是一个务实的出版社，看准了新式、旧式教育在衔接期间会有一段漫长的磨合时期。究竟什么是国民应该具备的普遍教养？什么又是才人得以专攻的精进学问？这在清末科举废除之后一直是关心教育大业之人都在摸索的问题。会文堂于是和蔡东藩商量：如何能透过市场的主导，奠定一个基本文化能力的培养方向。

从蔡东藩主持、编纂的书籍可知，他并不特别注重"四库”“百科”那样庞大的知识输送结构，从刚下手编写的《写信必读》《楹联大全》《幼学故事琼林续集》可以看出，他亦不注重流传了一二千年的载道问学之义，所关心的反而是更简明、切近的实用之学——在生活中能够应用的文字知识。

在他看来，当前的文史教养不外两端，一是“优孟学”，一是“盲瞽学”。所谓“优孟”，还算是文雅的贬词，意思就是说：在传统的老师宿儒教导之下，孩童不过是模仿唐、宋诸大家的腔调，咿唔鹦鹉，摭拾之无，到头来还是求媚于王公权贵的一种文字。

对于新文学所寄生的新媒介，蔡东藩也没有好评。他对民国以后“入塾六七年，自谓能作三五百字文”的学生又是如何议论的呢？“实则举报纸拉杂之词，及道听途说之语，掇拾成篇，毫无心得。”这就是所谓的“盲瞽之学”——换言之，也就是街头走唱卖艺之流亚而已。

蔡东藩的《历朝通俗演义》始自《清史通俗演义》，根据其孙蔡福源的追记，这部书在一开始与会文堂新记书局洽谈出版的时候曾经“多次遭到奚落和嘲讽”，似乎与当时文化界的两股思想主流有关。

蔡福源的论证是以两个蔡东藩身侧之人的看法作骨干

的：一个叫李马鉴的邻居，是满清遗老，主张此书应该“为君主制度招魂”；另一个叫沈幼贡的友人则希望这本书能够达到“反清复明”、彰显民族斗争旗号的鲜明目的。

而蔡东藩所拈出的疑惑却远远高出这意识形态的恶斗，他的用语简洁有力，直指打开历史纠结的“角觿”，其实在于能否追问“失政”的关键，而非满足读史者的情感：“夫使清室而果无失德也，则垂治亿万年斯可矣，何至鄂军一起，清社即墟？然苟如近时之燕书郢说，则罪且浮于秦政、隋炀；秦、隋不数载即亡，宁于满清而独永命、顾传至二百数十年之久欤？”

在蔡东藩笔下，写作“演义”这件事犹如“书史”。他不但要逼问历史发展的真相，还于周章叙事之间，一步一步地设问：往来成今古，因果究何如？而这种说故事的态度与方法，当然不是兰台令史、司马世家之属，而是满眼看着三家村里跑来蹦去的塾童，思虑其当知、当问、当思、当辨之事而开出的书写之路，迥异于千秋以来的史家！其伟大处，偏在于这个创世之见。

一切若是为了教育，则历史应该如何呈现？这个思维完全扭转了传统民族教育以完足正确史观为目的的作法。再说得浅显些：当怀抱着《幼学故事琼林》的写作动机面对历史之际，书史者所念兹在兹的不只是表象之事实，还有经不起追问的因果。

如何说明蔡东藩的“演义”不是说故事，更是翻检故事的肌理，透析情节的骨髓，使之成为民国教育之一环，为蒙童也似的国民们建构一套有别于顶礼帝王、崇扬正朔的史观呢？试举一例，就在蔡东藩的第一部长篇历史演义之中。

先是，韩愈有一首《雉带箭》的七古，是这么写的：“原头火烧静兀兀，野雉畏鹰出复没。将军欲以巧伏人，盘马弯弓惜不发。地形渐窄观者多，雉惊弓满劲箭加。冲人决起百余尺，红翎白镞相倾斜。将军仰笑军吏贺，五色离披马前堕。”

其中的“将军欲以巧伏人，盘马弯弓惜不发”，在短短十句诗中营造了一种倏乎顿挫的气氛，像是横空出世的一阵悬疑，让读者错愕，几乎要从将军的内心去反问：他是想放过这一只雉鸟了吗？当然没有。将军只不过是卖弄了一个猫玩老鼠的把戏，制造出一瞬间凝结旁观者惊诧、叹服的气氛。

蔡东藩借用了这两句，改成“将军欲以巧胜人，盘马弯弓故不发”，置入《清史通俗演义》第九十九回后的批注之文中。他接着写道：“这两语正可移送袁公（按：即袁世凯）。迟迟出山，又迟迟入京，处危疑交集之秋，尚属从容不迫，其才具已可概见。汉阳一役，明以示威，得汉阳而失南京，正袁公之所以巧为处置也。从字句间体察之，可以觇袁大臣之心，可以见著书人之识。”

作者为自己的书写批注，看来不免有“老王卖瓜”之讥，但是毋宁从另一个更为宏观的视角看去：这段话当然不只是在揄扬著书人多么有见解，而是藉批注的口吻，助读者一臂之力，从看古人热闹的立场上抽拔而出，发现历史推进过程之中，一二暗中控驭之人如何旁敲侧击之窾窍。

这几句按语的确石破天惊，发前人所未发，直指袁世凯纵冯国璋之所部烧劫街坊、荼毒汉阳，与刻意让南京失守，拱手于同盟会数百残兵，其实是出于同一副机心——若不焚掠汉阳，不足以邀迎宗室的信任；若不弃守南京，又不足以裹胁朝廷之眷倚，而袁氏之所以能在清宗室与革命党之间悠游取容，两面得利，关键就在汉阳、南京的一操一纵之间；打汉阳、弃南京，都只为了养两面之敌、复结两面之盟。

作为一个历史小说的写作者，蔡东藩何尝只措意于我们后世人眼中的文学？他开笔所写的第一部历史演义就是为了在帝国和民国易帜之秋，察觉这大历史舞台上之阡陌纵横，各从何处而来、又通往何方而去。所谓“著书人之识”，才是他心系于读者的枢纽——叙述故事，是为了提炼观点，并且施之于普通国民之教育。

就像是先前他所撰写的《幼学故事琼林续集》，其目的还是架构一套审视历史的独立观点，将“为新国民，当革奴隶性；为新国文，亦不可不革奴隶性”的写作信仰，传播到每一个有能力听说书的人耳中。更具体地说：蔡东藩既承继了罗贯中以小说写史的企图，更着眼于他那一个当代的宏观性的文化教育，撇开辞章美学的角度不看，单以纵深两千一百六十年的时间跨度、一千零八十回达七百万字的篇幅，而总以一人一笔挽任之，这份成就恐怕连罗贯中也只能瞠乎其后。

陆游的诗《小舟游近村舍舟步归》是这么写的：“斜阳古柳赵家庄，负鼓盲翁正作场。身后是非谁管得？满村听唱蔡中郎。”此处的蔡中郎是传说故事《赵五娘》里的负心汉。不过，此诗常让我想起蔡东藩——在现实里的无论张家村、李家村，还能听到他说的这一部漫长的故事吗？

□

然而，这一首《小舟游近村舍舟步归》与我关系特殊。这一张书法作品，行书秀美，是静芝老师亲笔墨宝，在我的书房壁上悬挂多年，直至今日。犹记书写当时，我侍立在侧，老师写得高兴，指着剩下来的二尺全开的空白处说：“还有一半儿，我再给你写两首，还是陆游罢。”多写的是放翁《东关》诗二首，也都是七绝。其一曰：“天华寺西艇子横，白苹风细浪纹平。移家只欲东关住，夜夜湖中看月升。”其二曰：“烟水苍茫西复东，扁舟又系柳阴中。三更酒醒残灯在，卧听潇潇雨打篷。”其中“又”“系”二字颠倒，字间右侧打了个勾，算是补正。

老师一挥而就，落款钤印罢了，才说：“诗人是一个意思，读诗之人，又生出自己的意思，意思无穷，人人不同，诗才是活的。字纸你拿回去，裁开也可以，不裁也可以；但是要看出放翁的意思，看出我的意思，也看出你自己的意思要紧。”

接着，他从桌上的铜钵子底下抽出另一本书，递了过来。我仔细一打量，发现那不是书，是一本封面打印着《一代暴君》四字的稿本——的确就是多年以后柳亨奎在电话里形容的“剧本”，然而，捧在手里翻览的当下，我根本不觉得那是什么剧本，乍看倒像是一册翻写修订了许多次的教学笔记，每一页的正文只有八行，朱丝栏分明界定，行中有钢笔大字、也有红笔小字，行间略现空白之处，也都几乎写满了更细小的注脚，虽然文字密密匝匝，犹如蚁阵，但是布局分明，前后文的衔接倒是十分清楚的。

在这一册文字的第一页上，清清楚楚两行毛笔小楷标题：《武昌革命真史：〈熊成基事略〉考》，信目游观，立刻看到几句醒目的正文："革命未就之前，孰能卜其成败？革命既兴之后，谁不争相收拾？建勋者争其权轴，败亡者振其铩羽，所事者何？盖孜孜造史，以攘后世之名也。"

由于字句铿锵有节，我忍不住读出声来，静芝老师随即笑着说："你就把这篇东西改写了罢。"

"改写？"

"改写。"

"改写成什么呢？"我还是一片混沌。

"改写成什么都可以。古人说'隐括成文'，就是这个意思。把诗填成词，把词吟成诗；把笔记敷衍成小说，把小说提炼成考据。都可以的。"

"什么时候交卷呢？"我怯怯地问道，一面想：这大概就是向"老板"讨字画所必须付出的代价吧？

不料静芝老师却指着桌上未曾干透的字画，说："才说'满村听唱蔡中郎'不是？那说书的老先生管它什么时候交卷呢？"

一听说没有交卷的日期，我可乐了，一时兴起，摇着手上的册子，随口问道："为什么是'一代暴君'呢？"

"电视台印剧本，封面印多了，我看扔了可惜，就收着用。你要不要几张？"

我还真讨回家一大沓报废的《一代暴君》封面纸，反折之后，用来包覆稿子，非常合用。直到手写稿这件事彻底从生活中消失为止——人们称这种不写字的时代为网络革命时代。至今我还保留着封面里页印有"一代暴君"字样的第一篇文章，就是从《武昌革命真史：〈熊成基事略〉考》隐括改写而成的《慈善相呼革命军》。事实上，我一直没有缴回那一份作业，我甚至没有缴回静芝老师的稿本。原因很简单，我并不知道我"改写"成功了没有。

静芝老师交付给我的是一份学术材料，可是他所谓的"隐括"，显然并非要我把这份材料融会成另一篇学术报告。我大胆揣摩，他会不会是要我将熊成基的身世、遭遇改写成小说或者剧本呢？（用《一代暴君》剧本纸封当封面，不就是一个相当强烈的暗示吗？）不过，我实在没有把握，只能夹议夹叙地写成一篇读来像是刊登在《传记文学》上的道故杂谈。不料，几年之后，却真派上了用场。

那时，旅居香港的张艾嘉介绍我和胡金铨导演结识，要我带一些可以"显示编剧功力"的作品给导演过过眼，为的就是替徐克监制的大片《笑傲江湖》编写剧本，而胡导演则获聘执导此片。胡导演当着我的面把《慈善相呼革命军》很仔细地读了一遍，突如其来地说："你和王静芝先生是故旧吗？"

"我是门生。"我说。

"那么，就是你了。"胡导演摇晃着那一卷《慈善相呼革命军》，说："这明明是王先生的笔墨。一篇论文写来，简直就是剧本。你只不过是把它作成大白话的文字罢了。然而，这也是不容易的事了。"

藤井贤一和我在紫藤庐窝着罗圈儿腿喝茶的那个下午，他在暮色之中，用那短短的手臂、短短的手指，挥舞着、拨弄着、比画着，像是这世间有一种语言不敷使用、非以夸张而难看的舞蹈不足以表现的意思，挣扎了半天，才说："胡导演的《扮皇帝》就是要用这种方式写，也是用这种方式拍！"

"不过，"我问，"静芝老师也好，还有你刚才提到的王岷源也好，他们跟薄无鬼又有什么关系呢？"

"你们中国人喜欢说大时代、大时代，"藤井贤一伸着懒腰，道："胡导演就说过：大时代，就像黑洞一样，是每个人都卷在里面、陷在里面，都有分不开的关系。”

其实，这话里面的“黑洞”一词是藤井贤一自己添加的，本来的语句也不是胡导演说的。原话出自熊成基。那是熊成基慷慨赴义的两个叙述版本其中之一，说的是熊成基和提刑法官告别之时，先说：“郑重！郑重！后会有期。”之后，登上囚车，前往北门刑场。

在路上，他对押解他的护兵也有交代：“尔等与我并非陌路，是这个时代伟大，把人人都拥抱起来，有如浪潮迭生，浮沫相连，人人都密不可分啊！”之后，烈士再向围观的老百姓高声喊道：“诸君！诸君！别以为我是盗匪，别以为我是奸人，别以为我是杀人的凶徒。我本来只是一个慈善的革命军人呀！”

第十二话·慈善相呼革命军

革命之谓“大业”，乃是旧社会各方面的人都参与了一场彼此同情共理而齐心催生的巨变，鼎革之功，不尽在抛头洒血之人，有时甚至还有可能在对立的那一阵里。

革命成功之前，无人能预卜休咎；革命成功之后，不甘降服殄灭的一方就会出现大量修改记忆以博青史载名的人物，这些人之因势利导，随波逐流，未必出于自发，有时也是顺应时尚人情而已。但是，革命前后对于天道、国体、法理、官常乃至人情的种种认知之变异过大，如能回圜自若，也还是一门深不可测的功夫。

《熊成基事略》的作者傅善庆大约就是这样的一个人物，《熊成基事略》大约也就是这样的一篇文字——在惊天动地的巨变之后，顺利转弯达阵，不碍其仍可以为新时代的旗手。

在写成这一篇追记文字之后两年（时在民国元年五月一日），傅善庆才把它公开，推算其自叙之写作时间，是在庚戌年的春天——也就是熊成基被砍掉头颅之后的几天。之所以“箧藏经年，未敢宣漏”，就是因为时局的走向还不明朗，万一作者所言坦荡真诚，则这种对革命表态同情的文字要是张扬出去、给守旧保皇分子看了，尽管在朝风夕云的变势之中，还是有可能酿成大狱的。

从相反的角度看去：一个负责鞫审革命党要犯的法务官僚，竟然在他所审理、处决的“钦犯”死后“浃旬”（十天），便将“其在狱廿四日之言论动作”一一笔记，而且，作者自道存心，还是“所虑阅世久远，驯致遗忘，且恐千秋万世欲求其最终之事实而不可得，因从日记中录出，略加删次，辑而存之”，看来也不可尽信。世故多疑之人一定可以推想：傅善庆未必是在熊成基死后由于革命大义之感动而为政敌立传，很可能还真是在庚戌（1910）、壬子（1912）的两年之间，眼看时不我予，遂作此以明志，至少摆上一副同情革命、善待党人的花架子。

无论善待熊成基是真是假，起码后人还是可以在这篇文字中读到一则相当清晰的革命案例，也丝毫不必犹豫：当年那个十九岁的时候还在妇人醇酒间糜烂其生活的青年，在二十三岁上就已经杀身成仁，成为民国革命先烈的人格典型；而在他生命的最后一程，则经由刽子手集团的侧记，留下了清晰的足迹。

己酉年（1908）旧历腊月祭灶日当天，吉林省按察使吴焘（子明）约了当时担任提法佥事的傅善庆晚饭，席间告以："明天天亮之后长春方面会押一人犯到省里来，这人叫熊成基，不知道你听说过没有？"

熊成基的祖父担任过县父母，父亲是候补通判，熊成基少年时就因为酒色过度，羸瘠多病，日后冯自由为他所写的小传里对此有一段生动的描述——说他十九岁那年落魄芜湖，忽一日揽镜自照，道："大丈夫当立功传后世，岂能以少年无行终哉？"于是便渡江到了安庆，进入安徽武备练军学堂。回头浪子，立地成为一个苦学上进的青年。可是偏偏时运不济，没过多久，学堂停办了，他只好再赴江宁（南京）应征兵令，由营将之间关绍介，再入炮兵速成学堂。日后安徽征兵，熊成基才能以炮兵排长的资历成为队官。

当时（1906—1907）光复会正在安徽大肆宣传、活动，熊成基入了会，同时具备新民国革命者与旧皇朝军官的双重身份。据说，他原本在新军统领顾忠琛麾下有升任步兵营管带的机会，可是他坚辞不就，就是因为想着一朝发难，炮队具备强大的火力优势，以此可见其志略。

安庆是徐锡麟杀恩铭而被死难之地，身遭凌迟，连心肝都被挖出来烹食，这对熊成基来说，是十分重大的刺激。日后他发动安庆起义，多少有些就地报仇的意思。

徐锡麟仓促起事，当时是光绪三十三年丁未（1907），同一年，熊成基接受调派，充任工辎营头目，不久就被发往安庆当差了。但是在这个时期，清廷已经对军队方面之“异动”有了相当程度的警觉，许多有要员大吏主持的仪式，多将知识较新的军官排挤在外，不令参与，以免横生枝节。

这跟两年前结合了兴中会、华兴会、光复会等革命组织而在东京成立的同盟会有直接的关系——以武昌首义之后一度被推举为安徽都督、却坚辞不就的吴春阳为例：吴春阳是同盟会的发起人之一，于一九〇六年返国，身在炮兵营为营兵，并无统帅指挥之权，成天到晚干的活儿则是散发《民报》和各种革命宣传品，各营士兵居然也明目张胆、趋之若鹜，日后吴春阳是在遭到通缉的情况之下逃回老家合肥，视此可知宣传革命之狂热。

熊成基之能够在安庆安身立命，还有一个原因，就是安徽改练新军伊始，即在安庆建立了武备学堂，设常备军营。大体言之，这两个单位就是革命同志的摇篮，日后于辛亥起义期间强攻南京、民国成立后不畏强御坚持抗袁，更在二次革命和护法战争之中都能凛然挥一军的柏文蔚，也是这练军学堂出身的。

徐锡麟刺杀恩铭之后半年，大江南北之军界仍处在风声鹤唳之中，略有动静，即生影响。清廷原本下令在十月间行南洋各镇新军之“秋操”，主其事者为当时的陆军部右侍郎荫昌和两江总督端方。元戎阅兵，计在安庆东门外的“英公祠”设行辕，正好可以瓮中捉鳖，一举而狙杀之。对于军中革命同志而言，这是最佳的起义时机：有枪、有炮，有整齐的行伍，有严明的纪律，还有最重要的——血流五步即可振奋全军的渠帅头颅。可是，这一回偏偏不知什么缘故，届时应该亲临阅操的端方没有来，其事遂寝。

不过，更好的机会随即降临：光绪与慈禧相继谢世。熊成基与范传甲、张劲夫、洪承点、程芝萱等同志相约，准备提点上千名马、炮营士兵，一举拿下安庆。整个计划原本是“里应外合”，然而约定开城相迎迓的薛哲一时软弱，失了先机，导致城中、城外同志不能互通声气，炮弹又没有弹火引头，力战一两日，革命军就溃败了。熊成基率众流窜桐城、合肥，而身陷城中的薛哲仍复被戮不说，范传甲、张劲夫也相继被捕，枭首示众；只有洪承点逃得最远，一溜烟去了香港。安庆起义失败，因株连而丧命的党人多达三百。

熊成基短暂的流亡和许多革命者一样，第一站就是日本。此番东渡，他念兹在兹的是“革命要花钱”。如欲发起军事行动，真得先张罗一大笔款子。合该让他碰上了一宗买卖。

先是，有一革命同志名叫孙棨，他声称手上拥有一批得自日本某武官之手的军事文书，包括日军在东北的军事计划、作战部署、军用地图等几十种。这批东西落在寻常人手里没有用，就算是给满清朝廷得着了，也未必然拿得出什么像样的对策机谋。盱衡时局，倒是另有一险计可用——原来此时非但日本想要染指东三省，北边的帝俄政权也时时觊觎，力图牵制日本在华势力。这一批军事文书如果能运回国内，找到俄国的买家，不但能借势牵制日本，还能筹措一笔发动革命的经费，何乐而不为？

当时在东京的诸友却以为熊成基回国风险太大，均不赞成。熊成基则乐观地以为这是老天爷给的一个大好机会，毕竟军机万变，兵贵神速，要是拖沓时日，手上的珍宝也可能在极短的时间之内就成了废纸，是以他决定立刻回国，而且是去一个比东京还要陌生的地方——东三省。

身负谋逆通缉，熊成基仍执意回国，原因之一是得到商震的回音。商震出身保定陆军学堂，但是由于加入同盟会而没能卒业，辗转赴沈阳、辽阳办小学堂、教书、宣传革命。之后又因为“诋斥官府”获罪，几经波折而东渡日本。是在这一段时间，商震和熊成基有了往来，同是大逆稽天之人，天涯沦落，更加惺惺相惜。

一九〇九年，商震先奉指示回长春，熊成基以身拥日本军部文书之奇货而告之，商震居然说他有门路，“已交涉明白，请来解决”。换言之，货物有了俄国的买主，就等一个银货两讫的手续了。当时商震有一个朋友，叫臧克明，力主熊成基前往，而且热心地邀请他住到自己家去。

臧克明的父亲叫臧冠三，年近六旬，是个马贼出身，人前信奉耶教，人后倡言革命，明眼投资，长袖善舞，成了排场很大的士绅，初看也还是个干练而豪迈的人物。熊成基寄人篱下，也可能是言谈间投主人之所好，随口许了个数字，说这笔军机买卖事成之后，可以分三万块钱给臧冠三。臧冠三不但认了真，也以为既然对方能喊得出这么大一笔分润，身家一定不止此数，遂于熊成基寄居期间，屡屡向他告贷。熊成基是慷慨人，不过一个多月的光景，随身的盘川就给这老儿敲剥光了。

一九〇九年七月中，东京方面的同志孙铭来长春相晤，问及近况和军机交涉事宜，熊成基才坦言：行囊困乏，生意无着，当初商震“已交涉明白，请来解决”的话根本“毫无根据”。孙铭倒是个机灵人，通过他自己的人脉——一个能通俄文的译员赵郁卿——卖出了一部文书，得价三百，由大清银行汇款到臧冠三的户头转交熊成基，不过臧冠三收了，把钱暗杠下来，熊成基还是只能告急。之后明白过来了，只好仓皇出奔哈尔滨，暂时栖身在秦家岗一爿叫“宾如栈”的逆旅。

孙铭等人还真有门路，经由多方打探、接触，反复商谈，将剩余军机以大约五千元之数，包裹售出。相对于先前的憧憬，当然不能算理想，可起码不至于白忙。熊成基却不满意，这样的收入毕竟和他所预期的相差太远。党人问他意欲何为，他居然说要留下来学俄文，自己办交涉！也是基于欲图速成之故，熊成基又不听人劝，赶回了长春与同志见面。

另一方面，臧冠三在地方上的眼线何其繁密，很快就得知熊成基已经兼程回到长春，可是迟迟不与他联系，就惹了狐疑。臧冠三判断：若非熊成基已经私下谈妥了生意，就是他投靠了满清。唯其如此不光明，才会于再访长春之际避不见面——这当然是小人之心，而另一个适时冒出来的小道消息更加深了他的怀疑：据说熊成基已经获得北京方面的巨额款项支持。臧冠三索性给熊成基去一信，狮子大开口，要一万块钱。熊力驳其说，臧却出之以更严厉的要挟：“你在我家白吃白喝几个月，连伙食钱都不给吗？那么我只好向官府提报你的下落了！”

偏偏就在这个当儿，新任筹办海军大臣载洵去欧洲考察，由西伯利亚铁道归国。臧冠三居然向吉林巡抚陈昭常出首，说：两年前安庆军变肇事分子熊成基已经潜来东北，预谋将于哈尔滨行刺载洵。

此事也不能说是全然的子虚乌有。据闻：载洵得到密报之后，匆匆过境，并没有下车，连应该和当地俄国领事所作的会面都省了，还引起对方之不快。而熊成基的确在车站外徘徊良久，实在是因为侦防极严，不得接近而作罢。

熊成基为臧冠三所卖，还牵连到另一位东北地区革命志士的命运。可以岔开一笔另叙如此。

这人名叫蒋大同，直隶永平府人，以旧制博士弟子员身份，入永平师范就学。不久即转赴保定陆军速成学校，其志行如此，当然还是革命从军、造反救国的一路。蒋氏曾经鉴于美国禁阻华工入境而纠合同学，从事抵制、示威，甚至惊动了美国公使，向清廷抗议。廷旨既下，切责陆军速成学校加以逮捕，当时因惜才而纵放蒋大同、令之逃往关外投奔盛京将军赵尔巽的，就是日后的北洋三杰之一冯国璋。

蒋大同是基于这一背景而出关的，前文提及的商震，正是蒋大同的合伙人——他们一同创办了辽阳陆军小学和沈阳劝学公所商业专校，以及意义更为重大的“官话子母总塾”。这是一所极具现代概念的“语文种子学校”，才成立半年，分校即扩充到六十余所——很受当时赵尔巽的赏识，想让他干个督办，可是他却是个非常坚决的种族革命论者，不肯在满清政府底下担任公职。

也因为在东北和蒙古地区游历日久，眼界大开，蒋大同渐渐看出来：中国的革命自强不徒然是同文同种、一国一民的事，尤其在边关地区，这种翻天覆地的事业，还切切关乎实力强盛而时刻觊觎着中国广大领土、丰富资源的强邻。所以打从一开始周游关外，他就认真学习俄文，务期能熟谙俄语；且于行脚所过之处，无不悉心观察和记录中、俄边界山川形势、风土人情，以及俄方的国防设施。也因为这样的行径，受到俄国边界密探的注意，发现他随身所携带的簿本之中，载录着许多明明是军事要塞的情报，进而一举将之逮捕系狱。

在收关蒋大同的西伯利亚监狱里，向例只有两种人：一是当时反帝俄的无政府主义者，全是俄裔；另一种就是出身中国领土的红胡子。红胡子在狱中自有阶层，矩矱极严，可是没想到蒋大同一来，不过三五日，即能令数以十计的老囚犯瞠目结舌、正襟危坐地听他宣讲国是，演说革命要旨，甚至还任他口讲指画地教读四书五经。冯自由在《革命逸史》里的形容如此："不一年而江湖大盗皆化为孔门弟子矣。且狱卒亦渐为大同所感化，俄犯见红胡子多受大同熏陶，性质一变，遂亦群请蒋先生授课，大同乃以俄语讲解中国历史伦理。"

语言的优势使得蒋大同在西伯利亚监狱里暴得"东方圣人"之美称，声誉很快传扬出去，由近而远，西伯利亚铁路沿线各城镇绅商联名向沙皇建言保释，沙皇竟也俯徇舆情，顺应民意，特旨释放，"出狱之日，老犯万余人同声痛哭，声震铁棚，俄官吏相戒失色"。这情景也上报到沙皇那里，邀来皇帝一纸电谕：此人如再入境，宜加特别注意。

熊成基在光绪己酉年（1909）被捕于哈尔滨，案发时《长春日报》的主笔徐竹平也被捕了，当下蒋大同身在榆关，一时未曾入彀，但是清廷每每遇到此类逮捕，都会借机扩大，务求罗织。

蒋大同不得已走避到黑河——当时的黑河道尹宋小濂正在与俄国人交涉四十八旗屯边界勘定纠纷，请他前往俄境周旋。遇上这样为国为民的大事，蒋大同忽焉忘记了前情，他前一步才踏上俄国国境，递了名刺，后一步就让密探给盯上了——而且来了个当场逮捕。

宋小濂百般试图营救，俄方则只是一径虚与委蛇，表面上直说：随即奉使归国，暗中却派了一整队哥萨克骑兵，在昏沉的夜色中尾随着蒋大同的行船。

蒋大同于半渡黑龙江之际，忽然遭受到哥萨克骑兵的猛烈袭击，枪火交织如扇，打得一叶扁舟有如蜂巢。蒋大同死前还高声呼求：“杀我一人，不要害了船家！”

这位在西伯利亚监狱里博得俄囚封赠“东方圣人”美誉的革命志士比熊成基晚几个月殉难，得年只有二十七岁。

熊成基死前从容坦易，一点儿都不像个只有二十三岁的青年，这种意态情怀，会不会是出于“刽子手集团”的美化？言人人殊。所谓“刽子手集团”，所指的就是吉林巡抚陈昭常、提法使吴焘，以及写下《熊成基事略》的傅善庆。根据《事略》所言：“所虑阅世久远，驯致遗忘，且恐千秋万世欲求其最终之事实而不可得。”这话信者恒信，不信者恐怕还会骂这些狡猾的蠹吏一句“厚颜无耻”。因为语气很可疑——倘若在熊成基殉死前后，这些审讯他的人已经能从“千秋万世”的角度看事理、察人情，则何至于汲汲然将他就地正法？杀人者为了能够在新国度的正义追讨之下苟全性命，甚至干邀名爵，才会刻意放大熊成基“就义”之心的热烈不可抗拒，也就因之而使得杀人者脱卸了一部分的罪责或愧疚。试看这样的两段对话——

熊成基："我被捕已经好几天了，此地公署应该已经有电文致达北京当局，怎么还没有回音呢？"

傅善庆："的确还没有回音。"

熊成基："我所担心的是满清政府故示宽大，或许会从轻发落，只处以囚禁之刑，这样我就不能达到流血的目的了。"

傅善庆："你所担心的，正是我们所希望的。"

事实上，军机处早在几天之前的小年夜已经有了回复，电文明白："熊逆成基既经拿获，着朱家宝（按：当时的安徽巡抚）迅速派员来吉验明正身，即行就地正法。"朱家宝派来的是安庆知府豫咸和六十一标混成协马营管带李玉椿——他们都是能指认熊成基的人，而指认的目的就是杀戮。

熊成基留下了一篇两千多字的自供词，文笔犀利明快，那笔端正娟秀的小楷决计不让艺术史上任何伟大的书家专美于前。开篇即是："吾生平磊磊落落，言无不吐，既承明问，直抒胸臆以答。"随即以三数语道尽革命之宗旨："推倒野蛮专制政府，重行组织新政府，俾我同胞永享共和之幸福，以洗涤我祖国历史上莫大之耻辱。”

十八日行刑前傅善庆还预备了酒席，但是熊成基略饮即罢，说：“休怪我执意不领情，是我到了刑场之后，还要发表一场演说的。”

然而刽子手集团并没有给熊成基太多说话的机会，他略与提法官员告别了两句：“郑重！郑重！后会有期。”之后，登车来到北门刑场，向围观的老百姓高声喊道：“诸君！诸君！别以为我是盗匪，别以为我是奸人，别以为我是杀人的凶徒。我本来只是一个慈善的革命军人呀！”

说到这里，他的头颅就被砍下来了。没让他说完话的刽子手们却在他死后极力夸扬其坚毅、果决和勇敢，藉以自保自全；但是他们自己的慈善呢？

关于熊成基之临刑，有好些不同的记载。即使连臧冠三，也有的文件中录之为“臧贯三”，以国人命名的文理习惯言之，似乎“贯三”还比较合理。

对待革命烈士的手段，与傅善庆之所述颇异其趣的也有。李野光所撰《熊成基与商震革命活动片段》一文中曾经用另一个角度描写了熊成基在正月十八日被押往吉林巴尔虎门外九龙口刑场的一幕。

在这个版本里，熊成基就义之时，那个曾经允诺帮他找俄国买主兜售日本军情文书、后来却食言失踪的商震居然也在现场。据说商震混在人群里，忍泪目睹其情状。事后还跟人说："他（按：指熊成基）不失为革命男儿。我看他时，他也看见我了。四目相对，他两眼仍闪着夺人的光彩。我泪如泉涌，他微笑颔首，并大声道：'能抛却我个人头颅，换取同胞永享共和的幸福，是我最大的愿望。'"

此外，出身"日知会"，也是同盟会首创元老，与胡汉民、汪精卫、冯自由同列的革命前驱曹亚伯在他的《武昌革命真史》则踵事增华，描述得更加细腻：

临行前，吉抚陈昭常设筵祖饯，吉抚以下咸列席，成基居上座，谈笑自若，食量倍常，惟酒不沾唇。陈昭常劝以酒，熊答曰："余革命党也；光明磊落，来去清白，不可以酒乱性。"

餐毕，自座起，登车出巴尔虎门，赴刑场，观者如堵。成基嘱刀手少待，敬立向大众曰："你们大家来看杀人，要知杀的是我熊成基。熊成基是一个革命党，不是杀人越货的红胡子。红胡子不怕死，是祸国殃民；我不怕死，是爱国救民。人谁不死？我死不足惜，我死只要前仆后继，再接再厉。排满革命，必定成功。我纵流血，亦当含笑九泉。

“若我死后，继起无人，大家都畏难苟安，贪生怕死，甘心异族专制，坐受外人宰割，我纵复活，亦耻与同中国。人之爱国，谁不如我？请你们大家莫怕死，莫怕我死，莫哀我死，莫可怜我死！杀身成仁，舍生取义。我今日死得其所了，望你们大家好自为之。从此告别，与世长辞。”

说完这一段话，他直立受刑，死后颜色如生，观者皆为之堕泪。

民国元年正月十八，是熊成基就义的两周年，旅居吉林的三江同乡会将他的灵柩迁往三江义园，此时的三江同乡会会长竟然就是当年主审熊成基的提法使吴焘。根据吉林师范学院李澍田教授的《爱国志士熊成基在吉林就义记实》称：“辛亥以后，杀害熊成基的元凶摇身一变，皆成了民国的新贵。陈昭常、吴焘、傅善庆等慑于吉林人民对他们杀害熊成基的义愤，遮掩自己的罪行，乃让傅善庆编印《熊烈士事略》一卷……本书多有回护，在编者笔下，审判写成了会晤，监狱写成了宾馆，清朝的封疆大吏、杀人法官，成了优礼革命党、崇拜英雄的好汉。”这是独具史眼的透视。

章太炎就基于这副冷眼，给熊成基写了一副挽联：“早到三年也同成国事重犯，蠢尔元恶敢来吊革命先驱”。下联戳破了狡狯的凶手，上联却也抬举了包括章太炎自己在内的许多未及死难的党人。

百余年后看熊成基临死前的呼唤，也许仍有更冷眼的人会以为那是老生常谈。不过，当年党人能在公众面前振臂一呼，闳阔而谈，已经重于泰山了，其慈爱所衷，是一份相呼共与的理想，而不是自己的生命。

□

熊成基的死虽然壮烈，就义之前的慷慨陈词固然动人，然而，用胡导演常说的话来探勘：他能“扛得起”这一个电影故事吗？我勉强站起身，在不到三坪大的和室中绕圈踅走，脑子里只盘旋着一个问题：胡导演究竟要拍谁的故事？

从暂定的片名来看，《扮皇帝》和《窃国风云》不消说是从袁世凯说起。袁世凯是个大箭垛子，周旋于乱世云雷风雨的激荡核心，又有着复杂阴郁、机巧诡谲的用心，即使不以左右历史大局立叙事张本，纯就人情心性玩味剥挦，都是取之不尽的题材。然而，说得浅白一点：刻画一个人人不以为然的大反派，如何有趣？但是若要替一个人人不以为然的大反派翻案，又如何能得到事实材料的支持？

倘若不是袁世凯，而是从革命党阵营下手，固然徐锡麟、秋瑾再加上一个吕公望，也许“扛得起”大通学堂上“秋风秋雨愁煞人”的悲情愤慨，但是，对于华兴会、光复会以及同盟会等等革命势力内部的矛盾和哄斗，如何在这一惨烈牺牲的主轴侧面视而不见？

如果离开了腥风血雨的革命武斗现场，尽管有感人深挚的民间教育家伍博纯，有发人警醒的一分钟演说家王晓峰，或者开拓时人世界观、生命观至为恢宏广袤的女先知、女豪杰吕碧城，其人姓名，却恐怕在任何一条电影街头，根本没有千分之一甚或万分之一的人是曾经听说过的。那么，顺着这种“大名”逻辑想去，辜鸿铭、马建忠者流，又能“扛得起”一部什么样的史诗，好供后世之人也有机会“慈善相呼”呢？

还有——我绕回自己的蒲团前面，听见膝盖骨嘎勃儿一响，勉强复坐，对藤井贤一说：“还有——恕我直言；我认为你愿意支持胡导演拍这样一部片子也不单纯，导演人都已经过世了，你还能跟我谈出什么‘具体的思维’呢？”

“那么张先生，”藤井贤一立刻倾身向前，肚皮紧靠着矮几，圆豆儿似的小眼睛朝我一瞪，道：“死了千千万万的革命家、却还没有一个什么结果之后，就不要继续去革命了吗？”

即使他的话听起来有一点豪迈，颇有些民国人物的风骨况味，但是一听之下，我闪过的念头却是：你不就一卖和服的日本人吗？不料这卖和服的却仿佛看出我心头的疙瘩，接着说：“张先生，丁连山放过薄无鬼这件事，你应该还不知道。我说得不错罢？”

是的。我不吭声、也不置可否。依据我多年来读书究理的习惯，无论是作点小学问、搞点小研究，或者是写一部长短篇的小说所必须从事的考察，都有我坚持的认知习惯和态度。薄无鬼的故事，唯一接近真实的内容，就是出自江湖人物丁连山那一本夹文杂白、流传也不见得如何广远的笔记之书《归藏琐记》。

然而，这样一个角色，确乎有其作为一个真实存在人物的些许条件吗？藤井贤一总在强调：“胡导演对于丁连山放过薄无鬼这一点很有兴趣。”从语意上分析，则似已将薄无鬼视为真实存在的人物，也把丁连山这一部难辨真伪的杂谈当成真实性颇可参考的史料了。

不过，我记得《归藏琐记》原文对于丁连山出手杀人的叙述只有一句半的话：“刻直趋通衢，攫薄无鬼襟而掌杀之！”仅就此言之，其欠缺细节、潦草之极，实在不像是回忆生平重要一役的笔触。反过来说：如此敷衍了事，却真像是有什么不可以为人道出的隐情，宁用“掌杀”二字含糊带过。

再仔细推敲前文，则这一段：“宝田当即劝我：‘本门还有赖大师哥撑持掌理，尔这一去，非身死、即是杀人，如何是个了局？’我遂问他：‘杀人逃刑、被杀送命，与夫撑持掌理一门户，孰为易？孰为难？’宝田曰：‘当然是杀人、被杀来得容易；撑持掌理一门户来得难。’我便道：‘诺！我今为其易者，尔且任其难。’”对照起吴樾行刺五大臣前几天在芜湖科学图书社阁楼上和赵声诀别的壮语，更透露着一种抄袭的意思。

此外，还有这一席话，相当可疑：“彼邦（按：指日本）之人，协同发展革命，缔造中华，实有功于民国。但是居功之心不泯，便要时刻来讨索。”就更不像是掌杀一个侵占中国领土之人的誓词，反而像是对一个侵略者产生了理解其动机的同情。

把事件整个儿翻转来看，即使张作霖从狱中放出薄无鬼，作为诱钓金鳌（革命党人）香饵的这个奸计之所以失败，完全是因为丁连山他假装中计、假装袭杀薄无鬼、假装杀人逃刑、亡命天涯，再也不浮露于江湖之上，这是丁连山的计中之计。当年高拜石把张作霖比做宋江，以为他城府阒深，却没有想到丁连山非但胜彼一筹之算，还在自己的记传之作上都撒了这样曲折幽微的大谎：

我别无长言，仅对宝田道：彼日出手杀薄无鬼，我便堕入了鬼道。此后你我便有如衣服，尔为一表，我为一里，尽管彼此相依，却也两不相侔。然南北议和之事，切记不宜横柴入灶、操之过急，你也要学会“反穿皮袄”！

怪不得藤井贤一再三强调：胡导演想要知道：为什么？这个什么，或恐也是我面前这位投资人极为关心的。

“‘薄无鬼’究竟是什么？”我没有说“‘薄无鬼’究竟是谁”，我说的是“什么”。那是出于一时之间恍兮惚兮的灵感罢？我知道那不是一个平常的名字，甚至不该是一个名字。藤井贤一笑了，笑得非常灿烂，不只是愉快，在愉快底下，好像还浮现出来一种感动和欣慰。他不住地点着头，良久，才说：“是的是的！张先生问得好，是的！薄无鬼不是一个普通的名字，是我。”

“你？”

“不，不是‘你’，是‘我’。”藤井贤一接着用日语说，“わし。”

仆，自称。

第十三话·草檄灯前有鬼神

自张之洞从光绪二十五年（1898）开始派遣留日士官生，直到抗战爆发为止，此举可以说是民国成立前后影响最为远大而深密的一项政策。近代中国最早的军事以及政治菁英，都与此一派遣有关。

仅以第一期士官生来看，步科有陈其采——担任过国民政府主计长，是大特务陈其美的弟弟。蒋雁行，曾经干过北洋政府的陆军总长。李士锐，是清廷驻日留学生监督，也是北洋将军府的将军。炮科张绍曾的官做得不算太久，却一度登上了北洋国务总理的交椅。

还有一个骑科的吴禄贞，命途多舛，就在革命成功前夕遇刺身亡。他被割去了首级，死前是满清北洋第六镇统制。如果世局另入歧途、而复依革命党人的筹措安排而发展，吴禄贞很有机会透过吕公望的“运动”而得到一笔黄花岗起义时没来得及花掉的四十万银洋；那样的话，他很可能会洊升山东巡抚，而他个人以至于整个民国，都会走上大不同的道路。

可惜的是吴禄贞终究死在石家庄，本来他是奉清廷之命，要拉着他第六镇的大部队到山西去戡乱的。

山西和陕西应该是全中国紧接着湖南起来响应辛亥革命的省份。当时山西的新军管带姚维藩并没有跟其他同志或友军打过商量，自己抽点所部五百人组成敢死队，派遣其中五十个“选锋”冲陷抚台衙门，其余的则攻打旗兵营区。谁也没想到，一接阵，姚维藩的人马只发了两枪，便打死了巡抚陆钟琦、陆光熙父子。日后有“山西王”之号的阎锡山就是在这两枪之后,被发动革命的新军同志们推上了历史舞台。

吴禄贞骨子里也是个革命党，他在受命征讨山西的时候，本来已经和他留日的同学、也是第二十镇的统制张绍曾有过约定：由于满清已经是王气黯销、苟延残喘的局面，一俟水到渠成，吴部在石家庄、张部在滦州，同时发动，各以火车运兵，会师于北京城郊，名义上可以说只是“清君侧”，顺随着时势发展，一举拔取京畿。如今朝廷派他领军赴山西镇反，岂不是大好的时机?

问题在于山西方面的“同志”也都还披挂着清军衣甲，是不是该先期联系，以免敌友不分呢？还有，既曰联系，又应该同哪一方、哪一面的人接触呢？这的确是个问题——先是，除了姚维藩尚未浮出水面，阎锡山、温寿泉即使蠢蠢欲动，也缺少横向的、对外的交际。此外，据说还有一批原先潜身北京的读书人，也于武昌一役之后不久，星夜绕道入太原，颇意有所染指。这一个消息不假，这批早就以撰文、办报为推翻手段的年轻人里，包括了景定成、仇亮、姚太素、史可轩等。其中尤以景定成锋头最健。

景定成，即李少陵《骈庐杂忆》中所称与王亚樵交最善的“梅九”，由于面色黧黑，故常自称“黑景”。此人本是山西河东人，有机智、性佻达、好讽谑，非但擅长吟咏，能写一手周旋唐宋之间的好诗，且于抨击时政方面尤称豪快。为了和立宪派的旗手梁启超打对台，景梅九刻意办了一份和梁启超所办的《国风报》同名的《国风日报》，目的就是宣扬革命，揭发立宪之说（也就是梁启超一派人的主张）只是清廷拖延实质改革的遁词，而梁氏等人若非曲意以承亲贵之欢，而忘却六君子戊戌之死义，便是误判形势，认为渐腐于两百六十年间之破败王朝尚有中兴之悬望；景梅九等人更坚决地认为：以温和渐进之势，是哪里也走不出去、什么也改变不了的。

“湖海一身轻似叶，须眉万劫不成灰”，这是景梅九后来作的诗句，而此志之蓄可谓久矣。

辛亥年秋姚维藩在山西搞独立，拥戴阎锡山成都督的这一役，吴禄贞和张绍曾的密谋被一场暗杀搅乱了局，吴禄贞给割了脑袋，而“石家庄／滦州”两路发兵会师的计划也落了空——张绍曾不肯吃眼前亏，干脆拔营而去，坐待袁世凯向清廷邀赏封赠，成为侍郎衔的宣抚大臣。此时能够出面安定军心、重整旗鼓的，居然就是早就在娘子关待命迎接吴禄贞入晋的景梅九。

景梅九以阎锡山的代表、算是地主东道的身份来到吴禄贞的部队之中，将参谋长何遂推举为统制，代领第六镇。一时之间，士卒们撕了白布条缠裹手臂，高喊报仇，颇振墨绖白梃之情。这一关键时刻，景梅九发挥了极重要的作用，原因还是要从吴禄贞遇刺之原因说起。

就在武昌起义之后，吴禄贞第六镇的士兵曾经截获一批清廷将要运往南方去的军火，枪械弹药，无不齐备。清廷——也可以直指袁世凯——一举杀了吴禄贞，就是要趁着主帅枭首这一离奇惨祸突如其来，人心惶然难安之际，方便以各种名目、手段，将军火夺回。不料，景梅九和何遂一商量，认为这批军火实为两军胜负关键，于是才采取了强硬捍卫的策略。日后袁世凯派北洋第三镇的曹锟、卢永祥分兵三路打娘子关，和山西部队相持了好一阵，山西方面屡战屡退，但是起码撑过了民元、撑到了清室逊政。这一批军火，终究没有为革命带来阻力、造成更大的牺牲。

在接下来的几年里面，景梅九并没有闲下来，他既不以革命元勋自居，也不肯奔走求官谋事——虽然他身为山西选举出来的众议员，但是主要的工作，还是办报。他和山西的参议院议员田梓琴联手办了一份《国光新报》，专门对付袁世凯，其笔锋飒爽犀利，不亚于民国第一记者黄远庸。

革命阵营中原有一个称唤，叫“革命二枚”，指的就是景梅九和章太炎（章字枚叔）。虽然并称，而章太炎以其好慢侮人、喜难为人、擅卖弄人而尤享盛名，不过景梅九竟还十分瞧他不起，原因就是章太炎毕竟喜孜孜地接受了袁世凯“东北筹边使”的酬庸、笼络。到后来，是章太炎屡屡见轻于东北在地的军阀，不耐闷郁无聊，才一口一声骂起袁世凯来。他的气节和识见，是远远不及这另一“枚”的。

在历经两种截然不同的政治制度蓦地更迭之际，却先后经历了两种失落、两种惊心、两种极端的顿挫，而且这重重的失望，在很短暂的时间之内，冲撞着每一个肯思考的人。思考得稍微不透彻些，就会为了捍卫其中某一制度、某一文化和某一权力体系而抛头洒血；思考得稍微清晰些，也很容易就陷入较极端的犬儒态度。当时的中国知识分子，有一大批人非常愿意亲近“无政府主义”（Anarchism，音译为安那其主义），原因无它，此一主义有一种各凭良心、远离权力的理性气质，上接中国古代一个巨大的传统，那就是道家与隐者。

无政府主义早在光绪末叶便已在知识界的小圈子里时兴起来，却可以和同盟会那般摧枯拉朽的宗旨与手段并行不悖。在推翻专制皇权的大方向、大目标上，安那其与革命党自然可以引为同志，像是张继、吴稚晖、李石曾等都具备着这两种盟会的气质和主张。不过，就深入同情革命党以及后来的国民党而言，景梅九却和其他人很不同调。他之所以瞧不起章太炎，更是因为章太炎在“入仕”方面一度显现的热衷之心，甚至不惜让袁世凯摸了头，是诚不可忍者。景梅九所措意的是张良那般人物，成其功则辟谷导引而远隐，奋其志则“一椎击皇帝，振古所未闻”。

总的来说，景梅九在民国成立前浪迹海内外、山东西、河南北，非但涉猎的学术驳杂而多精审，参与的活动和事业也倍乎常人。从二十世纪伊始（光绪二十七年），他在山西庚款所兴办的山西大学堂就读，因为资赋优异，同年又被举荐到京师大学堂，两年之后，变成了官费留日学生。此后他便一直活跃在中国近代第一批参与、号召、鼓动诸般带有政治意义的社会运动家之中。

景梅九是提倡禁烟和妇女天足的先驱，还剑及履及地开了一家贩卖戒毒药丸的公司。他本身是较晚进的同盟会员，却在第一时间给梁启超的“政闻社”助威。光绪末年，他和商震、陈乾、陈家鼎等留日同学在青岛开办“震旦公学”，这也是一桩了不得的大事——为了反抗德国业主的压迫，这几个公学的创办人兼教员经常联系青岛造船厂的工人，到学校里开会、串联，允为中国北方社会运动的发轫。这些事业因政治环境的不允许，虎头蛇尾甚至有头无尾的多，也就在这几年间，号召新世代勇敢改革的阵营出现了裂变。

从光绪丁未（1907）开始，一连串潮州、惠州、安庆、钦州、廉州、防城……屡仆屡起、屡起屡仆的革命行动，反而使得看起来温和渐进的立宪一派声势高涨起来。梁启超通过报端文字突出立宪议题原本不违背他当年保皇、变法、维新的立场，但是从革命阵营里涮了一圈出来的景梅九等人却不甘去支持清廷主导的“预备立宪”——他们认为“立宪”不过是暂诱革命阵营缓兵解甲的钓饵，而“预备”则是遥遥无期的悬望。要立宪，就只能倡导“民权立宪”，而不是朝廷立宪。这倡导，还是需要报纸，于是景梅九和宋教仁、田桐以及白逾恒等人，就是利用这个时机开始办报的。《帝国日报》《国风报》《国光新闻》，简直应接不暇。

《国风报》在辛亥革命之役以后大刊各省独立、响应起义的新闻，满清当局极为不满，要求刚刚复出的袁世凯积极查办。袁一方面主导冯国璋的部队焚攻武汉，一方面加紧对媒体的控管，自不待言。景梅九当然也承受了压力。不过，真正让他为难的则是“报道必须属实”这一信念，和“宣扬革命成果”的目标一旦矛盾，便实在不知该如何取舍了。

冯国璋反攻武汉，的确取得初步的胜利，而且若非袁世凯存心拿这一仗当作周旋于清室和民党之间的筹码，武昌所燃起的革命火种很可能于一夕之间就要灰飞烟灭了。那么，革命军受挫的消息究竟报还是不报呢？

据说是景梅九的夫人阎玉青给出的主意，《国风日报》于北洋军汉阳之役大胜，以及南京方面战事胶着之际，在头版上开了一个大天窗，只刊登了一则小小的启事：“本日所得宁、汉方面战讯甚多，奉谕不准刊载，特启。”

比起当时上海《循环报》通讯员受华侨收买拍发假电报曰“京陷帝奔”来，这一则启事显然更为阴毒。因为报纸虽然没有说假话，效果却比矫饰战果更能引起猜疑、讨论，聚讼纷纭之下，只会让不实的谣言更加发酵。

当年的章太炎因作《排满论》与爱骂人而得“章疯子”之目，可是在民国元年，他却自组“统一共和党”为袁世凯摇了一阵旗，有“以项城（指袁）之雄略，黄陂（指黎元洪）之果毅，左提右挈，中国宜无灭亡之道”之谀，也因而获袁氏封为“东北筹边使”。景梅九就是在这件事上把章太炎骂了一通。近世好慢侮人之尤者确可以说是章氏，而“黑景”则比这疯子还要疯得多——或者应该说：刚直得多，起码景梅九没有官瘾，值得尊敬。

清末民初，晋、陕二省是继湖南之后最早响应革命的省份，这是由于新军中级军官普遍有同情革命之背景的缘故。民国一旦成立即担任陕西独立混成第四旅旅长的陈树藩，就是一个明显的例子。他和湖北的黎元洪命运差不多，升官的速率还更快一点——宣统二年，陈树藩还只是个军械官，到了民国三年，他已经受袁世凯的任命，成为“陕西镇守使”——就像章太炎的“筹边使”、倪嗣冲的“巡阅使”一样，袁世凯把这些他自创的、看似既可以专征伐、又可以虚职守的“名爵”当成驴子眼前的胡萝卜，吃不到、却一路朝前跑的驴子可以少捱几鞭打，完成了跑差，还果然会尝到些甜头。但是跑得过急过颠，不免就会像章太炎，落得个幽囚软禁，好些时不见天日。

就敷衍袁世凯而得利这一方面来说，陈树藩是应付得最好的一个。他原本是因为身为革命党人而被袁氏笼络，于一九一四年五月以绑架“豫陕剿匪总司令”陆建章的独子陆承武为手段，私下逼勒陆建章辞官，领有了陆在陕西的军政势力，但是一旦投靠陆建章的老主子袁世凯，便比陆建章看起来还要死心塌地地效忠；这一点，连狡狯如袁者都没有看出来：陈树藩对他也只是虚与委蛇而已。

景梅九则大大不同，章太炎载欣载奔地要上东北赴任之前，景梅九就给了他一顿冷嘲热讽，且直言："老袁是准备干皇帝的！"不料一语成谶，民国四年，筹安会之推戴大作，景梅九却写了一篇讨伐袁世凯的檄文，其中最脍炙人口的一段如此：

本绍、术之余孽，袭莽、操之故智，谋破五族共治之均势，希图万世一统之帝业。讽令二三奴儒，上劝进表，赂遗各省代表，奉请愿书。藉共和以推翻共和，假民意以摧残民意。称帝称皇，有腆面目；误国误民，全无心肝。欲令天下仰望之遗老，列传贰臣；更辱国民保障之军人，功同走狗。

这篇骈四俪六的文章才写就几个小时，景梅九就被捕了。据说囚禁他的就是陈树藩——还不只囚他，而是稍早先囚禁了胡景翼，再以胡为诱饵，引景梅九入彀。这一说高拜石执之甚力，颇多软禁细节，但是却植诸民国六年以后，盖彼时老袁早已“龙驭上宾”了。不过高芝翁说起这宗软禁奇案，直指陈树藩“把二人安置在督属北角的小楼中，楼下派着武装守护，不许下楼一步。每日三餐，一盘五六只大馍，佐以各种烹制的猪蹄膀之类，都是大荤大油的美味；另外供应陕西本省所种的鸦片烟”。两年下来，胡景翼的体重养到五百磅，而景梅九则染上了阿芙蓉癖。不过两个人的闭门学问都有长足的进展：“潜心经史，规橅行草”，既似学人、又似书家。

倒是景梅九的老诗友张衡玉《忆梅九》七律六首写得悲壮极了，全无油腥肉臊之气。其中与撰文骂袁有关的是这一首：“落魄韩非悔入秦，飞言造狱竟成真。覆盆头上无天日，草檄灯前有鬼神。诏捕白衣关内侠，词连朱邸座中宾。槛车临贺都门道，风雨离亭几故人。”

至于正处在景梅九、于右任等人对立面的陈树藩，毕竟还是老奸巨猾。洪宪帝制一出，举国争议时，他默不作声；八十三天转瞬即逝，他撑到最后一刻，忽然宣布陕西独立，让袁世凯痛心疾首，故世传他与陈宧（音宜，不是“宦”字）为袁之“送命二陈汤”。待袁世凯于一九一六年六月六日一命呜呼，他从第二天起又取消独立，好邀段祺瑞之赏，得封“汉武将军”，一统陕西军务。最高明的是在这一个节骨眼上，他以职权所在，封出去一个帅印，居然是给陆建章那不争气的儿子陆承武，让他干陕西“护国军总司令”。这“将欲操之，反以纵之”“宁与外人，不与家奴”的两招，全是跟老袁学的。

尽管高拜石《古春风楼琐记》把陈树藩诱捕软禁景梅九的经过写得非常传神，但毕竟与史实略有出入。但是高拜石有心的曲笔尚不止此——恰由于欣赏景梅九的风度以及风骨，高氏为之撰此“行状”，刻意不提他在宁汉分裂（或称“四一二政变”）之后，对蒋介石颇有微词的一段，甚至含糊地说：“民国三十八年国府撤退，梅九不久便逝世了。”事实上，景梅九一直活到一九五九年，在他生命的最后十年里，虽然没有在共和国担当任何实际的公职，但是他和中共党中央的董必武交好，还是陕西省的政协委员。

一九五八至一九六九年，高拜石在台湾省政府所拥有的传媒《台湾新生报》连载其专栏，而能够大书景梅九之生平，是相当不简单的事；时距风声鹤唳之白色恐怖未远，而能将一个在二三十年代积极反蒋的革命元老之一生燃犀发微，荣以华衮，恐怕还是因为党国大老于右任以及宫廷亲贵孔祥熙还健在的缘故，他们和景梅九都有极深的私交。孔氏在景梅九最窘迫的时候，经常出手接济；于氏不仅和景是同乡、同志，其为人行事，豁达浑厚，亦与梅九同调。高拜石有一段文字形容得很妙，录之于后，以见斯人风流：

> 和他（按：景梅九）有交往的，都知道他不爱吃，不爱穿，不爱赌，不爱应酬，不颠倒是非，不计较得失，不发怒嗔人，不危言耸听。客来不迎，客去不送。任何人见到他，听他妙论，一切得失利害，宠辱生死，统统消于无形，不是尊之为“景圣人”，即是称之为“活菩萨”，其为人倾倒者有如此。

景梅九和另一位诙谐智趣的民国人物刘成禺（禺生）也是至交。刘氏有《洪宪纪事诗》两百零八首七绝一卷之作，每首另有详文说解，以亲闻亲见亲即之身，将民初至洪宪终结间之史事作了相当丰富的补充。

刘成禺幼出天花，是个麻子，有“麻刘”之目。而景梅九肤黑，常自称“黑景”。当景梅九得知刘成禺写了纪事诗之后，立刻也写了十首七绝回报，将他在狱中隔墙闻见的洪宪怪状也作了一番描述。根据他和刘氏的通信可知，这十首诗是“黑景”应“麻刘”邀约，共襄纪事诗盛举而写的。景梅九一挥而就，随句附注，有致刘书信一封，其中有一段：

在秦（陕西）时，同邑王君书“袁”字请测时局，予立断曰：“土头哀尾，其败必矣。”革命旧雨，梦寐弗忘，麻黑交情，在此一举。

以七绝抒情言志，得其体之精炼凝深者为佳；而以七绝叙事，则于运典用事方面，非宛转清切、绸缪绵密之笔不能办。景梅九这十首诗偶有不协声律者，但是大多亲切自然，抑扬有致，点染现实，不愠不火，流露诙谐冷峭的面目。像是：

犹忆儿童拍手歌，家家红线意如何？幻成年号真奇绝，半继前清半共和。

这是因为北京童谣有句“家家门上挂红线”，袁世凯称帝，公布了年号，老百姓便把这首老童谣说成了先见的符谶，而“洪”字，则三点水加上一共字，遂解为半取“清”字偏旁、半取“共和”之“共”。

另一首：

宛转娥眉一剑休，为防身后更遗羞。君王意气依然在，不使虞姬自刎头。

这一首说的是陈宧背叛袁世凯、通电独立，以明反帝之志以后，袁世凯的“送命二陈汤”吞下了一陈，在怒极之余，曾经手刃一妾，据说死者还是平日最得袁世凯宠爱的一个。景梅九反用霸王别姬的故实，可谓谑而虐矣。

曾经写下《忆梅九》七律六首的张衡玉也是了不得的人物。他本名瑞玑，字衡玉，是同治十一年（1872）生人，资历未入翰林，官不过韩城、兴平、长安、临潼、咸宁等地的知县，在宣统末叶，由于任事之实务体察，知清廷之无可树立，遂参与了同盟会。

像他这一类前半生淹埋下僚而犹有奋翮之志的人物，即使时运不佳，来不及跻身重大事件而跃登大历史的舞台，也能够在新旧时代交替的岁月里，发挥安定过渡的力量。

民初反袁大纛四举，于弹指间推翻洪宪帝制，日后人们多记得蔡、李诸将，然而足令老袁忧惧孱惙的却是在许多小小的县份里发挥启迪民智而又极有治绩、廉名与慈心的前清知县；无论他们是否像张衡玉一样同情革命、甚至加入同盟会，都在新的政治架构和价值鼓吹了几年以后，成为共和制度最坚定的支持者。

这些受过旧学浸润而能不染其旧，受过流行思潮感召而能不骛其新的下层文官，既没有遗老的怅惘不甘，也没有民党的昂藏得意，更痛恨军阀的骄横恣肆，他们也还知道如何真诚地在保守的官箴规范之下“抚民如子”，这是一种夹缝里的智慧与伦理，其结果当然是赢得万千百姓的尊重和景仰。张衡玉在光绪末年调任兴平县令之际，就有一双旧靴子留在前任任所韩城县的鼓楼上，供人瞻仰，版书：“知县张瑞玑之遗靴”。

张衡玉的诗也是极好的，文采神韵在唐宋之间，器局开阔，词理畅达，绝无刻意随时俯仰，故作冷峭幽深之态。光绪三十二年（1906），段芝贵以一万二千两身价买得伶人杨翠喜，献于庆王之子载振，以购黑龙江省巡抚之缺。这一案轰动全国，为御史赵启霖弹劾，但是庆王奕劻当时权倾朝野，后来的收场居然是让刊布此案的《京报》关门，而赵启霖的老师、军机大臣瞿鸿禨则丢了官。张衡玉写《杨花曲》嘲之，仅以下数句，已经是近世以来最称经典的政治讽刺：其干净利落的记事，以及犀利深刻的谑嘲，可敌《长恨歌》《圆圆曲》：

消受章台一枝柳，人天好事感良友。
昆仑肝胆押衙心，酬恩岂在谢媒酒。
阿翁只手揽朝纲，亲草诏书代玉皇。
白山黑水新开府，头衔一旦生光芒。

《忆梅九》六首也是借题抒愤的意思居多，他大约以为景梅九此次遭到逮捕，万无生还之可能，所以遣词之愤激、用情之迫切，远远超乎《杨花曲》那样的讥诮，而直是辱骂了。其第五首：

送死宫中纣绝阴，晴空无日昼沉沉。
天垣黑暗修罗掌，地狱慈悲佛祖心。
尚冀皋陶怜孟博，谁闻魏武杀陈琳？
十年奔走贫如洗，莫语输官赎命金。

此诗仅首句用道家典较不平易，“纣绝阴”，即“纣绝阴天宫”，为“道教六天宫”之一。见段成式《酉阳杂俎·玉格》：“六天：一曰纣绝阴天宫，二曰泰煞谅事宫，三曰明辰耐犯宫，四曰怙照罪气宫，五曰宗灵七非宫，六曰敢司连苑宫。人死皆至其中，人欲常念六天宫名。”

“送死宫中纣绝阴”与次句第五字两用“纣”“昼”，一方面也就是“咒”，痛骂而不能禁的转语。

张衡玉将袁世凯比喻成具有恶力、介乎人鬼之间的魔神，也隐然以机诈满腹、野心猖狂的曹操作一反衬——“未闻魏武杀陈琳”，意思就是说：连曹操都知道惜才好生，不杀陈琳，你老袁囚一国士，砉砉磨刀，何以自处？而把景梅九比喻成“地狱不空，誓不成佛”的地藏王菩萨，则警策而恰切！

景梅九家学、幼学渊源深广之故，多闻强记，博洽中外之学，于旧学能治文字训诂，于西文能翻译但丁《神曲》、托尔斯泰《救赎》，故其排奡耿介，近乎目中无人。对于迷恋权位、残民以逞的军阀自然是打从骨子里痛恨。一九一六年，袁世凯称帝，景梅九拟了一篇《讨袁世凯檄文》，也因此被捕，在北京关押了几个月。

在政治主张方面持进步之论，而在文化价值上，景梅九却对古典民间戏曲充满了情感和创意。他在《戏曲说略》中说：“戏曲之移人，其力遥在史籍说部之上，无怪乎欧美之文豪，均以剧作家显著也！吾国以戏曲为文章余事，且等而第之于小说传奇之下，所谓通人君子者多不屑为之。间有一二为之者，亦多隐其姓名，惧为世指责。晚近之致力斯道者尤少。中国戏曲所以无长足之进步者，职此故耳。戏曲无进步，则社会无改良。”

从一件破天荒的创举可以看出：他对于千百年来始终流荡于社会底层的传统戏曲有特拔高举之功。民国十三年（1924）春，景梅九应安邑县长的邀请，重修县志，竟然在《乡贤录》上，将当时六位安邑县籍的山西梆子演员列名载籍。在他那个时代，唱戏的角儿一般连家庙也不让进，怎么可能登入县志、列为乡贤呢？

□

可能，景梅九并不知道，他对于戏曲的提倡所展现的新视野有多撼动人。一位原本与他并不相识的同辈读者，就是一个受到感召而将之昂声传扬的人。

此人姓王，名镜寰，字明宇，号觉盦，光绪十年甲申生人，较景梅九只年轻两岁。王镜寰早岁即追随金州出身的名宦王永江（岷源）任辽阳州警务局长。王岷源之于人才简拔，特重书法，王镜寰又写得一笔秀整端严的小楷，遂大获赏识。

即使以整个中国为范围审视，从清入民国，此一风云动荡的期间，“奉天二王”都称得上是难得的循吏。王岷源在民国十年前后任代理奉天省长，任命王镜寰为政务厅长，兼领清丈、水利、屯垦各局督办。大约就在奉天省计划开辟沈阳至海龙、复转接长春的“奉海铁路”之时——约当民国十四年（1925），王镜寰奉令成立“奉海铁路公司”，于偶然赴京采购的旅次，他读到了景梅九甫自京津印书局出版的新书《罪案——辛亥革命回忆录》，其中收录了那一篇《戏曲说略》，王镜寰尤感于这么一段话：

吾国野人，身不履义宫，目不识文字，而素行孝义节烈，往往可以撼天地而泣鬼神者，乃恒过于读书知礼之士大夫。夷考其故，则或由真性之流露，或蒙社会之熏染，而最普遍之原因，则为受戏曲之教训，谚所谓“高台戏化人”者，实有至理存焉，则舞榭不啻为国民之义校，优伶不啻社会之导师也。呜呼！中原之衣冠文物历史风俗、世道人心，为戏曲所维护者，极为远大，固不仅乡里野人受其赐也。

在北返奉天的火车上，王静寰为这样一段见解触动，“如雷击于顶”，不只是感慨良深，他还将这篇文章高声朗读给他刚满九岁的孩子听。

那个孩子，日后醉心于书法，当然是追随父亲的步履；

其专注于京剧，甚至投身于多种戏剧的创作，也是秉持着景梅九“高台戏化人”的信念。而在聆听父亲朗读着《戏曲说略》整整半世纪之后，我也得以亲炙于他的门下。他正是王静芝先生。

王老师给我的“满村听唱蔡中郎”下款多题的几句话，也正是静寰先生当年朗读的一部分内容：“旧剧者，国民历史教科书也。无旧剧，则无历史，无历史，则无国家。”

旧剧，一代又一代的年轻人越来越厌弃鄙夷的东西。

无论戏名叫《扮皇帝》还是《窃国风云》，胡金铨导演甚至想过这样一幕开场戏：一群被袁世凯关进大牢的死囚，各人各说一套，说自己如果侥幸不死，而又能重获自由的话，会在这世间做些什么？

坦白说，这是一个有如薄伽丘《十日谈》一般伟大的开场设计，具备了非常古典主义的情感，既吻合人性在被迫面对极端困境的时候所可能显现的珍贵价值，也足以暴露不同角色心理幽暗或光明的角落。胡导演接着还手舞足蹈地表示：第一个被指名就这题目表达愿望的人根本没说话，他把手臂一卷甩，四指压住袖口，唱了一段。藤井贤一迫不及待地追问：“他唱什么？”

胡导演答说：“不知道。”

胡导演一向如此。为了琢磨一个开篇的形式，可以捣鼓三年，但是还不一定有可以接得下去的故事。当年我们在编写《笑傲江湖》和《将邪神剑》的时候，他就是这样干的——我甚至认为他对于第一个登场的人物如何“起霸”的关心程度，远超过讲清楚一个完整的电影故事。像是死囚牢里各言尔志，其实原有所本。那是胡导演生平无数所谓的“没什么学问的小研究”之中的一环。他当时在美国加州帕萨迪纳，我们明明应该讨论的，是天下第一勇士庆忌如何被一个病夫要离刺杀，可是他却尽在想着另一面的处境：刺杀任务完成，行凶者逃逸，但是无辜而被捕的人该如何展现他们的惊恐、愤怒或者悲伤？

接着，胡导演说了“西湖牛肉”的故事。还特别强调：“不是台北金华小馆儿西湖牛肉羹那个西湖牛肉。”

是章士钊。

第十四话·西湖牛肉

“西湖道上卖牛肉”是章士钊的名言。说这话的时候，他二十三岁，正和他的弟弟章勤士、黄兴、张继、徐佛苏等人牵连在广西巡抚王之春遇刺的案件里，都关在大牢之中。众人侘傺无聊，各言尔志，章士钊的大志如此：“必设一牛肉店于杭州西湖道上，鬻食佐读，以终其身。”

但是，他日后干的事业远大于此。

一九三二年十月，陈独秀在上海成立了一个叫作“中国共产党左派反对党”的新党；顾名思义，这是和共产党中央表示分裂了。此时他已经被开除共产党党籍，所以，当国民政府控以“企图推翻政府，危害国家”的罪名时，采取的是正常、公开的司法程序，押送南京交付司法机关审判。可以想见：设若他当时尚未脱离共党，恐怕遭遇不测的机会还更大些。

这是陈独秀第五次被捕，较诸此前四次，前来声援、呼吁放人的各界名公钜卿更多，根据《南京档案》数据显示，联名具保的显要包括了蔡元培、胡适之、杨杏佛、柳亚子、林语堂等人，声势不可谓不壮。

然而“惜贤”“爱才”“为天下留一读书种子”这一类的话从清末开始说，所保全的政治异议分子也确乎不少，可是话一旦说到民国二十来年，力道冷了，国民政府高层从蒋介石以下都明白一个道理：死里逃生者多酿后患，非动重刑不能镇压。这是中共党魁交付普通法庭公审之首例，轰动一时。

历经三次审讯程序，主动挺身担任辩护律师的大律师，也是陈独秀的老友，举国闻名的教育家、媒体人章士钊采取了一个低空掠过的辩护战术，他表示：从言论尺度和具体行动上看，陈独秀并未叛国，而且对孙文所倡导的三民主义亦无反对，故请求法庭判处被告无罪。但是，在那气氛诡谲肃杀的法庭上，陈独秀最为人所记忆、传述的，是他当庭发表了与章士钊相参差的意见。

他表示：律师之辩护，是基于章士钊个人之观察与评论，全系其“个人”之意见，并未征求本人同意；至于本人之政治主张，亦不能以章律师之辩护为根据，而需以本人之文件为根据。陈独秀本人的立场很清楚：他承认反对国民政府，但是不承认危害民国。此语之犀利与深刻，在于一刀切开了党国体制和信仰。最直白、浅近的话通常也最有力气：“孙中山等曾推翻满清政府，又打倒北洋政府，若谓打倒政府就是危害国家，那么国民党岂非已叛国两次？”

陈独秀求仁而得仁，章士钊为陈独秀所作的抗辩无效。从寻常成败利钝的角度视之，两人在这一次的法庭上都是失败者，但是这失败却又映衬了更伟大的知见和坚持。这一案的辩状在当时即经《申报》《大公报》《国闻周报》等新闻纸报道、转载，后来又与陈独秀的自我辩护一同印刷刊行。在另一方，国民党中央日报副社长程沧波也发表了《今日中国之国家与政府——答陈独秀及章士钊》一文——值得注意的是：程沧波的反面文章发表的当天下午，陈独秀就被法庭判处十三年的重刑，罪名正是："以文字为叛国之宣传"。即使章士钊随后又发表了《国民党与国家》的文章，已然无助于客观真理之揭露。这一番驳火，堪称是民国成立以后，头一次在大众媒体上掀起"政府不等同于国家"的辩论。

此一举国瞩目的辩论显然为章士钊带来了莫大的冲击。他在陈独秀入狱一年以后，被推举为上海法学院院长，直到对日抗战军兴，仍然居住在上海租借区中，与国民政府渐行渐远，却因之而与唯一能在日本占领势力之下得以保留社会影响力的杜月笙越走越近。纵然侵华日寇之焰甚炽，他所关心向往的，并非如何在军事上制敌，却仍然是如何健全自己国家的政治伦理。

一场章士钊并未参与、结果也并未成功的政治暗杀，使得刚刚成立于一九〇四年八月的华兴会遭到破获。行刺案的凶手万福华显然是为了报复事主王之春（时任广西巡抚）在前一年的十月平定了广西柳直发动的一次革命党起义。王之春命大，逃过一劫，立刻辞官致仕，归隐于湖南衡阳，且在两年之后过世。

章士钊身陷囹圄四十天，除了留下“必设一牛肉店于杭州西湖道上”的尴尬豪语，还可能为他在革命议题上带来极深刻的反省。对于这一段历史，一般多盛称日后献身反袁、发起护国运动的蔡锷——正是蔡锷冒风雪奔赴泰兴，求得知县龙璋之奥援，由龙璋出面，向上海当局保证，才让黄兴、张继和章氏兄弟等人逃解牢狱之灾的。不过，章士钊从此放下极端暴力手段的革命路线，甚至坚决不参加任何政党，应与王之春案有关。

从某一方面来看，王之春和参与营救章士钊等人的龙璋一样，并不是市井传言之中那种袍袖龙钟、翘靴摇辫的蠹吏。他们和章士钊都是湖南同乡，虽然三个人并没有交集，但是王之春曾经在光绪二十一年（1895）出使俄国，归来之后，上了也堪称是“变法”的条陈，具体提出关于铁路、军制、变通科学、造就人才、筹款项、重工商、开矿务以及办交涉的主张；是首倡“华洋合办”的新派人物。他也曾参与、主导了和法国商订密约，与俄、德联手发动了一场国际干涉，阻断日本独占辽东半岛的阴谋。

王之春过世（1906）一年之后，龙璋也辞官归里，但仍以乡绅的身份，积极为兴办学堂、瓷业、轮汽船公司以及组织商会、农会而任事——说他是努力从实业上打造新中国则一点儿也不为过。

这三个互不相识的湖南老乡却围绕着一场行刺案，登上历史的舞台。一个是革命党人对立面的封疆大吏，一个是受牵连而心系革命的知识青年，一个是周旋于革命与反革命势力之间、具有进步思维的帝国官僚，他们之间的几个错身，并无一晤之缘，最后却具现于章士钊一人的觉悟和改变之上。

由于龙璋的援救而脱狱之后，章士钊随即潜往日本，还当选了留日湖南学生会职员长——这可能是他最后一个社团职务；主要的工作是反对日本藉辞取缔清朝留日学生的压迫行为。

同盟会就是在这一压迫的背景之下成立的。当时日本文部省颁布的《取缔清韩留日学生规则》，严密控管学生写信、发电文等对外联系，并规范留学生必须随时接受调查、限制住居；此举非但没有促成同盟会进一步的团结，反而导致乌合之众的潜质毕露，几乎酿成进一步的崩解。

此时，和章士钊共患难已久的狱友黄兴隶属于早先“华兴会”的派系，章太炎则属于以江浙人为骨干的“光复会”，孙文、胡汉民等广东同乡则是“兴中会”出身。各派之招兵买马也各有基于互相争胜的主题——此时，浙派的秋瑾、徐锡麟主张辍学回国立刻从事暴力革命；粤派的汪兆铭和胡汉民等主张先完成学业，徐图大成。

章太炎、孙毓筠是各派人马之中最积极争取章士钊入会的一方，这时没有人了解：章士钊对于“党”和“革命”这两件事有了根本异于从前的认知。与其说一场牢狱之灾使之畏怯，不如说是一桩行刺案的苦主和救脱牢笼的奥援使之醒觉。

满怀热忱的同盟会同志把章士钊软劫在新宿寓所的房间内，两日两夜不让其出门一步；甚至还许了他一个新媳妇儿——此事，后来居然成了。

清末流传的志士仁人故事里“割肉煎汤、和药以进”的段子不少，前撰《社会居然有教育》文中提到的伍博纯就是一个例子。伍博纯二十二岁那年病肺咯血，群医束手，他的妻子徐氏瞒着上下家人，默祷于天，割下一块手臂上的肉入药，让伍博纯喝，居然有奇效，将养半年多，也就痊愈了。此事在章士钊后来的老丈人——“清末四公子”之一的吴保初身上就不灵了。

吴保初的父亲吴长庆是李鸿章亲手培植的淮军将领，也是看在故人旧交的情面上，把袁世凯一路提拔到历史舞台上的人物。光绪壬午年（1882）朝鲜发生壬午兵变，当时在山东帮办军务的吴长庆奉命前去平定。在作战上，吴没有什么建树，却弄得积劳成疾，两年就过世了。重病期间，吴保初东渡渤海，有“刲膺肉以疗”的孝行传扬，事迹具载于章太炎所撰写的《清故刑部主事吴君墓表》。

吴保初也仅得中寿，四十四岁时中风不起，时在民国二年（1913），二次革命于匝月间起而复踬，大批反袁的党人亡命海外,章士钊和妻子吴弱男也相偕回到他们初晤之地——东京。

顺便在此岔一笔，旁叙另一关节：和章士钊、吴弱男二人错身而过的，正是先前提及的薄无鬼和他那号曰“我组”的同志。这一批被后来部分的史家称为“浪人”的人搭乘了同一艘客船，反向西渡，自东京来到天津，再转赴东北。这一批行踪神秘难测之人，极可能都以汉语“薄无鬼”、而日语实为“わし”发音的语词自称。所以，日方史料上称之为“我组”可能是对的。丁连山《归藏琐记·急进会》旁敲侧击的记载，无意间却支持了这一种关于薄无鬼身份的猜测：

> 斯人（按：指被张作霖以扰乱地方秩序之罪关押入狱的薄无鬼）疯了耶？未疯耶？实难蠡测。盖人心隔肚皮，况为非我族类之倭人哉？然亦有闻于市井之辈，谓彼党羽亦自称“倭”，皆穿绿色武士直裰，以为认记。

“急进会”是“奉天联合急进会”的简称，由行刺出洋五大臣的革命青年张榕所创立。张榕牺牲之后，急进会形势萎顿，而薄无鬼一行人原本就是要和新中国的这种激进势力相结合，用丁连山半生不熟的政治观察所得到的结论来看，庶几不算离谱：“（薄无鬼等人意图）藉由中国革命之迅速而彻底，谋求日本相应之再造。”换句话说：《归藏琐记》里的薄无鬼有两个不一定矛盾但是一定不一样的面目。他不只是要在中国的土地上宣示主权，也希望中国境内的极端革命力量能够为日本的政治体制带来巨大的裂变。

有趣的是丁连山的态度，一方面，他在《归藏琐记·薄无鬼》一则里将他描述成一个半疯半痴的浪人，另一方面，在《归藏琐记·急进会》的行文之中，似乎又暗示薄无鬼及“自称倭”的“党羽”有谋求“日本再造”的雄图远略。

殊不知，多年以后，藤井贤一却由于处理先人家业传承的文献之故，不意间取得了曾经收容过薄无鬼的川田医院病历资料，发现丁连山正是护送薄无鬼入院治疗“精神疾病”“胸骨断裂伤”的人。

宫宝森于拳术门户与丁连山号为“一表一里”，殊不知丁连山在与日本浪人的关系上本来就自有一表一里的两套。这还真应了章太炎说民国革命、各方势力危疑起伏的话：“湘浙粤桂，割据江湖，真深不可测！”

于是回头从章太炎说起。

先是，章太炎、孙毓筠和张继以近乎软禁的方式强逼章士钊加入同盟会的手段未遂，便想起了这位将门虎女吴弱男。吴弱男可能是中国最早一批留学日本的女性，负笈东瀛之时仅有十四岁，还因为不及龄而不能进入理想的学校，不得已求其次，进了当时也颇负盛名的青山女学，时为一九〇一年。

吴弱男初识章士钊则是在一九〇六年，以今日论之，也还未成年，但是已经能够“与孙逸仙先生上下议论，以为非男女平等自由，实行社会革命，不足征欧化”（吴相湘《民国百人传》）。以一未成年之少女，可以犀利地看出一个社会人心的发展脉络，这并不容易。吴弱男的论见要旨并不在“平等自由社会革命”这些“大字”；而是在为“征欧化”的前提立论——也就是说，她并不以为那些“大字”是外求于他国才能得到的，吾族吾民果欲并驾于泰西诸国之文明，必须先自发地追求那些基本的价值，“征欧化”却是下一步的事。

两年以后，章士钊还是没有加入同盟会，却已经带着新婚的妻子共赴英国留学——从某种心理层次来看，他和吴弱男简直像是逃亡一般地离开了日本。原因很简单：在一片废学救国声中，这一对夫妻都感到极大的困惑：那些宪政设计、内阁政治、制衡组织以及“犬牙交错，磐石之固”的律法节制，究竟是如何产生的？又是根据什么而运转的？这些问题，并非“平等自由社会革命”所能满足，一旦废学而成革命之功，所面对的，岂不仍旧是一片洪荒？

也就在这一段留英深造期间，章士钊从“杭州西湖道上卖牛肉”那种轻盈、潇洒而略带些天真的理想中超拔而出，面对严酷的现实，力主在多方征逐势利权柄的环境中打造真正能够从制度精神的层次从事对话和辩论的两党政治。

对于新中国长治久安之图的缔造，章士钊有过于一厢情愿的主张。在他的假想里，中国政坛也应该像英国交替执政的两党一样，虽然多数票决的选举能够更替政权，但是立法部门与行政部门沆瀣一气，便能有效地推动公共事务。而一旦去两千数百年帝制，基于推翻清朝前夕多方牵制的势力俱在，新成立的民国该如何图强（或如何从中图利）的看法和算计又太多，即以“党”之名目或形态存者更不再少，章士钊于是一方面以“听（按：即放任之意）反对党意见之流行”为“党德”之核心精神，一方面又倡议各党都要“毁党造党”；也就是透过议题深刻的辩论，把原先一党的主张和精神打消，融入异己，最后化纷纭众志成为一个“二元对立”的国家思维。

在当时，这吆喝比起卖牛肉来不知难了千万倍，因为听不懂的听不懂，听懂了的也得装不懂。

一九〇八年章士钊带着他意料之外的妻子吴弱男共赴英伦，在爱丁堡大学主修法律、政治和逻辑，其间并长期为北京的《帝国日报》撰写专栏，呼应当时国内各个不同党派与势力对于“立宪”这件事的求知期待；他介绍欧西各国政党政治的许多篇通讯文字，也成为当时革命党和立宪派规划新政时不至于向壁虚造、画饼充饥，可以勉为参考的佐券。

章士钊大约可以称得上是二十世纪初极活跃而负盛名的“海外学人”，深造同时也不期而然地为推翻一个腐败的王朝下了思想层次的指导棋，为时三载，直到武昌起义，他立刻束装返国——显然他仍然希望能以所学，有用于时。

然而，他太过天真而又太过执着于“议员当分两党、而亦仅分两党”的言论。对于共和初肇的民国来说，实在取法过高，取义过深，也取径过难。要让众口喧呶、莫衷一是的无数个党中有派，派下有系，系内还有你是我非、前因后故乃至于种种恩怨的圈子，通过公开辩论，整合成“二元对立”的两造，各造之内，但举其相侔主张之大端，而去其相异论旨之骈歧，共襄互助，以成最大公约数之共识，且只在公共社会思想之终极问题上与完全对立的敌党作义利之辩、君子之争，不仅不切实际，而且有一种虚浮、荒诞的理想主义色彩。

以宪法为前提，以国会为场域，才有所谓政党。放诸行宪的国度来看，这是基本常识，也是章士钊所斤斤坚执者。但是相对而言，民国前的同盟会、民元时的国民党，甚至民国三年的中华革命党，就怎么看都不堪、不配称为一个政党了。

就论理而言，发动革命之最激进而付出重大牺牲的主要势力，竟然不是一个它本身所一向宣称的政党，而是章士钊所谓的“徒党”“朋党”和“帮会”而已。此论在平时还可以付诸理性之商量，名实之析辩，但是在袁世凯操纵北洋军事力量以挟制清廷、裹胁革命的时机之下，就有迂阔不识时务的气味。

来自各方的强大压力不小，他旋即离开了归国之后一向栖倚谠论的《民立报》，愤切之语如此：“革命党贪天之功，于稍异己者妄挟一顺生逆死之见以倒行而逆施。”在民国元年九月二十二日创刊发行《独立周报》（*The Independent*），自命“司佩铁特”（the Spectator）——也就是今日俗称的“观察家”——目的还是振作一泯除党见的论证方式，要从言论界竖立典范。

章士钊与民党的合作与决裂都是理念离合的问题，至少在章而言，没有因个人出处而纵意使气的成分，然而从见解之益形孤立，使他不得不独树一帜的整体形势看去，越是坚持“以学理入时局”的路线，他就越不能得到同声相应、同气相求的“道侣”——甚至“对手”。

二次革命失败之后，章士钊再度流亡日本所创办的《甲寅杂志》（*The Tiger*）于民国三年（1914）在东京发行月刊，一总只有十期，却曾经有效地召集了许多党派、立场、见解与之多异而少同的一时俊彦；像是和他一再公开辩论的吴稚晖，或是对于政体和文体的意见完全南辕北辙的陈独秀，也都是此刊作者。可是章士钊越是发行传播媒体，就越孤立了自己。

在这里，我们先看一首白居易的《云居寺孤桐》：“一株青玉立，千叶绿云委。亭亭五丈余，高意犹未已。山僧年九十，清静老不死。自云手种时，一棵青桐子。直从萌芽拔，高自毫末始。四面无附枝，中心有通理。寄言立身者，孤直当如此。”

这一首诗充分显示了章士钊的心境和处境。多年以后（1925—1927），《甲寅》在北京以周刊形式卷土重来，一共发行了四十五期，章士钊的笔名就成了“孤桐”。

革命之不行，退而求其次，便是问学与议论；这是章士钊生命的主轴。《甲寅杂志》首度发刊期间，他不断以正本清源的视野，试图就欧西与中国之孰能孰不能，何以能而何以不能，运用对比生活与历史渊源的方式来思索：如何调和中西立国的异同，让《甲寅》成为当时中国摸索宪政与民权的教科书。他评议梁启超的国体论、严几道翻译的民约论，在重大时政和论潮变迁之际，就“帝政”“共和”“复辟”

甚而“联邦”等题目，申以己意，发表独异于众口的意见。

一九一七年，《甲寅》在北京有过一次短暂的复刊，改为日报；又因段祺瑞之专政而匆匆收拾。此后便又陷入了颠沛流离、阢陧不安。他赴日、居沪、再次游欧，还一度代表南方政府参与南北议和。可是，一个思想上前所未及而意义重大的新疑惑出现了：在这个文明进程的当下，居然如此喧嚣，中国适合引进代议政治吗？

一九二一年二月，章士钊第二次访问欧洲，见到了农业经济学家潘悌（Arthur Joseph Penty）、剧作家萧伯纳（George Bernard Shaw），以及科幻小说之父威尔斯（Herbert George Wells）——他们都是费边社（Fabian Society）的成员，都对中国有相当热烈的兴趣及程度上的好感。威尔斯甚至告诉章士钊：中国的科举取士制度极佳，他计划要将之载明于所著之《世界史纲》（*The Outline of History*）。潘悌也认为中国旧有之“七十二行”若是掺合了经他改倡之英国“基尔特制度”（也就是在工会基础上组织产销联合会，以改善劳动人口的利益），非但能在“农为政本”的中国大放异彩，还足以回头促使西方获得启发性的反思。

在国内乌烟瘴气的权势攘夺战争之外万里之遥，听见一群社会思想菁英称许令人灰心失望的中国，不能不说是一大振奋。章士钊甚而以为他找到了解开“为什么欧西能、中国不能”的钥匙——中国之不可移植西方代议制民主，乃是由于以农业国而运用工业国之法制，这本是“剿袭”，今后必须将这样的滥政“悉行罢去”，而“德行政事”应回归“农国所需”才是。

章士钊于回国（1922 年 11 月）后接任北京政府任命的农业大学校长，这一步比“毁党造党”走得更险；人们不容易看出他只是想要避免工业国家所面临和苦恼的劳资冲突、贫富差距，以及恢复固有的、“节俭止争”这一类的道德。他的呼吁倒像是于袁氏称帝倒台之后六年，再一次唤起“帝国”的幽灵。一次大战之后英国（乃至欧洲）的另类思想家所启发于他的，竟是“西方的没落”——这还是他所推崇的斯宾格勒（Oswald Spengler）的著作。章士钊如此说：“以愚所知，今欧洲明哲之士，扬榷群制，思古之情，辄见乎词。如德之斯宾格勒，英之潘悌，其尤著也。”

“费边社”终于没有在中国出现，不只是因为章士钊在思想问题上“独学而无友”，更是因为他不只要议论，还要立即实践。这和迅速发展工业的整体国家需求、风尚和理想恰相悖反。

北伐成功之后，他再度被通缉，遂于一九二八年底三度赴欧，有《伦敦郊居寄人》诗，益可见孤桐之萧索：

廿载天涯去后还（自注：丁未首到此邦，屈指已廿载矣），郊园小小足舒颜。野眠独息怜幽草，晓坐枯眉润远山。忧国不弹无益泪，读书宁为有心闲，来禽怪少门前客，侧目窗棂代款关。

“款关”，叩关也。一只万里他乡之外偶尔窥看门户的禽鸟，像是要来访的模样——不，不是来访，只是给了孤桐一记冷眼。一如数十年来他的同志、国人所给他的一般。一切似乎都是因为他走得太远了，他早就忘了在杭州西湖道上卖牛肉的渴望；起码，那样的生涯还算是务实的。

第十五话·南国之冬

在我禁忍不住的创作冲动里，一只缓步在白漆窗棂上剥啄来去的禽鸟开启了远道专程而来的藤井贤一所交付的任务。这是（在我的想象中）胡金铨导演那部始终没有开拍的片子的第一个镜头。

这只鸟，应该是当时北京常见的冬候鸟，灰鹤或者太平鸟。春天里飞南去了，到了初秋时节又飞了回来。也可以这么说：我把章士钊在伦敦客寓之所偶然惊见的那只禽鸟借了来，放在时间相当接近的另一天涯、另一窗外。

鸟儿短暂停留的窗棂是北京协和医院的病房外侧，病房里，坐着一个神情欢快、正在写信的半老之人，离他自己所预期的“可活到八十岁”还有漫长的二十六年。他写道：

大孩子、小孩子们，贺寿的电报接到了。你们猜我在哪里接到？乃在协和医院304号房。你们猜我现在干甚么？刚刚被医生灌了一杯蓖麻油，禁止吃晚饭。活到五十四岁，儿孙满前，过生日要捱饿，你们说可笑不可笑？你看公公不听话不乖，过生日还要吃泻油，不许吃东西呢！

第一场戏也就结束在这一个简短的家常话上。我们还不知道：他就是梁启超。这是民国十六年，公元一九二七年，梁启超毕竟还只剩下两年残余的生命。

“为什么是梁启超？”

藤井贤一非常不解。在他心目中，胡导演对于近代史上多少伟大的人物和事件也许都不愿意放过，但是从袁世凯窃国自专出发，无论是以革命、牺牲、权谋、暗杀、战争为背景号召，或是以民主、教育、文明、和平、宽容为主题价值，说得大一些、宽一些，这是亚洲第一个民主共和政权的蹒跚学步时期，多少从微末以至于洪荒的深刻变动正在发生，以建构新生命、新社会、新世界、新国家……为规模的故事，为什么会落在这样一个人物的身上？

藤井贤一显然在与胡导演交往商酌的过程中听到了不少他似乎觉得有趣、但是未必能拍摄成电影的故事。比方说：戊戌年百日维新，变法失败，康、梁师徒仓皇去国，来到日本，那是一八九八年九月，传说明治天皇还曾经予以亲切的招待。到了十月间，由旅日华侨筹资附股兴办的《清议报》就热烈刊行。为了能够推销这一份旬刊，梁氏甚至还在上海设立了一家名为广智的书局。此报共出刊一百期，至辛丑（1901）年停刊，清政府虽然屡欲禁止其发行，可是往往越禁声势反而越大，即使藤井贤一这样一个东洋人，都还能朗朗上口地背诵这两句：

我支那四万万同胞之国民，当共鉴之。

然而他还是满面狐疑地再问了一次："为什么是梁启超？"

"你知道梁启超的死因可能是一次医疗疏失的后遗症吗？"

他摇了摇头，可是随即微微皱眉苦笑，那纠结的表情，仿佛明白了我的用意——因为胡导演遽尔过世，也是在一次极为平常的心脏绕道手术之后。据说手术成功，而手术完成了，人却一直未曾清醒过来。

"胡导演经常说袁世凯，也说过秋瑾、吕公望、熊成基，更多提起的还有周作人，最喜欢谈的却是老舍；但是他从来没有提过梁启超。"藤井贤一头一次流露出非常为难的神色，他不断咂巴着嘴，腮帮子也由于大牙一下又一下地紧咬，而鼓动起结实的筋肉。我猜想：怕不是因为他家里也开过医院、而对于电影故事所可能涉及的医疗纠纷而觉得不安了。

"藤井先生，"我刻意放缓了语速，希望他不至于有一言一字的误会："坦白说，我对原本胡导演想拍什么故事，是一点兴趣也没有的。至于你和他有些什么约定或者是承诺，也不干我的事。我呢，也不想浪费你的还有我自己的时间。不过，如果你这么辛辛苦苦来一趟，觉得是想完成一个可以纪念胡导演的电影故事，也许还可以反映出一种历史情怀之类的东西，我也只能从这个题材、这个角度说起。"

"可是，为什么是梁启超？"他问了第三次。

我没有直接回答他，是因为我更想迫使他吐露或者暴露另一面的隐衷：他再三希望我从丁连山和薄无鬼亦敌亦友、又或是化敌为友的关系上去作文章、编故事，总有一种重新鼓吹大东亚共荣圈的隐喻企图。

"那么你也说说看——"我说，"为什么是薄无鬼？为什么是'わし'？过去这么些年，我可从来没有听胡导演对他、对丁连山、甚至对'伪满洲国'的材料那样有兴趣过。在我看来，与其说你要完成一部胡导演悬念已久、却始终没有完成的作品，倒不如说是你要藉由他的名义，投资拍摄一部重新翻转历史、重新解释清国和日本关系的电影。而且呢，这故事由日本人来写不稀奇，倒是扛着老胡的旗号，噱头就不小了。"

我这么说着的同时，心里反复往深处想去：或者，"わし”是确实存在的。“我组”，在汉语谐音“我族”，顾名思义，就是一个“在日本发起，吸收日、清两国人民，宣示友好、和平且互助如同族的组织”。这个“组”或者“族”，是如何以想象的形式存在的呢？就让我先吐露一个关于梁启超其人其事的小小段落，作为我如此设问的夹注好了：

戊戌变法维新百又二日，以慈禧策动的政变而失败，六君子未经审判而遭屠杀，康、梁先后出奔。梁启超和谭嗣同意气相约，两人以“赵氏孤儿”故事中的程婴与公孙杵臼相期自诩，一生一死而已。

至于为什么是梁生而谭死，据陈敬第（叔通）所撰之《戊戌回忆》声称：谭嗣同之非死不可，是为了不愿意拖累老父谭继洵。其决心之切、用谋之深，甚至到闭门三天、假造乃父痛斥儿子的书信多封的地步。此举果然奏效，当局日后果然相信谭继洵没有附随其子、支持维新路线的居心。

也就在北京大肆搜捕康、梁逆党的同时，梁启超于八月六日进入日本使馆，暂得托庇。当时日本驻清公使林权助记载了当日的情形。彼时，正在北京访问的伊藤博文见到了仓皇出奔的梁启超之后，说：“这是做了好事，救他吧！而且让他逃到日本去吧！到了日本，我帮助他。梁这个青年，对于中国，是珍贵的灵魂啊！”

梁启超抵日之前，还有漫长而惊险的旅程。原来，当他匆促逃奔天津的时候，才下火车，就被认识的人发现，甚至一路紧盯，直到子夜时分，已经登上快马小汽船，准备登上日本兵舰之际，还遭到清廷的兵轮阻挡，以至于登船查察。领兵前来盘问的是候补道王修植，既是荣禄的亲信，也是梁启超的故人。荣禄会派遣这样一个人追捕逃亡，显然另有算计；其中不可告人而也瞒不过人的，当然是首鼠两端、市恩取媚的手段。

梁启超对于日本政客的救命之恩的感激之情，则充分腾跃于他的一首杂言古诗《去国行》里："……东方古称君子国，尔来封狼逐逐，磨齿瞰西北，唇齿患难尤相通。大陆山河若破碎，巢覆完卵难为功。我来欲作秦廷七日哭，大邦犹幸非宋聋……"这几句诗写得哀痛！除了以申包胥自况，当然不免有藉助日本军事力量推翻满清的用心。而于感谢日本国的接纳和保护之外，他还明白点出：中日两国更应该携手协心，共同防患。然而患从何来？不消说，正是诗中描述的"磨齿瞰西北"——从日本与中国并肩同契的角度看过去，西北恰是俄国。

虽然《去国行》写来豪壮痛快，然而日本军部对于康、梁的主张、地位和价值，却与伊藤博文南辕北辙。军部原本欲与清廷、甚至袁世凯本人密切交好，所以一时之间尚有“引渡叛逃罪犯回国”之议。的确也就在这样尴尬的国际气氛之中，康有为领了九千元“程仪”，辗转出奔加拿大。

康、梁殊途而不归则自此始。梁与孙中山、陈少白过从渐密，而从立宪论转倾于革命论，亦自此始。是后，便展开了他益发激进的《清议报》生涯。换言之：汲引“东方古称君子国”之人以为同志的愿望似乎在几个月之间就破灭了，“我组”所含括者，应该还是“封狼逐逐，磨齿瞰西北”的东洋扶桑族类。

质言之：从梁启超短暂的希望和巨大的失落感上看去，我敢说藤井贤一的“我组”神话和伊藤博文口中的“珍贵的灵魂”恐怕是一样的口惠罢了。不过，我当下和藤井贤一说的还不只这些，还要多一点——

“你要知道：丁连山没有杀掉薄无鬼，反而送他进了医院，那并不意味着他们是‘わし’的同志。”我提高嗓门儿说，“可能只是在出手的那一瞬间，丁连山失去了报复的兴趣。”

或者是——就在即将攫杀“我组”特务薄无鬼的那一瞬间，丁连山倏忽转念，预见了尔后数十年岁月之间，他——作为一个不能再见天日的流亡者，一个“里子”，一个终其一生与人无所涉、与世无所争，不徒隐姓埋名，亦且远走高飞的汉子，不论日后过得是什么样的日子，至少不再流连、耽溺或束缚于前半生般般种种的是非恩怨之中，逐漩涡而陷溺。这，是多么自在、痛快、又多么疯狂的一件事！

即此一念可及，则面前这个画地圈国的痴呆人，岂不是为他带来新面目、新骨血、新生涯的人了吗？丁连山忽然下不了手，却又意识到不能不下手；果若不下手、又要看起来下了手，则……无怪乎《归藏琐记》之中，尽管有许多篇章都写得枝叶纷披、泥尘扑掩，但是偏偏这一段："刻直趋通衢，攫薄无鬼襟而掌杀之！"却如此简略。

因为丁连山不但没有剪锄这个侵门踏户的"倭"，他甚至还趁着远走高飞之际，辗转将薄无鬼送进关内，送进京师的川田医院，还特别嘱咐院方：病患所需诊治的包括"精神疾病"以及"胸骨断裂伤"。

"你不相信有一个'わし'？"藤井贤一看起来相当疲惫，脸上居然浮现了许多先前我全然未曾察觉到的细小皱纹。他顿了一下，从上衣内袋里掏出那个我曾经匆匆看过一回的仿毛泰纸洒金笺，连信封带信纸。他好像并没有意思再让我看，只是带着非常失望的惆怅神情，抽出折了两折的纸方，再看了一眼，说："太可惜了，胡导演并没有不信啊！"

就在这个刹那间，我注意到信封背面有几个小字，毋庸置疑，那是胡导演亲笔的字迹，介乎碑书和楷书之间、扁扁方方的字型，永远是深蓝色帕克墨水，带着相当有年月感的气息——真会让人感觉：连他写的字都是穿古装的。

“我可以看一眼么？”我指了指那信封。

藤井贤一丝毫没犹豫，将信封递过来，背面四个小字是“南国之冬”。

“他跟你说了是什么意思吗？”我问。

“不知道，也许就是临时想到的一句话吧？所以我想啊，会不会是《护国记》这个名字又觉得不好了不要了……”他想说什么，可是一个字也没说，大约是觉得跟我已经没有什么可谈的了，于是又沉吟片刻，才清了清嗓子，道：“你还没有告诉我——”

“为什么是梁启超？”我说，“是啊，你一定会觉得奇怪，胡导演生前怎么可能知道：他也会像梁启超一样倒霉，是吗？”

我凝视着“南国之冬”四个字，想起香港一位老中医唐天如的轶事。

从家世、背景上看，唐天如和梁启超相当接近。他们都是广东新会人，梁乃光绪十五年乡试第九名举人，唐则是光绪二十九年乡试获隽。如果是在一个稳定的旧社会，此二公或将不做他想，一意向功名路上翻腾，如果没有特别的际遇而发达，也就是官袍微薄赋微酸，碌碌一生，数十载身系乡绅之流罢了。偏偏这是一个变动极为剧烈的时代，梁启超中举的时候，张之洞官居两广总督，便顺理成章是香帅门生了。两年后拜入同样是举人的康南海门下，更成为维新一派的领军人物。唐天如则受困于科举之废，簪缨无望，改行投医。他人所未及料者，他也成了岐黄之术的翘楚。

天如，名恩溥，民国后有一段短时期曾经在吴佩孚幕中担任秘书处处长，北地各路军阀日迈月征，时时发动不义之战、闹得一片焦土的时候，唐天如就悄然离开得更远一些，渡海来到了香港。一九二九年梁启超入院开刀，术后未见好转，唐天如还风尘仆仆、专程北上，为梁启超把脉处方，居然在不干犯西医的一切作为之下，改善了梁启超的病体。

由于梁、唐既是同乡，且为老友，经常一见面就说起家乡话，有时遇见不方便旁人与闻的话题，也很习惯了用新会话交谈。唐天如好诗、喜书画，常有以字画为礼敬，权充诊金的，唐天如也不在意。他和梁启超一见面，往往闲话还没说上几句，两人便很自然地口操乡音，吟咏起来。

有一天晨雨初收，尘埃尽落，是北京冬季难得的飒爽天气。梁启超验血完毕，才回到病房，时已傍午，唐天如就来访了，梁启超看见故人，尚未及寒暄，忽然冒出一句；“雨晴山有态。”

唐天如立时答道：“日暖地无尘。”

梁启超接着继续吟出：“南国冬如旧？”

唐天如依然毫不迟疑：“西江月不新。”

梁启超所谓的“南国”可以指新会家乡，也可以指客寓香港，但是唐天如之于香港的心境，情同远戍之流人、飘零的过客，所以还是把梁氏出句刻意说朦胧的地点挑明了，用“西江”表示了新会所在之地。至于“月不新”，用意用语都活泼，转个弯就更能理解：月亮还是那一个月亮，但是人似乎总不在家，总在异乡看月。

梁启超这时犹豫了一下，才跟着从人物托住句意：“霜心惊岁晚。”

唐天如仍然一应声，接住了：“远志忆家亲。”

梁启超笑谓：“还是舍不得你的药材啊！”他笑的是句中用上的“远志”虽然切对，然而毕竟像是故意逗趣。

唐天如这时昂声说：“你的‘霜心’，不也是戴顶子忧时忧民口吻？医人医国，我们算同行。末一联我作出句，你来落句罢——寥落京华道！”

雨晴山有态，日暖地无尘。南国冬如旧，西江月不新。霜心惊岁晚，远志忆家亲。寥落京华道，知音能几人？

梁启超故去之后，唐天如每每倩人作书，无论是中堂、楹联、雅室小对，不外就是这首诗的前三联。写得好的，还专送各色补品药材。他留下的名言是：莫恨南国无冬，可深哀者，人去海空。新会，似乎就是在那个年头里开始寥落起来的。

我原本是不怎么欣赏梁启超的。那时我还年轻，读到教科书上他的文章，总觉得文句冗长，赘语连绵，一个道理反复陈说，引人瞌睡，说什么“笔锋常带感情”，我却着实体会不出。加之以年事稍长时，读了刘成禺的《洪宪纪事诗百首》，说梁启超“默观世事，一生凡四变”，从立宪、革命、俄式专制，乃至于民主社会主义，其随世局人情之流转而著书立说，言之滔滔，信者凿凿。然而，岁月既迁，时移事往，梁氏“不惜以今日之我攻（战）昨日之我”，几无可辨之信仰。遂有：“要问任公的主张如何，必先确定其究为那一时期的梁任公。”（毛以亨撰《梁启超》）这就有些“以不试之学，骤出为政，其费人者，岂特医之比乎？”（苏轼《墨宝堂记》）感觉上是把人民当作知识和学问的试验品了。

不过，梁氏从一九二六年罹患小便出血症之后的四年期间，也是他人生之中做学问最辛苦又进境最缓慢的一段时间。抗病期间，他自信而乐观，尽量对家人报喜不报忧，以免为子女、甚至孙辈带来忧劳，恰可以看出斯人的醇厚与笃实，那是学养，也是人格。

五十三岁的梁启超原本身体一向健朗，据推测，其为尿血症所困，多基于讲学和各处之演讲活动殊为繁剧，以及他的妻子李氏罹患乳癌、乃至于过世，故而梁启超受到的牵累也不少。他原本在一德国医院接受检查，由于始终不能检出病原，遂转入协和医院复检，不久即得知其右肾有黑点；且血由右方出，即断定右肾为小便出血之原因。根据他的弟弟梁启勋所撰之《病房日记》云："任公向来笃信科学，其治学之道，亦无不以科学方法从事研究，故对西洋医学向极笃信，毅然一任协和处置。"

殊不料，虽然遵医嘱割去了右肾，梁启超的尿血症并未痊可，"稍用心（动脑筋、用思虑）即复发，不用心时便血亦稍减"。当时有打血针的疗法，应该就是指输血，每月一次。也由于经常复发的缘故，梁启超的中医好友唐天如还亲自从香港兼程来北京，为他处方供药，据他亲笔给孩子们写的信说："天如之方，以黄连、玉桂、阿胶三药为主。""近闻有别位名医说：'能将黄连和玉桂合在一方，其人必为名医云云。'"

然而，尿血症顶多只能是药到症缓，而始终没能根治。多年后有一个流传广远的说法，提及协和医院那一次动手术时出了差错，据说，昔年参与梁启超手术的一位实习生回忆：梁启超进了手术室之后，值班护士用碘酒在梁的肚皮上标错了下刀的位置，操刀的医生姓刘，还是一位高学历的名医，却以疏忽之故，未核对病人 X 光片就进行了手术。手术干净利落，切除的却是没病的肾囊。

另外还有一个传闻，也并不见诸当日，而是数十年后忽然哄传起来的谣诼，说是梁启超早在开始尿血的时候，就已经罹患了恶性肿瘤，所以错割肾囊与否似乎不是什么了不得的错误，也正因癌变随身，开了刀之后，尿血的情形一直未曾改善，却也不是说不过去的，如此，协和医院又在多年之后得到了一重开脱。

手术是在一九二八年三月十六日，梁启超开刀的时候，其子梁思成和媳妇林徽因正在欧洲度蜜月。为了让一对新人能够放心，梁启超在四月二十六日的信中还说，手术后的身体"健康大有进步"，给他的大女儿令娴的信上则写道：

我受术后第四天，便胃口如常。中间因医生未得病原，种种试验，曾经有一个礼拜，不给我肉品吃，饿得我像五台山上的鲁智深，天天向医生哀求开荤，出院后便不容说了。总而言之，受术后十天，早已和无病人一样。

手术房里是否有什么差错或失误，梁启超自己身体的感受是最清楚的。他不会不明白便中之血的流量，以及是否积劳而导致疾病加剧的程度。然而，除了基于不让家人担忧之外，他还有一顾虑：他不希望个人所遭受的痛苦在诉诸公论之后，得到的只是丝毫无益于科学研究的指摘报复而已。他亲自在家信中说明他的看法：

近来因我的病，惹得许多议论，北京报纸有好几家都攻击协和。我有一篇短文在《晨报副刊》发表，带半辩护性质，量来已看见了。总对这次手术其实可以不必用，好在用了之后身子没有丝毫吃亏，只算费几百块钱，捱十来天痛苦，换得个安心。是否一定要割，这是医学上的问题，我们门外汉无从判断。据当时的诊查结果，罪在右肾，断无可疑。

他还说："我们不能因为现代人科学智识还幼稚，便根本怀疑到科学这样东西。"

然而，就在手术后半年，他的病势愈发沉重，小便阻塞，寒热交作，其枯槁，已经到了连大夫都不敢处方的地步。一九三〇年一月十九日，终告不治。遗嘱有云："把尸身剖验，务求病原之所在，以供医学界之参考。"在这一点上，梁家子孙并没有遵从遗命。

梁启超的伟大，是从这样的一场极端折磨人的恶疾上绽放出来的。他守护家人，回护医者，维护科学，以一微躯挡病魔、挡舆论、挡一切对求知求真求明白之阻碍，其号任公，斯人果尔大公。

"这怎么会是一部电影可以说的故事呢？"藤井贤一说。

"你可能还不知道一点。"我笑了，笑就是卖关子的意思，笑一阵，他得等一阵。然后不知过了多久，我才说："南国之冬，可能是胡导演特意提醒我的一个名字。"

那是我和藤井贤一说的最后一句话。我没有告诉他我那闷葫芦里卖的什么药，我宁可那只是出乎我大胆臆测、甚或妄想的一个诠释。就南方土生土长、几乎不经寒霜冻雪的人来说，为生计、为功名、为理想、为可以拼搏的一切而离开了没冬季的地方，所以，南国无冬恰是南国无人过冬。而胡导演是道地道地的北京人；在他生前，却也在一九五〇年流落到香港，与唐天如有近十年之交游。他亲眼看过一位老太太写了一对五言联，属名“璇珊女史”，上款题“天如先生正”，内容就是“雨晴山有态，日暖地无尘”。

我问过他：“难道没有人写‘南国冬如旧，西江月不新’吗？”

他笑着摇了摇头，看来就像个到哪儿都一样乐的异乡人。

□

梁启超与唐天如的淡淡之交大约在北京协和医院一九二九年动的那一次谜一般的手术之后，又持续了不到半年。若非胡导演对“璇珊女史”四字落款情有独钟，一个思想家、革命者暨报人、教育家这样一个不寻常的人物大概也不会暴露出他和一位从大历史的角度看来默默无闻的医者交游的侧面。可是，胡导演多年前提起那一对“雨晴山有态，日暖地无尘”的书法作品的时候，他更有兴趣的似乎是“璇珊女史”其人。却也因为这样落款荒唐可笑，所谓的

“作品”，居然还流传了下来（编者按：直到2019年秋季，还可以在书法艺术网站上搜寻到这副对联的形迹），据胡导演推测：璇珊女史可能就是一个寻常的病人，或者是病患家属，由于付不出诊金，唐天如便通融行事，让对方写下那一日他在协和医院和梁启超对句成诗的首联。再进一步看：此纸当书于唐天如南返香港之后，甚至可能恰在梁启超过世之后未几。

“有什么人会给人写了一张字之后落款自称‘女史’的呢？”胡导演说起来每每忍俊不禁，大笑一阵之后接着说：“这就好比你给我写信，署名却写‘大春先生’一样。”

之后不久，胡导演就送了我一本字帖，还说：“款落不好，一写字就是闹笑话。这在民国那年月的事儿可多了去了——可惜有这么一个写字落款、丢人现眼的故事，不能拍，拍不出来——！人世间真正荒唐的事，太细太碎太曲折隐蔽没有形象，往往拍不出来。”

可是听他说，却有滋有味。

第十六话·龙意茫然

鲁迅曾经在一篇文章里带过一笔，大意是说：举凡大流氓、大财主、大军阀活到了晚年，都会变得慈眉善目起来。寥寥数语，斫破恕道，极为犀利。这冷眼所及，让那些未老之前沾上乱臣贼子眉目的人很难翻身。活了九十一岁，在台湾以“总统府资政”的“名爵”寿终正寝的赵恒惕（一作恳）当可作如是观。

赵恒惕是晚清留日士官生，属陆军士官学校第六期炮科，同盟会元老，也是蔡锷的学弟，和阎锡山、唐继尧、李烈钧、程潜、李根源等一时人物都是同期同学。他在一九〇九年回国，到广西追随蔡锷开办陆军小学堂，为中国现代化的陆军播种育苗。这一批初出茅庐的军事干部，在推翻满清这样一份大事业的拓展上，要比许多革命党人看得更远、走得更踏实。如果就建立民国的方略看来，留日青年士官生倒是比较接近同时期出身光复会的吕公望，他们都坚决相信：不渗透、占有、控制乃至建立军队，则民主共和无可期。

虽然立足广西，但是和出身山西的阎锡山、出身江西的李烈钧、出身云南的唐继尧没有什么两样，谁不想衣锦于乡梓之邦呢？在那些年轻的湖南籍军人的心目之中，也无不有立马三湘、共家乡子弟奠功立业之思。日后蔡锷以云南之护国军讨袁而振百年声誉，也的确情非得已。如果假之以一旅之众，开府湖南而张其旗鼓，蔡锷的确犯不着在枪林弹雨中时刻待援而日夕不至，滞留于唐继尧的征川前线活受罪。

宣统二年（1910）十月间，出身湖南善化的沈秉堃由藩台擢升为广西巡抚，未期年而武昌首义爆发，沈秉堃在藩司王芝祥与提督陆荣廷的劝诱与裹胁之下，起而支持革命，宣布广西独立。在这个时刻，首先拥兵响应的就是赵恒惕。他亲率所部新军，驰援武汉，这里面不是没有道经湖南以骄其父老的意思。

此后多年，无论是在军事化的政治或是政治化的军事之路上，赵恒惕始终没有什么大作为。放眼彼时豪杰，与他年齿相近的真是不少。李根源出生于一八七九年，比他大一岁；谭延闿与他同龄，都是一八八〇年生人，蔡锷、程潜还比他小两岁，唐继尧、阎锡山则比他小三岁，但是一旦把赵恒惕放在“同学少年多不贱”的行伍之中，他就是黯淡。

在跟从谭延闿参加二次革命的时候，他被狡诈多术的汤芗铭俘虏，声名大败。汤芗铭一介臧仓小人，曾经于加入同盟会后翻悔，在巴黎旅馆中窃取孙中山皮包中的党人名册，向当时驻法公使孙宝琦自首求赎，为孙宝琦斥回，成为天下笑柄。赵恒惕俯伏于这样一个人手下，其侘傺可知。后来还是经由黎元洪和蔡锷具保，袁世凯才放了他一条生路。

真正令湖南父老望风慕义、箪食壶浆以迎之的事只不过一弹指顷。一九二〇年，北洋出身的段（皖）系军头张敬尧挥军入湘，由段祺瑞授命为湖南督军及省长，谋事治军皆极败坏，湖南父老在压迫宰制之下倾力抗争——这当然另有背景；显然，“湘人治湘”的呼吁不只针对“杀人王”张敬尧，也是一向有“粤人治粤”“赣人治赣”“鄂人治鄂”这一类地方自治呼吁的一个响应。

这不只是地方父老藉以驱逐非在地军事领袖的口号，也是数十年来时隐时起之“联省自治论”的再一次抬头。地方士绅于袖手当局、暌违大势之际，索性缩节其抱负、简约其视野，从精神胜利的角度理解，也就看似像是在伸张一地方、众父老、诸子弟的气格了。

正当此际，赵恒惕提一旅之师，在谭延闿的授意之下，再度挥军入湘，一举赶走了设防不及的张敬尧，成了彼时湖南乡亲的救星，却为时短暂。

“驱张”是一桩大事，谭延闿藉此而得以重任湖南督军，再握虎符，赵恒惕居功不小。然而他看得出来，谭延闿真正的敌手，还是他们共同的老同学：程潜。

程潜非但也是留日士官生，与谭、赵同窗，他早年还是岳麓书院的高材生，新旧学养俱佳，排奡孤介，自视甚高，而性躁易怒，与人凡有纤介之不合，往往寖成芥蒂。民初之“二次革命”以迄于首度（民国七年）北伐，程潜全靠着这股一意孤行的气魄、格调统领军队，从北洋军脚下夺回岳阳的一役之前，相传有以“臂缠白布警语以自誓”的豪举，其词曰：“夺得岳阳，湖南必生；不夺岳阳，湖南必死。敌人胜我，则中国亡；我胜敌人，则中国存！”

程潜在一九一九年为谭延闿逐出湖南，以免分庭抗礼。他手下倚如左右、亲如股肱的大将——叫李仲麟的——却留了下来。史无明文，这一留是不是保存耳目，但是李仲麟的日子显然不好过，他人的部队闹饷哗变，他得去收拾，收拾不成，便见疑于主司，成了共犯。这是一九二〇年底的事。

谭延闿毕竟沉得住气，他引咎辞职，却让赵恒惕代有其位，收拾这很容易得罪人的残局。而李仲麟却犯了轻敌自大的毛病，没想到赵恒惕以“驱张”之功代谭而奄有“湘军总司令”之职，正在炙手可热之际，一纸令下，便枪杀了李仲麟，居然悬首示众，让地方父老为之一愣。

杀李仲麟还有个“弭平兵变”的名目；接下来杀黄爱和

庞人铨、剿灭“湖南劳工会”，便引起了轩然大波。

“湖南劳工会”是一个早在前一年十二月就成立的知识青年劳工组织，原本是一群身无长物的青年人，自掏腰包，以七元八角的总资本，印制了一份传单，说明其宗旨：“维护劳工利益，促成国家统一，维持民族尊严”，都是空疏无害的大纲领，以一个小小的“华实纱厂”工会为基础，扩大招募会员，不料在短短的半年之中，迅速扩大，收编了电灯厂、炼铅厂、造币厂、兵工厂、印刷厂等数千名工人入会。

这还不算，到了民国十年（1921）中，又结合车业、成衣业、木作业、笔业、刺绣业以及铁路、码头、采矿业等工会，吸收了大约三万多人。终于在同年五月，华实纱厂工人要求增加工资的一次罢工之中，当局首度逮捕了“为首滋事”的黄爱；事后虽然经各方争取，要将黄爱释放，黄爱却不肯出狱，以绝食进行更大的抗争。

此事再迁延到第二年的秋天，厂方和军方联手宣布戒严断绝工人和外界的联系，最后杀了黄爱和庞人铨。民国史上第一个斩杀劳工领袖的屠夫，即是赵恒惕。而黄、庞的罪名，居然是“宣传无政府主义”“勾结土匪”和“图谋不轨”——其中没有一项是事实。

黄爱和庞人铨是怎样的人呢？李少陵的《骈庐杂忆》

如此写道："黄爱是湖南常德人，死时年仅二十四岁。庞人铨是湖南湘潭人，死时年仅二十三岁。他们二人，不仅品德好、学问好，而且是中国传统的老好人：态度端祥，性情和善，行动更是彬彬有礼，从无半点粗暴横蛮习气，我们常戏呼黄爱是'黄大姐'，他看见生朋友和女人，便要脸红。如果说这样的人会勾结土匪，真是黑天冤枉。"

从一九二二年回顾，仅仅两年以前，赵恒惕率两千名饷械不足的部队，在手持扁担、锄头的湖南乡亲奋死协力之下，驱逐了张敬尧三万之众。据传闻：被前来围击的老百姓施展膂力而活活打死的，就占了三万劲旅的一半。当时的赵恒惕，固一世之雄哉。

从一省之英雄，而沦落为全国之寇雠，赵恒惕"曷兴之暴也"又"曷丧之暴也"，此处之丧，不是生命的结束——他还得活着受，应该会受很多年。

或许——从一个更高远的角度去看——赵恒惕只是谭延闿与程潜之争的棋子，也可以说是湖南地方势力与广东革命势力角逐之下的刍狗。他晚年流落台湾，以书字自娱，借古人诗句感叹身世，却又能悟出几分自己的残毒和阴险呢？

现存赵恒惕的书法作品不多，居然有些资料上还为他标示着"书法家"的头衔。就字论字，他腕弱笔滑，虽然放手学米，可是筋骨松弛、形神涣散，仗着世人无眼，厕身民国书家之列，不免徒留讥谤。有那么一张中堂，便现了原形。这张字 99 公分长，34 公分宽，落款题："广元先生雅正　录宋人吴琚诗"，内容则是两首绝句："神物登天扰可骑，如何孔甲但能羁。当时若更无刘累，龙意茫然岂得知。""忘归不觉鬓毛斑，好事乡人尚往还。断岭不遮西望眼，送君直过楚王山。"

吴琚为南宋书法家，他最有名的一张楷书就是写蔡襄的《访陈处士》："桥畔垂杨下碧溪，君家原在北桥西。来时不似人间世，日落花香山鸟啼。"此作为台北故宫藏品，气势淋漓，韵致坚苍，展现了书家在疾速运笔之下仍保有完整的控制和奇峭的潇洒。

吴琚写他那时代（或稍早）人的诗是惯例，赵恒惕不学而失察，误以为前引的两首为吴琚之作，实则这两首绝句非但不出于吴琚之手，也不是一人一时之作。前一首是王安石的《神物》；后一首是苏东坡的《送蜀人张师厚赴殿试二首》之一，除了"忘归不觉"之外，还有："云龙山下试春衣，放鹤亭前送落晖。一色杏花三十里，新郎君去马如飞。"一看便知：意思根本凑不到一起去。

读《三希堂法帖》可知，吴琚抄写时人诗句，乃是信笔而为，并不是在一次抄录中有什么绾合各篇诗意的企图，推想他的动机，大约是要从名家凑泊诗篇的结构，去揣摹书法的行款，对帖学书者一旦体会了这一层意思，就能够藉由诗篇的建构转相铺陈笔墨的间架，也就是利用诗艺以启发书艺的一种尝试。赵恒惕学书不成，复不问诗、字之来历，秉笔誊抄而已。恐怕也只能为浅人哄抬之、争购之、张挂之，再博方家之笑了。

不过，赵恒惕抄的《神物》诗很有意思，其命意初见《左传·昭公二十九年》“刘累养龙”的典故，复见于《史记·夏本纪》。

夏孔甲氏为帝，有二龙，命刘累豢之，一开始养得不错，孔甲氏还特封刘累为“御龙氏”。日后不知如何，养死了一头雌的，刘累便将龙肉制成肉羹以进，也博得了称赏。孔甲氏还想再尝龙羹，刘累技穷了，窜逃到鲁地，隐姓埋名，渔猎以终。

这个故事自有用意，至少对照着王安石变法而不能竟其功，受天下谤，是可以有这样的感慨的。当然，王安石不会以刘累自况，他一定觉得自己是那不知如何被冤枉养死的龙，临了尚倾身以为肉羹，还被皇帝老儿吞吃了！

赵恒惕若是稍稍解事之人，于走笔之际，会不会也想到他在湖南进出的那段往事呢？他晚年信佛，的确有慈眉善目之态。堪称幸运的是，没有人记得他杀李仲麟、杀黄爱、杀庞人铨的事——那可是三条龙呢。

□

世事难料，这段屠龙史事，原本只是胡导演和我在往返杉林溪为《笑傲江湖》一片勘景途中的解闷闲话，居然进入了我生活的现实。

原来，赵恒惕赴台之后，除了写他的大字，一尘不入眼，万事不关心；最喜为人写些不着边际的谀颂之词，如：“天龙八部皆欢喜，昼夜六时恒吉祥”“司马文章元亮酒，右军书法少陵诗”之类。

有趣的是，我在求学时代一度为包括静芝老师在内的几位书画家联展当小工，协助布展，地点在“国军文艺活动中心”的二楼。我偶然间发现：墙犄角里斜靠着一张四尺多宽、三尺多高的大字书框，署名钱穆，内容是一段古文。这应该不在我所处理的展品之内。我只能猜测：这是前一档展览所遗留下来的？

仔细读那书迹内容，才发现宾四先生抄的是《二程遗书》卷六《二先生语六》：“百官万务，金革百万之众，饮水曲肱，乐在其中。万变俱在人，其实无一事。”下款署名之前还有两行：“录明道先生语 / 夷午先生一粲”。夷午先生，赵恒惕也。我日后回想起来，那应该是一九八一年冬，估计当为赵恒惕身后十多年，还有些亲戚故旧之属为他举行了纪念展活动。宾四先生所作之字，应该是赵生前所收，策展者不会不认得大名家的手笔和签署，只是如何就遗落在展场之中了，却是一个谜。

毕竟宾四先生比赵恒惕年轻十五岁，谊称晚辈，彼时以当世大儒之身，备受推重，拿他的字出来恭维故人，也是无奈人情。推诚论之：“万变俱在人，其实无一事”之语，似乎过度轻纵了赵恒惕早年的劣迹了。然而，世事譬如积薪，往往后来居上，国人多以为抗战末期赵恒惕严拒与日本方面合组武汉伪政府为大义凛然、气节高尚，也是无可如何的糊涂账了。这张字确实没有人认领，问了展场人员，只回复我：“不是馆藏所有，请尽快处理。”

“处理？”多么加缪的一句话。在那一个当下，我能怎么处理呢？连想都没有想，我扛起画框，一步一趔蹭，走下文艺活动中心窄小的楼梯，来到中华路上，叫了一辆出租车，把画框塞进后座，运回家了。下车之后，我把画框小心翼翼地收藏在房间里，书面朝墙，免得让阳光给晒坏了。我的念头是：总要找到丢失这东西的原主的——就在这么想着的时候，我似乎就看见床头有那么一个铜钵儿了。

那是一个日后我在静芝老师和第五明的桌上分别见过一眼的东西。

直到本世纪初，王家卫为《一代宗师》剧本的事来台，没头没脑问起："你那钵儿还在吗？"我第一个想起的却不是铜钵儿的实体，而是多年前放着两个大水果篮的所在，一张破旧的方桌，水果篮是我买给路不拾遗的萧金山和第五明的谢礼，第五明指着那水果篮交代我的一番话是这么说的："就是你，你总也要帮忙人找丢失的东西的。你能帮忙人找丢失的东西，就不会在意钱，就不会只知道买。"

是的，王家卫自港飞来，和我见面的第一句话就是："你那钵儿还在吗？"

"钵儿？"

"那个铜钵儿——"王家卫接着说，"我听说拥有那个钵儿的人必须负责把别人丢掉的东西找回来。"

"你丢了什么？"

"故事。"

第十七话·悔把恩仇抵死分

在美国旧金山遇刺的记者黄远庸死后多年，行刺者及动机还是众说纷纭，莫衷一是。国民党的官方说法是袁世凯帝制自为，诛锄异己的手段。史学家沈云龙《黄远庸其人其言》则透露，曾任国府内政教育部长及国史馆长的黄季陆曾经在一通电话里告诉他：刺杀黄远庸的凶手乃侨胞黄某某。到了二十世纪八十年代初，又有自称国民党美洲总支部负责人林森之卫兵刘北海临终忏悔一说：黄远庸是他杀的，教唆的是林森，主谋则是孙文，行凶时间在一九一五年十二月二十七日。

《饮冰室合集》的编者、民初诗人、法学家林志钧于黄远庸遇难之后不久，就着手编辑了他在《申报》《庸言报》《亚细亚日报》《国民公报》《东方杂志》《少年中国》周刊等媒体上所刊发表的时论、杂文、论述等，《远生遗著》一书，由梁启超题签，上海商务印书馆出版。多年以后，科学出版公司与台湾文星书店还两度刊行了小字增订版。

翻理旧时著述，以窥黄远庸因嬉笑怒骂以寄托感慨、剖析事理的独特文风，不难发现：黄远庸是一个真正追求独立思考的记者，绝非国民党当年一意栽诬的“附袁”“媚袁”之徒；倒是他打从民国元年起就看不起国民党——或者该说看不起由国民党所带动的入党风潮——却的确令各党切齿。

在一篇发表于民国元年（1912）十月初五的《政谈窃听录》中，他开宗明义地说：“若北京则几成为党人党事之世界矣。每逢政客谈话，每一时间，不知须用若干党字，闻之耳中生障。”

对于“党人党事”之不耐，非不以共和政体之需要有党为然，黄远庸的态度是从“党中有系”开始的。他非但不否定党之必要，反而心系于一个团结而振作的国民党：“今日国民党中孙系、黄系、宋系之说，洋洋盈耳。据宋教仁君对吾侪友人中所语，则为此皆异党所臆造。其实我国民党人心目中有宋遯初者，无一人不倾服黄克强。”黄远庸当然知道宋教仁这话是说给外人听、好让自己人舒坦的，故曲笔调笑他，“盖亦不痴不聋、不做阿公之意耳”。

然而，黄远庸对于亟欲扩大、以图在国会中牵制大总统袁世凯的国民党并不像宋教仁那样力求回护；在他眼中，这就是一个除了宋、黄别无伟人的政党。

为革命党改组国民党奔走的几个元老之中，有一胡瑛，曾经亲口告诉黄远庸：在南京时，正因为孙中山、汪精卫等人都不太肯主持，改组这事就算是半途而废了。汪精卫以失节终，其谋其道、其行其操，姑且不论，可是就一位被后世奉为“国父”者而言，这是很难想象的。为什么艰难缔造了民国的孙先生居然也不大热衷于革命党的改造、以建设名副其实的共和政体呢？此中机关似也不难理解：在孙文的心目中，建立一个政党政治的正常国家“道阻且长”，当前扫除反革命障碍的急务却必须由一个刚性的革命政党才能担负。

宋、孙之间的这个矛盾并未表面化，原因之一是宋在北方的人望仍然是南京方面在彼时意欲争取全国广大同情和支持的利器。许多老同盟会的议员都乐于亲附之，也愿意追随他赞成改组。

至于原本不赞成改组的，则发展成非宋之一系。这个系，就当时情形看来，还是孙（文）系居多，也未必真有什么黄（兴）系——实情正如黄远庸所观察的：黄兴拉人进入改组后的国民党之行动，要比孙文积极得多。

因此，宋的支持者才不得不向他人寻求奥援，其中之一是根植于立宪派的张謇、章炳麟、程德全、熊希龄所组织的统一党。此党成立才几个月，忽而与民社、国民协进会、民国公会和一部分的国民党组成了共和党，忽而又在章太炎的宣言下恢复了独立的身份，不论怎么折腾，起码这些人是相信政党政治必须亲力亲为、早成早就的——这个想法，孙文当时根本不措意。

《政谈窃听录》虽然开宗明义不苟同“党人党事”，然而并不表示黄远庸不赞同或不倾心政党政治。可是橘越淮而为枳，政党政治一旦落实到中国当时的官场酱缸里，虽豪杰之士亦不能自树立耳。在“党中有系”这个议题上，他轻描淡写了两句话：“系之云者，自其部下言之；若首领先自有系，则部下不将日日斗殴乎？”

即使话是这样说的，黄远庸仍然有其不能遮掩的敧侧之情。以他所揭举的孙系、宋系、黄系观之，在说到宋教仁的时候，他还是会引用“极称黄克强而鄙薄宋遯初”的人所说的话：“不曰其能力薄弱，即曰其气分不阳。”此语虽然带些玩笑意，也颇近谑了。然而一说到黄克强，便是这般口吻：“记者眼光中之黄克强，盖一率直热诚之人。其主张厉行国民捐及不换纸币，正是其热诚过人处。然其政治思想之不适于今日可见，顾其条理纵不及遯初，而终异于□□之大言无实。故若记者管窥蠡测之见不甚谬误，则记者愿为宋系而兼黄系，绝对的不愿为□系也。”

我手头的这个版本，虽然经史学家吴相湘教授勘订，前言称其“比商务版删去的少而增加的多”，但是这两处三个

“□”仍令人生厌——虽然抹去了原文，谁又猜不出，它所遮掩的不就是孙文吗?

《远生遗著》卷一上有这么一篇《我意今尚非高谈建设之时》，刊登于民国元年十二月二十六日的《少年中国》周刊，大意是主张新建民国当务之急，不该推行建设，而在“贮建设之本”，所谓的建设之本，又可以归结为三个面向，就是“统一国家”“巩固秩序”和“休养财力”。

这样的三件事，在后世之人看来，不免有些空洞，但是支持黄远庸这样看法的人起码有些个“宜急不宜缓、宜简不宜繁、宜实行不宜空言”的策略性考虑，他们特别在意的是：号称“民国”的中华之邦会不会在列强冲击或割裂之下分崩离析？会不会在过度想象建设成功的远景上迷失了居安思危的方向感？是以当时黄远庸辈心目中的“建设”，远非今日之吾人所能理解，在他看来，谈建设，就只是高谈、侈谈、空谈建设!

黄远庸还强调：当下的中国之所最急迫的有五：军事之统一、外交之统一、司法之统一、财赋之统一、警察之统一。这五项里面，黄远庸特别提出司法和警察两项，以为是恢复秩序和伸张国权的基础——这一点，原本和建设没有冲突；我们甚至可以说：即使摊开来这全数的五项统一课题，也都和我们今日所称所见所从事的建设没有冲突。那么，他为什么会说："今所谓政府与政客，视此真正之平民政治之基础，渺然不屑置意，而日日高谈建设，官僚派则相与以'维持现状，建设勿多道'。吾不知彼之所谓现状者，乃以何者为范围？现状抑既日以破坏，维持之何有？其意若曰：'维持现状者，乃听天由命之谓耳。'窃望高谈建设者之一念此也。"

在这里，我们要是把黄远庸所声称的"政府与政客"和"官僚派"看成了两种不相干的人，就失义难解了。在这位眼光锐利的记者看来：北京的袁世凯和南京的孙、黄便是政府与政客，厕身新政府而仍心系旧江山的大部分政府要员则毫无疑问地恰是"官僚派"，这几个词语之间最微妙的不是他们的对立，而是他们的合作。说什么南北之争？说什么两京两府之争？说什么北洋与民党之争？实质上都不是，真正的底细是：任何人都不能、也不想建设一个落实的民国。

黄远庸的话说白了，就是在指责孙文：你不要再谈建设了，再谈建设也只是掩护袁世凯，让他们去维持一个连统一的满清都不如的破碎政权而已。

议论孙、袁二氏在民国元年、二年之间关系的后世文章多矣。以袁之"新智识与道德之不备""公心少而私意多”“急求政权故罔顾体制”，浮论人人可申，遂成定见。

但是黄远庸的主张非止于此。在他看来，以同盟会之根苗，宋教仁之鼓吹，孙文、黄兴二伟人之声望，而犹瞻顾于与北洋之合纵，无乃有另一种姑息养奸的深谋——在当时，不仅国民党如此蓄志，连立宪派的梁启超都作如是观——说穿了，就是要全国国人坐待袁世凯完全暴露其作为一个野心家和独裁者的企图，再乘势鸣鼓以攻之。所谓“事不急不足以动众，恶不极不足以杀身”，这在一向快人健语的黄远庸看来，反而直等于和袁世凯一搭一唱，合力使新成立的民国“大祸迫于眉睫”。

在民国二年一月二十六日发表于《少年中国》周刊的《死门开而生门绝》一文中，他就这样痛斥过：“今中国之病已到九十九分，而旧医尚以为痼疾难死，种种斫丧之；新医尚高谈医理及卫生之法于其旁，而不知一刻千金之可贵。”黄远庸所指斥的对象，非徒袁项城而已；国民党之上焉者，犹属这样的“新医”；下焉者，则“更有其家无知小辈、万死奴仆，明知其家主人之旦夕绝息，其家之瞬刻沦败，而歌舞嘈嗷，万戏杂作，鸡偷狗盗，得间辄发，此则吾人所为悲观者也”。

这样的文章，多年后未必激人愤慨，因为挨骂的不以为自己挨了骂——林志钧编成此书的民国八年之时已经没有人在意谁是“无知小辈、万死奴仆”了。可是在文章发表的一九一三年初，恨之切齿的还真不会是袁世凯，而是黄远庸如椽之笔所切责的那些“利用政党以毁国家”之人，其中国民党人最多，这道理也很浅显易明，因为国民党是最大党。

早在民国元年（1912）八月二十五日，同盟会吸收四小党改组国民党成功，眼看就形成了国会之中的最大政治势力。袁世凯见招拆招，利诱章太炎、梁启超等也来组党，选举参、众两议院之国会议员遂成为这个阶段的全国大戏。

新的时髦政客在几乎已经被革命消灭的士绅阶级的簇拥和金援之下，忽然登上讲坛，放论自由民主，人各有一党，党各有一章，招牌纲领齐备，名词小异大同。有身为甲党而复为乙党者，有昨为甲党而今为乙党者，有一人而贯通三五友党者。这种滥象，黄远庸也在《政党安在》中一力挞伐，其见解之犀利、议论之透彻，当世无匹。

可叹复可笑的是：他所拆穿的对象当然包括南北两府，对国民党和它的对手打击都很大，但是袁世凯所卵翼的民主党、共和党、统一党虽然也受到抨击，这却是袁世凯私心所乐见的——他本来就是要消灭一切政党的；其中，当然也包括看似由他一力扶植的小党。

在黄远庸看来，当时真正对政党有定见、有灼见、有远见的只有一个人：章士钊。“章君向持毁党造党之论，大得时谤，而章君力持其说不变，可谓刚毅近仁者矣。某向者亦颇怀疑于章君之说，谓党势既成，毁造当非时势所能实现。今乃自悟向说之谬……”

这个“真正的记者”黄远庸真情流露，不吝自责其昨非而今是，正是从“毁党造党”的坚决论述里看清楚国民党打从一开始缔造，就是“名与实大戾”，且“病国病人才”的一个党！

从民国元年而后，黄远庸主要的工作，就是当逐鹿问鼎之各路诸侯提出他们的见解、揭橥他们的理想、展现他们的企图或是流露他们的野心欲望之时，予以客观、冷静甚至可以说是无情的擘析、拆解甚至抨击。他似乎无所与可，但是每每在实务问题上都能掌握新国家、新政局、新思维所迫切需要的理性。下引一篇短文可以例其余：

吉林代表翟君，以蒙古事抗言而责袁总统。袁总统因深为不怿。退而唐在礼（按：袁之侍从武官）语翟君：“代表性质与立法机关异，奈何面折总统？”翟君愤谓：“国事如此，奈何尚禁人发言？”呜呼！翟君之言是也；唐在礼之言亦是也。然国事败坏之先，不知分别责任；至于事后，乃以法律权限云云责人。呜呼！法律权限，多少之罪恶，假汝以行。（《送吉林代表翟君》）

通篇不过一百二十余字，拆穿了民国肇造之初野心家政客的惯技——有法可守之时，并不在意守法；无事可成之际，却假法律权限为辞，以卸其责，以诿其过。

当看见政客以辞职表现风骨的时候，他并不急着喝彩，反而一手拆穿：这些人根本不是真心求去，“特用以为牢骚无聊之一法门”。他真正要指出的是：在民主制度之下，官员之去留，是要和政策之用舍相互绾结的；食禄当差之人，乃以政策之用而进，亦以政策之不用而退。但是黄远庸的话不仅如此，他总有能力以灵活如弹丸的文笔，激怒各方人士：“诸君之家不用仆媪乎？稍加斥责，便声称要去，及真命算给工食，则又顾恋饭碗而求勿去矣，此辞职之解释也。”（《辞职之解释》）

民国初年，曾经担任过浙江都督府秘书长、参政院参政的陈敬第是宦门世家，哥哥陈汉第还当过国务院秘书长，兄弟俩又都是书画界的耆宿，颇负时望。到一九三五年，陈敬第曾经应黄远庸之子所邀，为《远生遗著》作跋，在那篇简短的、看似交代出版背景琐事的文字里，陈敬第两度提及史量才："去年夏天，余在莫干山，乃欲书陈君匋遗、与史君量才，商由申报馆印行，慨然允诺。"以及："未几，量才亦以狙击死，距远生死十九年，然则言论自由，固不适用于吾国也，夫复何言？"

原本不过是重辑故纸，更张发行，以存斯文，以志斯史，为什么一笔捎上刚刚被暗杀的史量才呢？这当然是陈敬第的春秋之笔，他就是要提醒《远生遗著》的读者：远在十九年前、远在太平洋彼岸之地遇害的那个人，和史量才所遭之横祸并无二致——都是国民党干的。黄远庸遇刺的真相的确是被淹埋一时，而且是被举国若狂的反袁、反帝制狂潮所淹埋——他死后第五天，袁皇帝登基，举国唾骂，正好给了国民党一个大肆宣传的机会，把黄远庸抬举成反对洪宪政权的一个标杆型人物，则一方面既张扬了袁世凯的阴狠凶残，另一方面也借着烈士的鲜血，染红染热了国民党与北洋斗争的义愤。

黄远庸的儿子黄席群（1909—2009）也在吴相湘教授所认可、赞赏的那一版《远生遗著》跋文中透露："溯自民国九年迄十九年，凡经三版，迨重请审定，主其事者，谓中有二篇，触迕时讳，应加削乙。群（按：黄席群自称）以先人著述，未忍芟夷，遂寝其议。”

这话更加让黄远庸的死因得到覆按：他不但极可能是国民党派遣的刺客打死的，在他身后，还不断有来自党方的各种势力，意图窜改或删削他的遗作，只因为他是一个真正的、眼中无伟人的记者。至于动手的刘北海——林森的侍卫——在死前的觉悟颇令人想起南宋的权相史弥远的遗言：“早知泡影须臾事，悔把恩仇抵死分。”

□

故事结束在刘北海赍志以殁的那一刻。这人间没有一个人在意他杀了谁，又是受谁的指使，法律追诉期早就过了，政治、历史、甚至情感的集体记忆也是人人寡淡而不知味，不觉有抚怀惊心之必要。时隔一世纪，刘北海和黄远庸一样，在大众甚或历史专业的小众之人心目之中，都只是两个极为模糊的名字，没有人闲来无事会想要还某人以清白、还某事以真相——

——除了做戏之人；所以，王家卫接下来是这么说的：

“我们做戏的。”说完黄远庸遇刺的故事，王家卫才忽然抛出了这个主词，之后停顿了一会儿，而我的脑海里立刻走马灯似的浮起了曾经在我身边出现的好几张脸孔，静芝老师、胡导演、张彻、藤井贤一、柳亨奎……无论涉入影剧事业或深或浅、或久或暂，他们都曾经认真地追问过一些总是在现实中被人们迅速而彻底遗忘的事，他们也总想藉由人们还有兴趣或者还愿意好奇的题材，去挟带那些早已被抛弃了的故事；因为那不只是说来爽口、听来贴耳的笑谈罢了，还包括了刻意被人们、被历史淹没的东西。

“我们做戏的不去翻一翻那些老账本，谁还会翻呢？”

“所以，容我大胆猜一猜，”我抢着说，“薄无鬼、丁连山、宫宝森，还有什么叶问，这些都是面子？你要翻的里子是孙文、林森、刘北海和黄远庸？”

“也不一定。胡导演一定也同你讲过袁世凯、秋瑾、吕公望罢？”

“也说过梁启超。”

“张彻还和我说过王亚樵，还说完全是陈观泰应该主演的片子。”王家卫神秘地一笑。

第十八话·血雨江湖剩一人

号称“暗杀大王”的王亚樵也是被暗杀的，时在一九三五年九月二十日，地点是梧州。诱他入彀的女人是他的朋友余立奎的一个舞女小妾；代价是十万大洋——不过据说后来没付足；动手的几个人里有一个叫王鲁翘，于“国府”迁台之后，成为台湾的警界领袖；策划刺杀行动的则是王亚樵自己的徒弟、十二年前曾经在他手下学习特务手段、任职中队长的情报头子戴笠，而戴笠所要维护的则是王亚樵处心积虑要干掉的蒋介石。

杀心非始于一日。一般的说法，都是以一九二七年的宁汉分裂为标志，认为蒋介石从这个时候起，展开了在国民党内大权独揽的清剿行动，无论称之为“清党”或“四一二政变”，一个顽强的说法是：从此以后，王亚樵刺杀的目标就成了蒋介石。

可是，如果我们仔细查考王亚樵多方面的“行凶记录”，会发现他可以是什么人都杀的。

一九二三年十一月，王亚樵初试牛刀的对象是曹锟的大将齐燮元的爪牙、上海警察厅长徐国梁。此后，他的人生不外就是投军、流亡、组织并管理械斗团体。即使是半个世纪以后，香港电影界刀光剑影里漫漶着的上海乡愁，无论是张彻的《马永贞》或是周星驰的《功夫》，都对“斧头帮”着墨甚深，那也是王亚樵的创举。

一九三一年七月二十三日，他在袭杀宋子文的时候错认了目标，干掉了宋的秘书唐腴庐，这一案还是要记在宋子文的账上。第二年，上海“一二八事变”之后，因为王的随行司机胡阿毛汽车遭到征用，这烈性的司机满心愤懑，索性将载运了十个日本兵的卡车开进黄浦江，“与汝偕亡”。此后，王立刻将行刺目标直接转移到日本人身上；淞沪战役期间，他一举炸死了当时日本驻华的民团行政委员长河端贞次、陆军大将白川义则，还炸断了一位驻华公使、一位陆军中将的腿，顺便炸瞎了某海军中将的一只眼睛。

王亚樵也杀汉奸，汪精卫算是他格毙的——一九三五年十一月初，国民党开第四届六中全会，汪精卫在集体照相的时候身中三弹，当时保住了一口气息，拖了九年又八天，还是“疽发于背”，死在这旧伤上。据说这一次行动的标的本来也包括蒋介石，可是蒋命大缺席，逃过一劫。

这样对付台面上的政治人物，不是没有一个主心骨的想法，虽然从表面上看去，相敌对的两造——或多造——都希望他杀的只是对方。可他偏不。

王亚樵，安徽合肥人，江湖人称“老九”或“九哥”，是其大排行。如果我们先把他的地位图谱放在上海帮会的背景上看，会发现他不但势力庞大、恶名昭彰，而且独树一帜，全不与俗同。

王亚樵十七岁的时候只身离乡，赴上海闯荡，第一份工作就是码头工人。这种临时工上无庐宇、下无毡毹，为了抢活计、图方便，每天入夜之后还得在码头边儿上与人争一临时床地，这就得打架。王亚樵身形未见魁梧，体魄也不算强健，可是打起架来，却能以一敌数十，其好勇斗狠可知。由于锋头出足，名气渐响，也有人挑唆着他对付租借区里最难缠的巡捕，他也来者不拒、乐之不疲。

就和一般在社会各阶层、各行业混生活的老百姓没有两样，王亚樵初也无意于政治，与巡捕闹纠纷，大约显示出他天生反骨，喜阋强权。在刺杀徐国梁之前，人们说起他来，所转述的多是那一身看来并无家数传承、却颇有几分奇诡功力的本事。

有一个传闻：某日他与一群年轻学生意外结识，在房中烤火，座上皆非熟人，有问起他拳脚身手之事者，他忽然拿过火钳来，放在两凳之间，以手指轻轻一敲，火钳便弯了。

接着，他又以手指按一皮带，让人用全身之力拖曳，不可动分毫。此后王亚樵再也不曾露过相，只跟围观的七八位男女说："此一小小玩意儿，从不敢示人，更不敢打人，天下好手正多着呢！"

记录此事的李少陵是中国早期的无政府主义者之一。一九二二年五月，一群信仰此道的青年在广州成立"中国无政府主义者同盟"，宣言由俄国人狄克博撰写，中译即出自李少陵之手。这个组织，隐隐约约是更大一帮社会主义信仰者中间的一个群组。当时第三国际驻华联络员鲍立维（又译为包立威、布罗威、布鲁威）曾经说过：中国无政府主义者是当时思想体系最健全的，深入人心，"实为五四运动的原动力"。

当日管领风骚的景定成（辛亥前后主持北京《国风日报》）和李少陵还不能算是这一派思想的先驱，他们的前行者有着更加显赫的名字，其中包括蔡元培、吴稚晖、李石曾、张静江和张溥泉等。李少陵在《骈庐杂忆》中写得很清楚："读了他们的著作，认为气味相投，一拍即合，乃自自然然地信仰无政府主义，参加无政府主义运动，便是从这几位青年开始。"

这和王亚樵有什么关系呢？李少陵的形容如此："亚

樵平时，足不出户，一部《水浒》，一部《三国》，看得烂熟；因与梅九梦仙过从较多，亦笃信无政府主义。”王亚樵不但是无政府主义的追随者，也是这一小小社会主义群体之中“保镖”一般的人物。“时陈独秀领导下的共产党，每欲深入上海基层组织，辄被亚樵阻遏，以是陈独秀尝在《向导周刊》上大肆攻击，然仍不敢直指亚樵之名。”

遥想当年，只有二十四岁的王亚樵于武昌起义之后在庐山响应，其事不果，转赴上海创立“斧头帮”，这已经决定了他一生参与公共事务的方式与方向，用大白话来说，就是“搞暗杀”——以血流五步之手段，诛锄天下不公不义之人。

到了为无政府主义者屏挡异己的这个阶段，并不是王亚樵对当时的社会主义大家庭有什么不得不捍卫的成见，也不是他和共产主义弟兄们之间有任何必欲除之而后快的冤仇，他所讲究的，纯粹就是那点先来后到的意气。后来他把一肚子怨怼发作到国民党的阵营，也是因为那些走在前面的无政府主义者背弃了原先的论述，成为国民党的中坚——而王亚樵是根本没有能力理解这样的思想转变的。

一九二七年三月二十八日，中国国民党中央监察委员会在上海召开会议，由蔡元培主持，会中由吴稚晖发动了一个名叫“护党救国”的运动。五天以后，参与中央监委会议的人一字排开，是哪些人呢？蔡元培、张静江、吴稚晖、李石曾……单看这几个名字，不都是最早在中国传扬无政府主义的前行者吗？在这个会议上指控共产党渗透到国民党中，予以颠覆，并且加上一个民族主义立场的阴谋论，认为共产主义者会让中国变成苏联的殖民地，这才有了“清党”的口号和工作方向。

王亚樵虽然是陈独秀的敌垒，但是他对国民党似乎更严厉。“清党”开始，他变本加厉地对付国民党的高层，前后的转捩很清楚：提出“清党”的居然大都是无政府主义者，王亚樵显然有被背叛的感觉。

身为一个江湖人物，王亚樵并没有一贯的政治信仰。务实地看，由于地方械斗组织必须不断发展，他和日后逐渐扩充、壮大以至于成为里巷间神话一般人物的杜月笙等人在本质上没有什么两样，不外就是以暴力围事为生计。如果能有机会为地方或中央政府干一点当局无法经手的肮脏事，夤缘与豪绅巨贾们出处，也就渐渐有了上流社会的交际。一九三〇年七月，王亚樵袭杀招商局总办赵铁桥就是这样的一份勾当。

王亚樵的雇主是上海轮船招商局名义上的董事长李国杰。李国杰会买凶杀人，事涉招商局的庞大利益。这要回头从渊源上看：原本招商局就是李鸿章利用国家资本成立的一个半官半民的事业体。早岁于中法战争期间，还因为李相国倚仗马建忠（眉叔）将局中各艘商船暂时悬挂美国国旗，以避战火，从而引起了绝大纠纷；马建忠差一点因此而被清流弹劾下狱。当时的争议焦点看似是招商局“卖国偾事”“图利洋人”，事实上早就缘于满朝文武看不得李相国拿公帑替大清朝赚钱之余，还将轮船事业垄断在一人一家之手。

李国杰只不过是承先人余荫，却不甘做橡皮图章；但是他却没有想到：赵铁桥原本就是同盟会的会员，历经国民党（1912）、中华革命党（1914）、中国国民党（1919）的改组，始终是积极用事的元老，在讨袁护国时期更称健将。

赵铁桥之于蒋介石，犹之乎梁士诒之于袁世凯。招商局之经营权，实为人尽皆知的表面文章。往深里看，时值北伐收功，全国号称统一，但是在骨子里，蒋介石所领导的南京政府正积极部署，准备收编或剿灭零星的地方军事力量——中原大战一触即发。一九三〇年七月下旬，当王亚樵亲自指挥他的得力弟子公然枪杀赵铁桥于招商局大门之前，根本上是甩了蒋介石一个大耳光。

前文提及的李少陵原本不知道王亚樵这一条江湖血雨之路会通向何种地步，还曾数度要求参加他们的帮会组织。王亚樵都严词峻拒，说："这碗饭是万万吃不得的，我们已走入歧途，不能自拔，悔之已晚；你们是读书人，读书人不走正路，这国家便没有希望了。"王亚樵一双老于世故的利眼看出李少陵心思摇荡，终究会不安于室，所以给了他一大笔钱，劝他离开上海，往广东去读书。这不能不说是极有远见的一个决定。

一九三二年，王亚樵组织"铁血除奸团"（或铁血锄奸团）。顾名思义，就是暴力杀人；不过既标榜"铁血"，复名"除奸"，可见与杀赵铁桥之事不同，这便是标举着国家民族正义之师的大字招牌了。"铁血除奸团"的首个目标就是宋子文，不过第一次出手就杀错了人。也由于大纛森然，招摇过市，王亚樵再也躲不开天罗地网的通缉，因之被迫避走香江，他在上海的势力几乎全面瓦解，而也因此使得杜月笙等有了喘息、恢复甚至发展的地步。

一九三六年九月，他因生活拮据而返回梧州，却遭小妾出卖，被王鲁翘和他的助手埋伏刺杀，双眼以石灰粉迷瞎之后，身中三刀五弹，连脸皮都剺去。据说剥除脸皮是为了不让死者的鬼魂寻仇，一说是行凶者带回缴证之用。还有一说就更荒唐了：王亚樵没有死，死的是个不能留面目的替身。

是以后来还有传闻：抗战军兴之后，王亚樵在太湖一带组织义勇队抗日。甚至连知名的史学家郑学稼教授都讲述过一个版本，说他于抗战胜利之后亲眼在上海见过王亚樵。相信蒋介石听见这话之时，是会吓出一身冷汗来的。

□

但是所谓“江湖传闻”往往有一个特性，就是原本泾渭分明的不同事件，或许由于境况类似，或许由于性质接近，或许由于部分事实的细节相同，甚至或许只是由于所涉及的人物、地点、相关对象有巧合性的相似，于是在极短的时间之内，传闻便会将原本全然无关的事件编织、杂糅、附会成一回事，或者是有因果关系的一连串事件。王亚樵与他的暗杀事业之所以在多年后引起了张彻和王家卫的兴趣，正是因为连一向治学严谨的郑学稼教授都接受了“王亚樵未死”的传闻，非但其人犹在，由他所领导、操纵的“铁血除奸团”依旧十分活跃。

这件事连“国府”高层都讳莫如深，王鲁翘本人也一向守口如瓶，直到他一九七四年车祸罹难之时，也从未追述过这件事情。于是，所谓的“江湖传闻”便堂而皇之地登场，贯穿整个抗战期间，都有一个说法：王鲁翘的主子戴雨农和王亚樵两人，形同二十年前（也就是公元一九一五年乙卯）

的丁连山和宫宝森一样，一表一里；甚至，也犹如丁连山之于薄无鬼一样，一明一暗。

局外之人只知道“有一死者并未真死”，或者是“以一死掩其余生”，而打着“伪死”或“未死”旗号，且行事绝密之人，便留给了补录史编者以及演义故事者较大的空间了。更要紧的是，即使尚未及于后世，也就是在抗日战争开打前后，这传闻甚嚣尘上，暗暗激励着在烽火中节节败退的中国军队。可想而知：在以“空间换取时间”的漫长战祸煎熬之下，人们藉由对“铁血除奸团”在远方铲除一个又一个祸国殃民汉奸的消息，自然是宁可信其有的。

其中一个流传极其广远的故事引起了张彻的兴趣——

在原先人所共知的版本里，一九三六年九月，王亚樵落魄穷窘，回到梧州，被一个叫婉君的小妾出卖，遭青年杀手王鲁翘以石灰粉迷瞎之后，刀枪齐发，割去脸皮。但是，主张王亚樵“伪死”的版本却只采取了“割去脸皮”一节，而且，将时间推前了将近一年。

话说一九三五年十一月，中国国民党召开第四届六中全会，王亚樵的“铁血除奸团”袭杀蒋介石不成，倒枪伤了汪精卫，此后王亚樵被迫亡命天涯，但是，他并没有像一般人所说的那样，前往广西投奔李济深，而是让所有人都意想不到地走来上海，直奔老靶子路二百七十六号（有一说是南京路六百一十四号永安公司斜对过的大沪大楼二楼），这里是一家名叫“慈光”的眼科医院。

王亚樵一天的时间都不耽搁，就在慈光动了一个长达八小时的脸部手术。手术分为两部分，其一是由鼻内腔切口，改变了原先高挺而宽大的鼻型，比之前略显瘦削。其次是眼睛的形状，王亚樵原本眼窝较深，手术却刻意挤压了眼部的立体感，让他看起来连整个脸形都略显臃肿，即使不笑，也老是眯着眼，简直成了所谓慈眉善目的仪表了。有趣的是——根据王家卫的考据，慈光眼科医院的投资者，正是北京的川田医院。

“无论如何，”王家卫笑道，“我们说‘割下脸皮’应该是这个意思。”

“所以，王亚樵没死？”

“薄无鬼不也没有死吗？丁连山不也没有死吗？”王家卫接着说，“那些死去的消息，都是风中的传闻。”

第十九话 · 离魂

宜宾，在今四川省犍为县东南，是古代西南夷僰（音勃）侯国之所在，明、清两代都是叙州府治地，濒临岷江和金沙江的会流之地，也是长江航运的终点。

清代有这么一任知县，叫陈登，原本是个老贡生，到了五十岁，儿子都养了三个，还不得登第，名字总叫人把来耻笑。有一天再赴江宁参加江南乡试，无意间遇见了个看相的术士，硬是强拉着奉送了他一相，说他不日之内即有大运翻天，考场连捷，榜下授官，从此仕途顺遂，家道丰实；唯有一桩：他最为珍爱疼惜者，将不复为他所有，而且不过是一回身转瞬之间，便迢递于千里之外，终身不得复睹。

哪有这等事？陈登想：于功名之途，我已然不存进取之念，入场不过是锻炼锻炼胆识、打磨打磨心性、修饰修饰文章，再有什么想望，顶多就是同许多屡试不第的老朋友见见面，问问安，如此而已，哪里还谈得上仕宦之志呢？再者，自己最珍爱疼惜的——陈登转念一想，五十年来自己最珍爱疼惜什么呢？数计数计，怎么想，都是自己那么儿。

这么儿外号“江南陈三公子”，名唤陈琳，年方一十六岁，已经进了学，比起上头的两个哥哥陈琮、陈琬来，资性佳、用功勤，非但秉赋颖悟，亦且仪容俊美，十足是个翩翩公子。此子足不出户，读书之外就是读书，这样一个孩子，如何能够“一回身转瞬之间，便迢递于千里之外，终身不得复睹”呢？无稽、无稽，大是无稽！想着，脑袋摇着，摆脱了术士的纠缠，迈开大步走了。

孰料术士说的一番话果然应验了大半。距此不过一年之内，陈登乡试登榜，南宫连捷，榜下即用，赶赴四川宜宾上任。整顿好家当，正要出发，回头瞧见在廊下备马的么儿，不觉一懔：这不正是“一回身转瞬之间，便迢递于千里之外，终身不得复睹”吗？陈登赶紧跟陈琳说：“这匹马是打哪儿来的？你备马做得什么？”

“想是恭送父亲一程，特去栈上租了一匹。”

那是一匹毛色青白相间的高头大马，行中有识者皆名之曰“骢”。

陈登随口吟道：“‘鲍氏骢，三人司隶再入公。马虽瘦，行步工。’”这是收录在《乐府诗集·杂歌谣辞三》里的一首《鲍司隶歌》，作者应该就是人称鲍参军的鲍照。

陈琳听父亲这么一吟，当下也应声诵道：“也可以说是‘行行苦不倦，唯当御史骢’。”

这是隋代大诗人王由礼的《骢马》诗，王由礼在诗史上不甚知名，但是陈琳几乎不假思索，一张口所引述的这两句，切情切景，让陈登大为叹赏。临行依依之情，已自不胜，再想到江宁街上那术士的预言，又平添了几分惊惧，再看这孩子风神俊逸，才思敏捷，益发不舍，随即叹道："'只有同时骢马客，偏宜尺牍问穷愁。'"这是唐人李嘉佑的《早秋京口旅泊章侍御寄书相问因以赠之时七夕》诗，当然还是藉一个"骢"字，涵括了广泛的告别之情。

接着，陈琳翻身上马，朗声吟道："'骢马剑门两向天，离愁和泪下西川。付他江水东流急，注得蹄声到梦边。'"

陈登听在耳中，寻思片刻，施施然上了自己的马，指点家人将前门大开，才低了声，且行且问："这是谁的诗呢？儿啊！你吟的这一首，的是佳作，我倒欠学了呢！"

"不是说'灞陵须折柳，亭驿但吟诗'么？"陈琳道，"这是儿子自己随口吟的，且为父亲送行。"

"我看——"陈登欲言又止，蹉跎了一阵，心事说不出来，可打了另一番主意："琳儿呀！你就随我赴任去罢。只不过千里迢迢，道途艰苦，比不得在家中的一二分安逸呢！"

"早就猜想父亲临行之际，会有这一番命教——"陈琳笑了笑，俯身从鞍袋里摸出一本儿书，一副轻巧的木制桁架，把书搁在架上，道："儿子已经准备好了，人生何处不读书？在家如此，在外如此，道途行旅亦莫非如此，'一壑幽深听鸟树，十分安逸在诗书'。这是父亲您的诗啊，不是吗？"

父子俩说上路也就真上路了，晓行夜宿，沿途都有官里的舟车亭驿，是以兼有玩赏山川的情致，倒也松缓愉快。然而入蜀之后，景况就大不同前了。原本可以一径发水路舟行，直上叙州府，然而时近深秋，江水渐涸，上行船只非但溯流艰难，也经常因为纤手不足而行不得也，一旬之中，就得停船募夫一两日，行程因此大大地延误了。父子相商之下，还是以尽量不耽搁公事程期为上，只好转从旱路。

可是"蜀道之难，难于上青天"，"平原系马五更寒，万里重来蜀道难"，蜀道艰难，自古皆然，清人赵翼的《水城》诗形容得好："百里蚕丛尽，孤城带碧川"，也很写实——最难走的崎岖小径，大约百里之遥。平川百里，一马驰之，不过片刻而已；一旦到了蜀山，百里之途得走上十天半个月，真所谓"健马盘空细，孤云荡谷迷"。其中险中之险有这么一个地儿，叫做羊肠坂。

坂，就是斜坡，坂崄，是个词儿；险坂，也是个词儿，斜而险，难于行，连好马都不能对付，所以王褒才会在他的

《九怀》里这样描述："骥垂两耳兮，中坂蹉跎；蹇驴服驾兮，无用日多。"

到了羊肠坂，陈登紧跟着当地的斥候，一马当先，以身试险。陈琳则尾随于丈许开外，前蹄后迹而行，料无差池的了。谁知刚来到羊肠坂的顶上，左凭崖、右凌空，前面迎脸逼吹的西风一转，成了一阵西南风，这阵儿怪风来得又急又猛，当下听那已经下得坂去的斥候在前面大喊了一声："留神——这是落坂风！"

陈登也赶紧回头喊道："留神——"

一个"神"字语音未落，但见不过几尺之后那陈琳的坐骑忽地一仰前肢，勉力稳住了两条后腿，可马背上的陈琳却给掀翻了，身躯朝空中打了个旋子——手上的书本儿、书下的桁架，还有陈琳那一副充盈着强风、圆鼓鼓的衫袍，就这么直直堕入万丈深谷里去了。

在羊肠坂，"万丈"不是一个泛泛的形容之词。正因为山高谷深，跌落悬崖之人在扑空坠落的那一刹那便吓掉了魂儿。在陈琳身上，"掉了魂儿"也不是泛泛的形容之词。人的魂魄实重不过三钱，经这一阵狂风猛里一吹，扶摇而上九千尺，几经周折，几番飘荡，如射如飞，赛得过云帆羽翼，再堕时不过是几数息的工夫，陈琳耳边还回荡着自己的一声大喊："摔死我也——"

可紧接着耳畔便响起了全然陌生的话语，叨着念着，叫他给听出来了，是个老太婆的声音，念叨的是："醒啦！醒啦！这可醒啦！"

接着，又是三五个父老抢着说话的声音："断气儿断了一整天了，怎么会醒呢？""可不就是醒了吗？""醒了他得睁眼儿啊？""醒了他得说话呀！""他可不是说了话了么？"

"他说啥？"

先前那个老太婆趴在他胸前，道："他说'摔死我也——'"

陈琳这时缓缓回过神儿，猛可一睁眼，看见模模糊糊几个影子。这时先前那三五个父老又交口交舌地争说："今回儿真醒了！""今回儿睁眼啦！""气儿暖过来了！""再也死不了了！"

"儿呀！我那儿呀！"那形容粗蠢的老太婆凑得更近了些，熏了他一鼻子的蒜味儿："你怎么说'摔死'呢？"

"你是什么人？"陈琳道，"岂敢叫我'儿呀'？"话才出口就觉着不大对劲儿——怎么听在耳朵里，这口音同身边之人的口音十分相近，可自己却大感陌生呢？

话一出口，登时还惹来一阵哄堂大笑，一个皮肤黧黑、身躯硕大的老者像是跟他、也像是跟其余众人说道："虽说是醒了，元神儿还不曾恢复，元神儿还不曾恢复！"接着一欺身，掴了陈琳两嘴巴，道："这是你娘，怎么不叫你'儿呀'？俺是你爹，怎么不叫你'儿呀'？你才死绝了一个大天儿，就不认爹、不认娘了吗？个混账东西！"

陈琳哪里肯认，拼死力坐直了身子，道："我是江南陈三公子，你、你、你们是什么人，如何冒充我父母？"

先前那老太婆也在此际一把扯过来一个瘦骨嶙峋的中年妇人，一把拽着个面如黄蜡、貌似痴傻的孩子，道："认不得爹娘不打紧，看看你这老婆、你这儿——总不至于也不认得了罢？"

陈琳非但坐挺了，还抢忙掀去身上两床又臭又沉的被窝，翻身下了炕，一见对面墙旮旯儿里有面铜镜，镜中一个满面虬须的犺汉，正一步一狐疑地向自己走过来，直到他的一张脸都快要塞进铜镜里去的那一瞬间，陈琳才恍然大悟：镜中麻胡，便是他自己了。

这麻胡还一边不住地说："我是江南陈三公子，我叫陈琳，随我父去至川西宜宾赴知县任，行过羊肠坂，忽而来了一阵怪风——"说到这儿，镜中麻胡忽然放声大哭起来，扯着一脸的虬须，吼道："还我本来面目！还我本来面目！我宁可死了去，也不要这么活着呀！”

他这么悲哀，身后那群父老却益发笑得粲然了，纷纷言语着：“这孩子没死成，倒是做了个春秋大梦了！”“江南陈三公子鼎鼎大名、如雷贯耳哪！”

老太婆疼儿子是没话说，挥舞着双手将这些个左邻右舍的闲汉掏出门去，一壁念道：“才醒转来，还晕着，他认真，你们也认真么？他死了一场，你们也死了一场么？呔！呔！呔！”

算是父亲的那老头儿兴许是乐了，跟着给掏出去的人一道儿吆喝着也走没了影儿。这一阵鸯乱好容易过去，陈琳只道身体庞大，竟有不堪负荷之感，回头钻身上炕，才稍稍舒泰了些。这时床边那丑妇递过来半张锅饼，饼是杂粮面做的，皮粗瓤粝，难以下咽，勉强吃了几口，眼泪却止不住地流了下来。

丑妇见状，叹道：“我同孩子、婆婆守着你的病，转眼就半个多月了。你知道的，年成不好，庄稼活儿又荒着、没有人顾，家里断粮不说，村儿里能吃的也就是槐树皮、野菜叶儿，不是因为你方才醒了，才有邻家婆送了块饼来，这也是一番大人情，你还嫌不够吗——”

陈琳正自悲伤着：如何换来这么个不堪的身世，哪里还听得进这丑妇的嘀咕？登时恶吼一声，将他母子二人也赶了出去，也是丑妇给吼得情急，门帘儿一掀，扯脱了力，整张破烂的粗布帘子却给扯断了，这一下里屋外屋好给打量了一个通透。

这一家，粗算就是三代五口了罢？看似就这么两间窄房了，外头那一间还兼着厨灶，气味臭秽不可闻，自己置身所在的炕上，堆置着的也就是一张张又脏、又破、又薄的败絮残衾，还有一件件顺手扔掷、分不出男女老小的衣裤，也都肮脏褴褛得很。想想才不过多久之前，江南陈三公子居住的是华屋美厦，使唤的是奴佣婢仆，穿戴的是绫罗绸缎，吃喝的是玉粒琼浆，如今回思起来，简直判若天壤，陈琳不禁又悲从中来，放声大哭着了。

就这么哭了困，睡了醒，醒后一环顾，依旧四壁萧然，穷窭难堪，便又是一阵号啕。如此不知过了多久，这一家子的妻儿、父母，毕竟也都要上炕来分一隅地，却又叫这麻胡也似的陈三公子给恶骂出去，不得已，左邻右舍的父老们又聚集起来——此刻已经没有了门帘儿，他们议论些什么，都逃不出陈琳的一双红眼。

还能议论些什么呢？不外就是这麻胡——村人称他叫“鲁大”——的疯症该怎么医治调理，说着说着，陈琳终于明白了，他这一抹魂魄，可是随风穿越了千山万水，居然来到山东省历城县的乡间。

这麻胡鲁大，祖上一路数算到他儿子，已经是七代单传了，家里人丁不旺，也就只能守着几亩薄田，种点儿吃着不够、卖着不值的杂粮。几百年看天吃饭，勉强留下了一脉香火。许是时难年荒的缘故，鲁大这几个月来总道筋乏骨弱、气虚力竭，撑持到半个月前，终于钉不住，一病不起。前一日绝了气息，家人正哭天抢地准备发丧，不料老太婆趴在他胸口一听，腔子又回暖了——就算是陈三公子驾到罢——这样儿一个天上掉下来的贵人子，能要吗？要了，小门小户的该如何伺候他一介膏粱子弟呢？

就这点儿议论，邻人们翻来覆去扯络了四五个时辰，末了推出个叫焦十一的汉子来。

“方圆十里之内嘛，就数咱们哥儿俩最体己知心了——”焦十一颤着声步进屋来，惯抬手掀帘子、掀了个空，四下胡乱张望了一阵，差一点儿忘了要说什么，摸摸光不溜丢的脑袋，好容易想起来了，接着说：“这个这个这个，方圆十里之外嘛，也还数咱们哥儿俩最知心体己了，是罢？你这一病，情性大变，连父母妻子都跟血洗的仇家一般对待，这个么，在咱们乡党之间，恐怕也容不下似你这等不孝不义之人哪！如今亲戚不齿，邻里不顾；你人又穷、家又破，成天价驱妻骂子、嫌老憎小的，你，打算怎么讨生活呢？我，不敢劝你，可你是不是也回神想一想：将来日子怎么过呢？”

“既然说是与我知心体己，”陈琳登时反唇相稽，“我这言语声腔，难道你听不出来么？难道还真就是你那贵友么？”

“口音不是，人却假不了。”焦十一仿佛早知道他会这么说，接口道：“咱乡里就认这个。你要么，就是个借尸还魂之人；既然借了人一副骨肉，难道不想该怎么还人么？”

陈琳不是不肯作务实之想，而是宁可作侥幸之图——那看起来极其渺茫的一线希望就是“我还没有死呢”！然而，一缕幽魂，聊托于千里之外，勉寄于一息之中，却是如此地不堪。除非再死一次，否则这一条真可以说是捡回来的性命，反倒是他原先那美好人生的绝大讽刺呢。他抚摸着一脸粗皮厚肉，叹道：“这一身皮囊原本不是我的，这一身皮囊原本不是我的！”

这一叹，叹得直率。仓促之间，焦十一噤口不能答，绕室踱着方步，踱了好一阵，才重新坐回炕沿儿上，道：“就算你真是什么‘江南陈三公子’，就算这真是借尸还魂，我倒要问：你借了鲁大的尸身，苟延了一世的性命，难道不思答报么？这鲁大上有父母、下有妻儿，好歹也是一家人；你只认‘江南陈三公子’的份儿，那么鲁大的份儿该谁来认呢？再者：鲁大是个苦命的汉，他的皮囊你嫌臭，要是反落一个王公贵人的皮囊，你是不是又要连‘江南陈三公子’的份儿也不认了呢？你说你们家太爷是个太爷，咱们就这么打个比方罢：一个太爷，忽而犯了事、落了职，成了个杂佐小吏，这杂佐小吏能够不安其位，却还要官太爷的饷、干太爷的活儿、摆太爷的谱儿、逞太爷的威风吗？再倒过来说：一个杂佐小吏，忽而走了运、升了官，成了个太爷，这太爷能够不安其位，还要回头吃杂佐的粮、当杂佐的差、跑杂佐的腿、受杂佐的窝囊气儿吗？”

焦十一越是言之成理，陈琳就越是难受，忍不住又泪如雨下，满心怨气只作一句话迸出来：“我要回家！”

“就算你‘江南陈三公子’不认鲁大这一份儿，拿这副鲁大的面目回了江南陈家，你家的太爷会认这个份儿吗？纵使太爷认了这个份儿，你家中上上下下的贵戚贵友，又能认这个份儿吗？你，不已经是个现成的鲁大了吗？连这身为鲁大的你，都不肯认鲁大的份儿；你叫江南陈家那边儿的人，又如何认这个份儿呢？”

最后这几句话可以说是鞭辟入里，陈琳辩无可辩、驳无可驳，抽咽几声，擦了泪，垂了脑袋，嗫声问道："那么，你说，我为今之计，又待如何？"

焦十一闻听陈琳转了口风，精神一振，昂声道："说了半天认份、认份，不过就是奉养父母、抚育妻儿——所谓营趁生涯，自食其力，承此一家而已；人生在世，还有什么？"

"你说'营趁生涯，自食其力'，可是，这耕稼之期、农桑之务，我一概不晓，奈何？"

"田里的活儿慢说你不会干，就算是会，如今也没得干。"焦十一又将陈琳上上下下打量了一遍，道："可'江南陈三公子'，总会点儿什么罢？"

"某生前曾经进过学，应童子试也在前列。"陈琳说着，似乎一霎时间便重回往日闲居舞文弄墨的生活，当下微微一笑，道："平日就是读读书，作作文，尤其是吟咏诗赋，算是得心应手了。"

童子试又称"小考""小试"，明、清两朝取得秀才资格的入学考试之谓，包括县试、府试以及院试三个阶段，从乡下人的眼中看，这"江南陈三公子"已经是功名在身的"秀才公"了。

"秀才公啊？"焦十一索性顺藤摸瓜，道："秀才公的营趁自然大是不同！我这就同邻里们商议去，乡里出了位秀才公，何不趁此替各家各户的子弟们开个蒙，日后说不得也能挣几副头脸出身呢？”说着，焦十一连忙转身到外间屋，同其余众人又是一阵啰嗓喧嚷，这，就定了局。

鲁大还是鲁大，可四乡八镇的传言却新鲜可观——都说鲁大一向目不识丁，可一场大病下来，居然能诗能文，出口成章，成了鲁先生了。鲁先生特别在家开门延客，有意于进学识字或者是想要讲文论墨、谈诗说艺者，自行束脩以上，鲁先生无不以礼遇之、以诚待之、以实学报答之。

一个粗犷的庄稼汉，忽然之间能够侃侃而谈了，谈什么还都能引经据典，而且吐属风流，用语自然，清隽博雅，兼而有之。至于应对进退，有节得体，大事深切透达，小事细腻明晰，识见往往不凡。

居然有这种奇谭！果真在不数日间，鲁大的新闻就哄传了几百里地，多少人穿乡越野来争睹怪人，闲听怪话。尽管不是什么人都能听得懂这“鲁先生”究竟说些什么，可是听得懂的人既然大加叹服，那些听不懂的人当然也得跟着大加叹服了。于是远近都争着要把孩子托付给这“鲁先生”开蒙。稍稍一算便知道：倘或把这些因为悦服而拜入门下的蒙童都收了，鲁家一门五口非但温饱无虞，不消一两年的时光，就能成就一个小康之家了。

可是在“鲁先生”的躯壳儿底下，毕竟是陈琳。陈琳从开门延客授徒伊始，便借口家中狭仄，不便交接，执意寄居于古庙之中，食宿授读皆在于是。对于鲁大的父母妻儿，陈琳不只不觉有恩，益且不能动情，只能像犬马一般地养饲着。在陈琳而言，这是不能勉强之事；在鲁家老小而言，反正衣食有余，房宅渐渐宽绰，远亲近邻的欣羡攀慕，无日或已，觉来也颇可沾沾自喜，庄稼人好知足，就再也没有什么可计较抱怨的了。

陈琳却不肯知足。他始终还存着还乡回家、认祖归宗之念。无论是人们已经渐渐遗忘的“鲁大”，或者是日益礼敬的“鲁先生”，于陈琳而言，犹如过渡之舟，终有那么一日，他是要“舍筏而登岸”的。

较之于还是“江南陈三公子”之时，陈琳更为沉潜勤奋，日日三更灯火五更鸡，所图者，自然不只是“营趁生涯，自食其力，承此一家”。他先考入了府学，生员每岁有俸米，故名“廪膳生”或“廪生”，此之谓“食饩”。

走到这一步上，陈琳和当年未登第之前的陈登一样，也顺利地通过了一重名之曰“科考”的资格考试。一般而言，在“科考”这一关若是能列置于一等、二等甚至三等前三名，就取得了参加乡试的资格，这一关就叫作“录科”。录科之后，乡试登榜，在陈琳而言并非难事，再往后的仕途升晋，也都是顺理成章的事了。对此，他无所罣怀；真正让他念兹在兹，往往终夜徘徊、不得安寝的却是焦十一所说的一段话："连这身为鲁大的你，都不肯认鲁大的份儿；你叫江南陈家那边儿的人，又如何认这个份儿呢？"

这一回录科，陈琳列在一等一名，主试的考官知道陈琳终非池中之物，刻意深相结纳，一经攀谈，陈琳才知道这考官是四川叙州府人氏。这是一个不容放过的机会，陈琳很快地写了一封长信，历述比来遭际，请这位考官在差遣家仆往来川中老家的时候，给父亲陈登捎了去。为了取信于陈登，信末还附录了当年父子俩辞家临行之时，陈琳随口吟成的那一首诗："骢马剑门两向天，离愁和泪下西川。付他江水东流急，注得蹄声到梦边。"

陈登接到这封信，登时悲喜忧惧，五味杂陈起来——一想起羊肠坂刹那之间恸失爱子，不免老泪纵横。再者，他认得信中秀挺娟好的字迹，又绝非么儿以外之人能够模拟得之，那么么儿的一缕幽魂的的确确尚在人间。可是进一步想：那么些年过去，他两任知县都即将期满卸任了，忽然凭空冒出来这么个儿子，旧念重生，绝意复萌，该如何相见、相认呢？此外，江宁街头那看相的术士明明说过："一回身转瞬之间，便迢递于千里之外，终身不得复睹。”如今怎么可能重逢呢？

然而无论如何，陈登还是给陈琳回了信，随信附上了一大笔盘缠，希望陈琳能够立刻入川一见。这一年秋天正逢乡试，陈琳若是要入川，就不得以鲁大之名进一步求取功名；若是要考举人，以致来年入京会试于礼部、殿试于御前，以求登龙，则又不得南下求见陈登，以慰菽水之思了。

然而这不过是一念之左右，陈琳在片刻之间作了决定：他还是要入川。为了不让父亲过于受惊吓，行前还将一脸的虬须剃了个干净，在铜镜前顾盼多时，看起来总觉得自己已经恢复了一二分陈琳的模样。

然而对陈登来说，这长相毕竟去陈琳生前太远——他一眼看到面前这傻大粗黑、却身穿儒服而显得益发伧俗的庄稼汉，打从脊梁骨深处就冒起一阵儿凉意：啊！怪不得那术士说“终身不得复睹”呢！如今眼中所能见者，居然是这样一个同我差不了几年寿数的蠢物——他、他、他怎么会是我那么儿呢？

在陈登身边，还有陈琮、陈琬两位公子，他哥儿俩也各一青衿在身，乡里皆称大小二孝廉。但是公子哥儿当惯，吟风弄月的兴味消磨了雕章琢句的骨力，反正吃穿不愁，银镪好使，何必那么辛苦用功呢？他们在陈登第二任上侍奉母亲跋涉入川，到了宜宾这样的蚕丛深处，川上孤城，虽说腹中仅有一点余墨，可在此地，还兴叫人吹捧成旷世文宗，一代骚人。如今听说三公子还魂了，原本“于无佛处称尊”的一点儿颜面，眼见就要不保，待随侍在陈登身边，见到这犺汉，居然忍不住放声大笑了——

“三公子！一别三数年，你却老了好几十岁呀！”陈琮说。

“三公子！”陈琬跟着说，“都说你是弟弟，我看你倒像是舅舅了。”

兄弟俩你一言、我一语地冷嘲热讽倒是对陈登起了作用，原先内心深处的一点儿哀伤、一些儿悲痛，忽然间因为笑谑而舒缓、膨松、稀薄了——是啊！这模样儿愚昧滑稽的腌臜东西，居然也敢自称是我那神姿飒爽、玉树临风的幺儿？

至于陈家年迈的母亲，起初是在帘后窥看，之后忍不住唤人搀扶着步出厅来，也前后左右地仔细端详，当然总觉着眼生，倒是听陈琮、陈琬两兄弟杂七交八地胡乱指点说笑，也抹去了眼角的泪水，也跟着笑了起来。

陈登原先还满心巴望能父子一家团圆的，可这犺汉一上得厅来，只想着过去这些年所受的种种委屈，是以除了哭、还是哭，粗丑人偏偏露不得柔懦相，一咧嘴、一歪眉，两鼻孔像狗熊也似的一张一翕，耷拉下来的眼角更挤出裉布一般的皱纹，就甭提有多么难看了。再者，他哪里知道俩哥哥会这样讥讪羞辱呢？一开始还是哭，接着也不免觉得自己的形容、处境确乎是可笑，纵横涕泗之间，又跟着放声大笑，夹哭夹笑之际，就简直不成嘴脸了。原先满肚子想着相认之时可以印证其为真身的儿时记忆，一股脑儿又全扔到了爪哇国去。

“你回去罢！”陈琮忽而一板脸，道：“这宅子头前第一进旁边儿有一扇角门，出去不及一箭之遥，便是县衙门的大堂了。你再不走，我唤衙役前来将你押上大堂，审你的，可不是你的爹，是宜宾县的县太爷呢！”

陈琬也接着说：“冒滥官眷，充军二千五百里，将你发回原籍，也不过还你一个鲁男子之身罢了！”

陈登听俩儿子越说越刻薄，反倒为这迢递而来的陌生人感到难受，招手叫长随近前，低声在耳边嘱咐过，叫给打发了几百两银子，挥了挥手，自己老步龙钟地摇着头，扶着老妻，径自进内堂去了。

陈琳在回程之时走了一程旱路，自不免经过羊肠坂，此际马鞍上一桁一卷，书页随风翻展，回首长江不尽之流，看似亦有流尽之处，端的是天地幽长。这时陈琳懂得了什么是“一壑幽深听鸟树，十分安逸在诗书”，也懂得了什么是“平原系马五更寒，万里重来蜀道难”，更懂得了什么是“骢马剑门两向天，离愁和泪下西川”。他摸了摸脸颊上泪水轻轻爬过之处，略有些痒意，居然是那一部虬须，又都窜长了出来。

代跋·课堂上的题外话

我大学本科读的是中文系，但是当时的系主任王静芝先生每一年在新生入学的时候，都会耳提面命、谆谆训教：坚持让所有的同学都要习惯改口，称本系为“国文系”，而不是“中文系”。因为后一个称呼，是像称谓英文、日文、德文、法文一般地将自己国家所使用的语文客体化了。

然而，在静芝老师眼中天经地义的道理，几十年后的青年学子就显然迟疑得多，他们甚至会认为：不过就是语文学习，有那么不能客观之必要吗？

对于文化传承欲振乏力的忧虑和感慨，静芝老师是有先见之明的。在他亲授的大一“国学导读”的课，他罕见地说过一次课外闲话。话题，就是二十世纪七十年代初期的一次特考，距离上课当时，不外几度春秋的光景。昔年外交人员特考的作文题目是：“诵诗三百；授之以政，不达；使于四方，不能专对；虽多，亦奚以为？”

这个题目出自《论语·子路》，翻译成白话，意思说的是：“即使能够熟读《诗经》三百首，而若是授予他政务，却没有能力处理；派他出使外国，也不能单独做主应对，虽然读过的诗那么多，又有什么用呢？”静芝老师还苦笑着说：“要是放在今天来考，外交部门大概一个人也招不到。”

“专对”，一个日常上的罕用词；专，是“专征伐”的“专”。发动对于某一诸侯国的战争行动，原本是周天子的特权。然而，当周天子积弱，或者是某一诸侯拥有了可以和周天子相抗礼的国力、声望之时，天子会不得已地将征伐的权柄出让给这诸侯，故称“专征伐”——而“专对”，则是奉命出使他国的大夫，也必须在不得凡事请命的异国谈判环境限制之下，拥有独立判断、做出主张的能力。

特考命题如此，大约是希望一个有志于斡旋涉外事务知情人应该有能力发表其“专对”的主张。跟外人谈判，毕竟不是语言沟通顺利与否就能完事的。谈判者对于自身立场所应坚守的权益必须有极为深刻的理解，以及极为坚定的信念。静芝老师于是说了一个清代末年的外交故事。

甲午战争之后，清朝对东洋的开放，势有不得不加剧的迫切之感。每一次谈判都令那些科举出身的大老巨公们头痛不已，因为他们不知道“在国际上，我们应该拥有多少人格”？

当是时，对日开放苏州租借区的谈判就是一个例子。日本人要求在苏州开设商埠，这是不得已的事，问题在于开放什么地段让日本人经营——或者说盘踞。当时，日方的谈判代表叫珍田舍己，珍田衔命来苏，目的是要取苏州阊门以外的地区开埠。

阊门，早在春秋时代吴王阖闾时就已经建了。当时的阖闾城规模之大，即使在后世言之，也是极为壮观的一项工程。全城周长四十七里二百一十步又二尺，外廓六十八里六十步，内外共三城环环相套，城外的护城河就有五十到一百公尺深。城高两丈八尺，厚一丈七尺，呈“亞”字形，共有水陆城门八座，北面是齐门、平门，东面是匠门、娄门，南面是盘门、蛇门，西面是阊门、胥门。

日本人看上的阊门以外之地，是苏州精华地区，百姓商家世居于此，屋宇栉比鳞次；倘若要把这块地方出让给日方，光是搬迁，就要引发很深的民怨。在清廷大臣看来，宁可把苏州城南边盘门以外的地区划归日人为租借——毕竟当时的城南不那么“膏腴繁华”，割之不疼也。

此时江南的大吏首属两江总督刘坤一，可是他奉诏入京觐见，一直没有在任上，署理的张之洞正掌南洋大臣。得着巡抚赵舒翘的公文，咨请干员来苏与日人议约，张南皮可就伤脑筋了，他知道：江南尽管出文人、出学士，可就不出外交这个专业上的人才。左想右想之下，才有人向他推荐了一个人来——黄公度，是个诗人。

黄公度，名遵宪，广东嘉应人，光绪二年中的举，科场资历仅止于此。但是此人文名大，而且有出任清廷驻日本、英国、美国使馆参赞的“涉外”经历。找上他，套句洋话来说：不外是把一个烫山芋扔出手，张南皮并没有认真以为阊门、盘门有什么需要计较的。

珍田抵达苏州之时，已经得知清廷的谈判代表是黄遵宪，遂来到黄下榻的所在拜访。黄遵宪给珍田吃了闭门羹，说：“住家所在不是谈公事的地方，明天到巡抚衙门里谈罢。”

第二天，珍田依约来到抚衙，约略寒暄数语，话入正题，珍田立刻表示：“我获得敝国政府训令，一定要取得阊门外的区域以为租借，绝对没有迁就的道理；如果得不到阊门外地区，马上下旗回国，不再开议。”

这番话简明扼要，而且显然日方的情报十分准确——他们早就知道清方准备以盘门外地区作为谈判筹码了。所谓“下旗”，更是严厉的威胁，说白了就是不惜断交的意思。

黄公度静静地听着珍田的话，一副不置可否的神情，等对方把话说完了，才徐徐地说：“我们今天在此间应该先办的第一件事是互换凭证，不换凭证，不能互相认定是外交人员——这是国际定例，绝对不要乱了套。我来苏州之前，已经取得了我国南洋大臣的札谕，另外呢，此间巡抚也有委派我来和贵使谈判的公文书，这两班文件，稍后我都会拿给贵使过目。至于贵使既然方才说有训令来谈判，那么贵使从贵国启行时，自然也应该有贵政府的训条了，何不先拿出来我们验证验证呢？”

说完，黄公度就从怀里掏出两封信札，搁在桌上，一语不发，就等着珍田拿出凭证来了。

这一手实大出珍田之意外，他吞吞吐吐了老半天，才嗫嚅着说：“来时匆促，忘了带训条。您如果不相信，为什么不打个电报给贵国驻我国的大使，向我国政府问询，就可以确认了。”

黄公度立刻应声道：“这是何等大事？贵使怎么可以忘记呢？您是外交人员，连这一点都不明白吗？如果真的拿不出训条来，您在此地就只有私人的资格，那么租借地的事也就不是您所应该过问的了。如果依照我个人的看法，还是建议您马上回国去领取训条，再到这里来开会。我在南京还有重要的差事，没有时间同您再作无谓的周旋。这样罢，我待一会儿就要上船启程，是不是等您回来的时候，我再专程去迎接好了？”

珍田受到这么两次沮折，再也不敢像先前那么意气洋洋了。等到第二回与黄公度见面，非但姿态低了很多，连谈判的条件也放宽了不少，最后竟以盘门定议，且保全中国商民利益甚多。这一次谈判甚至影响到杭州方面的议约，日方的交涉员也不得不以相当的条件让了步。

不过，黄公度是不是因此而获得较重的赏识呢？

待复命于赵舒翘之际，黄公度所得不过是“辛苦了、辛苦了”寥寥数语。赵还私下跟他的幕僚说：“我早就说过：洋人不是人类，不可以人道相待。你们总是说我的话太过分了，现在如何？诸君试想：那珍田刚来的时候，我和诸君苦口哓音，以礼相待，他却越发嚣张桀骜。这黄某人来了，不知道说了些什么鬼话，他反而帖然就范，一句话也不敢争执。说到这儿，话就不得不说回来了：像黄某这种人，万一哪一天身居要津了，就算把全江苏都拱手送人了，也是神不知、鬼不觉的事；这种人怎么可以让他得志呢？”

幕客们听到这种强词夺理的歪论，只敢窃笑，可谁又敢同巡抚大人争辩呢？

静芝老师由于家世亲近之故，对于许多民国人物都有着极为亲切的认识、体会甚至交往。而我认识黄公度不仅仅是近世文学史上一个系挂在“同光体”之下的诗人名字，完全是静芝老师的这一则小故事使然。我远不会忘记，说完这段小故事之后，静芝老师还说："要是有人能把这一段往事拍成电影、戏剧，一定会比蔺相如难秦王还要精彩！"

也是因为老师对于根据史实再创造的亢奋热情所感染，日后我才对这样一个熟悉过的名字有了进一步了解的好奇，也才能顺藤摸瓜地切实接触黄公度的诗歌。

戊戌政变之后，黄公度本来有机会奉使日本，可是他人还羁留于上海，未及成行，就被某言官参了一本，差一点送掉性命——而赵舒翘在这一桩构陷的公案之中，使了不少小气力！

黄遵宪，历任旧金山、新加坡总领事，后又官居湖南长宝盐法道，署理过一段时间的臬司（按察使）。他还参加过上海的"强学会"，和梁启超一起主持过《时务报》，是一位对于社会参与极度热衷的诗人。

黄公度最了不起的成就还是在旧诗的创作和革新方面，与梁启超、夏曾佑、谭嗣同提出的"诗界革命"更有开"我手写我口"的先河，所谓"诗须写古人未有之物，未辟之境"，在当时更是相当新颖的意见。黄氏著有《人境庐诗草》《日本国志》《日本杂事诗》——观其行事著作可知：敌对者的交流不一定要奉送领土，也可以往来得有风骨、有格调。

清末国局动荡，诗人的《悲平壤》《哀旅顺》《哭威海》皆蒿目时艰、抒怀孤愤之作。《台湾行》写抗日复及于降日，前半篇诗中豪迈英发的句子如此：

成败利钝非所睹，人人效死誓死拒。万众一心谁敢侮？一声拔剑起击柱。今日之事无他语，有不从者手刃汝。堂堂蓝旗立黄虎，倾城拥观空巷舞。黄金斗大印系组，直将总统呼巡抚。

但是台湾一旦归降，下文仍不免沉痛热讽："一轮红日当空高，千家白旗随风飘。缙绅耆老相招邀，夹跪道旁俯折腰。红缨竹冠盘锦条，青丝辫发垂云霄。跪捧银盘茶与糕，绿沉之瓜紫葡萄。将军远来无乃劳？降民敬为将军导。……"

从此热讽而反振逆推的结语恐怕让今天的我们都会为之惊心："噫兮吁，悲乎哉，汝全台！昨何忠勇今何怯，万事反复隐转睫。平时战守无豫备，曰忠曰义何所恃？"

我第一次读这诗的时候热泪盈眶，偏偏想到老师再三说的：我们读的是国文系。

图书在版编目（CIP）数据

南国之冬 / 张大春著. --北京：九州出版社，
2020.3
ISBN 978-7-5108-8961-5

Ⅰ. ①南… Ⅱ. ①张… Ⅲ. ①长篇小说－中国－当代
Ⅳ. ①I247.5

中国版本图书馆CIP数据核字（2020）第018834号

本著作物经北京阅享国际文化传媒有限公司代理，由张大春授权在中国大陆独家出版、发行中文简体版。

南国之冬

作　　者　张大春　著
出版发行　九州出版社
地　　址　北京市西城区阜外大街甲35号（100037）
发行电话　（010）68992190/3/5/6
网　　址　www.jiuzhoupress.com
电子信箱　jiuzhou@jiuzhoupress.com
印　　刷　三河市中晟雅豪印务有限公司
开　　本　700毫米×970毫米　32开
印　　张　13.5
字　　数　190千字
版　　次　2020年9月第1版
印　　次　2020年9月第1次印刷
书　　号　ISBN 978-7-5108-8961-5
定　　价　58.00元